印度文化史
A Cultural History of India

时代出版传媒股份有限公司
安徽文艺出版社

王树英，男，1938 年生，河北省安国市里河村人，中国社会科学院研究员。1965 年毕业于北京大学东方语言文学系，师从季羡林，后留校任教。1978年调入中国社会科学院，专门从事印度历史与文化研究，1983—1985 年在印度尼赫鲁大学进修与研究。主要著作有《印度文化与民俗》《印度各邦历史文化》《印度》《宗教与印度社会》《中印文化交流与比较》《南亚印度教与文化》《印度文化简史》《世界文化史故事大系·印度卷》《走进印度》及《印中文化关系》（印地文版，在印度出版发行）等。主编《中印文化交流丛书》《世界民族·亚洲卷》等。部分著作获"中印友谊奖"等优秀成果奖，享受国务院政府特殊津贴。

国别文化史书系

印度文化史

YINDU
WENHUA SHI

王树英 ◎ 著

时代出版传媒股份有限公司
安徽文艺出版社

图书在版编目（CIP）数据

印度文化史/王树英著. —合肥：安徽文艺出版社，2020.4
ISBN 978-7-5396-6453-8

Ⅰ.①印… Ⅱ.①王… Ⅲ.①文化史－印度 Ⅳ.①K351.03

中国版本图书馆CIP数据核字(2018)第201156号

出 版 人：段晓静
出版策划：朱寒冬　　　　　　出版统筹：宋潇婧
责任编辑：李　芳　卢嘉洋　　装帧设计：褚　琦

....

出版发行：时代出版传媒股份有限公司　www.press-mart.com
　　　　　安徽文艺出版社　www.awpub.com
地　　址：合肥市翡翠路1118号　邮政编码：230071
营 销 部：(0551)63533889
印　　制：安徽新华印刷股份有限公司　(0551)65859551

....

开本：710×1010　1/16　印张：14.5　字数：220千字
版次：2020年4月第1版　2020年4月第1次印刷
定价：46.00元

....

（如发现印装质量问题，影响阅读，请与出版社联系调换）

版权所有，侵权必究

绪论　印度文化的基本类型和特点 / 001

第一章　印度史前时期的文化和印度河流域文明 / 001
　　一、印度史前文化 / 001
　　二、印度河流域文明 / 002

第二章　吠陀时代 / 007
　　一、雅利安人及其社会 / 007
　　二、种姓制度的形成与发展 / 013
　　三、婆罗门教的由来 / 016
　　四、四大吠陀及其他文献 / 018
　　五、古代神话与艺术 / 023
　　六、古代科技 / 030

第三章　列国时期 / 035
　　一、十六国的出现与摩羯陀国霸权的建立 / 035
　　二、佛教与耆那教的兴起 / 036
　　三、著名的两大史诗 / 049
　　四、古代寓言的产生 / 054
　　五、民间故事的产生 / 059
　　六、戏剧和舞蹈 / 064

第四章　孔雀王朝时期 / 066
　　一、孔雀王朝的建立 / 066

二、种姓制度的进一步发展 / 067

三、阿育王与佛教 / 069

四、稳定的社会与繁荣的经济 / 071

五、辉煌的艺术成就 / 074

第五章　笈多王朝时期 / 079

一、笈多王朝的建立与发展 / 079

二、繁荣的文化和科技 / 084

三、中印两国佛教文化的交往 / 093

第六章　戒日王朝的兴衰与佛教及印度教的发展传播 / 096

一、戒日王朝的兴衰 / 096

二、佛教的发展 / 097

三、印度教的发展 / 107

四、中世纪印度的科技成就 / 115

五、中世纪印度的艺术 / 118

第七章　群雄割据与伊斯兰教传入印度 / 124

一、伊斯兰教的传入与传播 / 124

二、伊斯兰教对印度社会和文化的影响 / 125

第八章　莫卧儿王朝时期 / 132

一、莫卧儿帝国的建立与衰落 / 132

二、锡克教的出现及发展 / 134

三、对社会与文化产生重大影响的几位皇帝 / 139

四、莫卧儿王朝的艺术成就 / 150

五、莫卧儿王朝对印度社会与文化的贡献 / 157

第九章　近代社会与宗教改革运动 / 159

一、社会与宗教改革运动的开展 / 159

二、宗教改革运动的作用 / 162

三、主要社会改革者 / 163

四、社会与宗教改革的主要机构 / 169

五、泰戈尔的文化贡献 / 174

第十章　欧洲人的入侵与西方文化的影响 / 185

一、英国殖民统治的建立与印度的民族解放运动 / 185

二、近现代印度种姓制度的变化 / 190

三、英国殖民统治对印度社会与文化的影响 / 194

附录一　中国对印度文化的研究 / 198

附录二　印度—中国主要历史时期对照年表 / 208

Contents

Introduction: Basic Patterns and Features of Indian Culture / 001

Chapter 1 Prehistoric Culture and the Indus Valley Civilization / 001

    1. Prehistoric Culture / 001

    2. Ancient Civilization in the Indus Valley / 002

Chapter 2 Vedic Culture and Civilization / 007

    1. Aryans and Their Society / 007

    2. Evolvement and Development of the Caste System / 013

    3. Origin of Brahmanism / 016

    4. Four Vedas and Other Literature / 018

    5. Ancient Hindu Myth and Art / 023

    6. Science and Technology / 030

Chapter 3 Period of Various States / 035

    1. Emergence of 16 States and Establishment of Magadha Hegemony / 035

    2. Buddhism and Jainism in Making / 036

    3. Two Famous Sanskrit Epics / 049

    4. Well-structured Ancient Fables / 054

5. The Birth of Folk Tales / 059

6. Drama and Dance / 064

Chapter 4 The Maurya Dynasty / 066

1. Establishment of the Maurya Dynasty / 066

2. Further Evolution of the Caste System / 067

3. Asoka and Buddhism / 069

4. Stable Society and Prosperous Economy / 071

5. Splendid Art Achievements / 074

Chapter 5 Culture and Civilization of the Gupta Dynasty / 079

1. Establishment and Development of the Gupta Dynasty / 079

2. Prosperous Culture and Progressing Science and Technology During the Gupta Dynasty / 084

3. Sino-Indian Exchanges in the Area of Buddhist Culture / 093

Chapter 6 Rise and Decline of the Siladitya Dynasty and Dissemination of Buddhism and Hinduism / 096

1. Ups and Downs of the Siladitya Dynasty / 096

2. Development of Buddhism / 097

3. Development of Hinduism / 107

4. Scientific and Technical Achievements of India in Middle Ages / 115

5. Medieval India Art / 118

Chapter 7 The Rivalry of Independent Warlords and the Spread of Islam into India / 124

    1. Islam Comes and Spreads in India / 124

    2. Islamic Influences on Indian Society and Culture / 125

Chapter 8 The Moghul Dynasty / 132

    1. Founding and Decline of the Moghul Dynasty / 132

    2. Sikhism Emerges and Spreads / 134

    3. The Emperors Noted for Important Influences on Indian Society and Culture / 139

    4. Artistic Merits of the Moghul Dynasty / 150

    5. Contribution of the Moghul Dynasty to Indian Society and Culture / 157

Chapter 9 Modern Social and Religious Reform Movements / 159

    1. Development of Social and Religious Reform Movements / 159

    2. Effects of Social and Religious Reforms / 162

    3. Main Social and Religious Reformers / 163

    4. Major Agencies for Social and Religious Reforms / 169

    5. Contribution of Tagore to Indian Culture / 174

Chapter 10 Arrival of Europeans and Influence of Western Culture on India / 185

    1. Arrival of Europeans and Establishment of the British Colonial Rule and National Liberation Movement / 185

    2. New Phase of the Caste System in Modern Times / 190

    3. Impacts of British Colonial Rule on Indian Society and Culture / 194

Appendix 1 Indian Culture Studies in China / 198

Appendix 2 The Time Table of Major Periods in Indian and Chinese Histories / 208

绪论　印度文化的基本类型和特点

一

印度位于亚洲南部,东临孟加拉湾,南接印度洋,西濒阿拉伯海,北枕喜马拉雅山,地处东西方海路交通要冲,全国人口有10亿以上,居世界第二位。

就地形而言,印度全境分北、中、南三部分。从喜马拉雅山麓到温蒂亚山脉北约1600千米的广大平原为北部,恒河横贯其间。纳巴达河以南、克里希纳河及通加巴德腊河以北的德干高原为中部。克里希纳河以南为南部。北部属于亚热带大陆性气候,川野沃润,畴垄膏腴,人口稠密,经济发达。温蒂亚山脉以南属于热带,群山密布,森林蔽野,矿产丰富。

印度曾有过很多国名,对同一名称的来历,众说纷纭,莫衷一是。"帕勒德"即其中之一,它是梵文的发音。根据耆那教传说,教祖里施波德沃的长子叫"波勒德",他是一位威望很高的国王,因此他的国家便以"波勒德"的变音"帕勒德"命名。又据《往世书》记载,包勒沃王朝著名国王杜施因德的儿子叫"波勒德",擅长武功,在继任国王期间,打败了许多雅利安人小国王。《梵书》中曾记载其武功。由于波勒德的原因,其后裔一直被认为是"帕勒德",国祚甚长。因此这个国家便以"帕勒德"命名。在《往世书》中尚有另外的记载,如"在大海以北和喜马拉雅山以南,有个国家,名叫'帕勒德·沃勒德',其名称的由来是由于波勒德的后裔居住的原因"。由此证明,印度居民的一个古称也叫"帕勒迪"(帕勒德人)。又有些学者认为,帕勒德人是指雅利安人进入印度以前的当地土著人,其文明遗迹在哈拉巴和摩亨殊达罗早有发现。不过有些人不同意这种说法。他们认为,帕勒德人是指波勒德国王的子孙后代,凡此种种,可见一斑。

"印度"还有另外的叫法。几千年前,雅利安人乘世界人种移动的风潮,由中亚出发,分东、西两支迁移。向西去的一支雅利安人到了欧洲,成为今天欧洲人的祖先。向东去的一支雅利安人,有的则在波斯定居,成了今天的波斯人,另一部分则继续向东南移动,越过兴都库什山,来到印度的西北部,成为今天的一部分印度人。雅利安人初到印度时住在印度河流域,"印度"河古代梵文发音"信突"(sindhu)河,可是古代伊朗人把字母"斯"(s)的发音读成了"合"(h)音,即读成"很毒"(hindu)河。这样,就把住在印度河流域的人叫成"很毒",而把这一地区称为"很毒斯坦","斯坦"是地区的意思,"很毒斯坦",意为很毒人居住的地方。这就是印度又一名称"很毒斯坦"的由来。

历史上,中国对印度的称呼几经改变。西汉时称它为"身毒",东汉称它为"天竺"。到了唐代玄奘指出:"仔细探讨天竺的名称,很多不同的说法,弄得一团混乱。旧时叫作身毒,或者叫贤豆。现在根据正确发音,应该称作印度。印度人民,随居住地方之不同而自名其国,远方外国异俗之人,从远处看,采用了一个总名,对自己所喜欢的地方,称之为印度。印度者,唐朝的话就是月亮。月亮有很多名称,印度是其中之一。意思是说,所有生物生生死死,轮回不息,好像一个没有光明的长夜,没有一个清晨的掌管者,就好像白日既已落山,晚上就点上蜡烛,虽然有星光来照明,哪能如同朗月的明亮。就由于这种情况,才把印度比成一轮明月。实在是因为在这个国家,圣贤相继出世,遗法相传,教导群生,条理万物,好像月亮照临一般。由于这样原因,才把本国称为印度。"(参见季羡林等:《大唐西域记今译》,陕西人民出版社,1985年版,第57—58页)这是一种解释和说法。从此中国才确定将其译为"印度"。

另外,古代希腊人却把印度河叫成"伊德斯",把这一地区称为"伊迪亚",这是西方人对印度的叫法。

古代印度,即今日之次大陆(包括南亚诸国),历史上曾发生多次变动,分成了几个国家。1947年8月15日印度独立。从此,印巴次大陆分为印度、巴基斯坦两个国家,今天的印度,则专指印度一国而言。

印度与别国不同的是,到了那里你会发现,不只是越过了地理上的境界,也穿过了时光的隧道,就像进入了过去,但又停留在现在。有人把印度说成是"过去与现在,传统与当代,新与旧的融合",这种说法不无道理。

印度的历史名胜遍布全国各地,在世界上享有盛名。首都新德里为全国的政治和文化中心,该城不乏美丽,给人以清新、舒适之感。全城身披绿装,树荫浓郁,芳草如茵,终年百花争艳,鸟声嘤嘤。生活在这里,如同沉浸在鸟语花香的大花园里。寺院、神庙到处可见,雕饰华丽的古老建筑、栩栩如生的神像,对国内外学者和游客无不具有强烈的吸引力。红堡是一座著名的古老建筑,它建于16世纪莫卧儿王朝,其围墙高大,用红沙石建成,因此得名。里面的楼、台、殿、阁却是另一种颜色,这些建筑基本都是用大理石建造的。大理石柱和墙壁上,都刻有许多花卉人物的浮雕,还镶嵌着许多红、绿、黄、紫的宝石,衬着灰白色的大理石,相映成趣,璀璨夺目。新德里的"古都布"高塔,有世界"摩天塔"之称。它建于12世纪末叶,至今已有七八百年的历史。全塔高72米,是新德里的最高建筑,其建筑风格是典型的伊斯兰式,塔下几层的外表还刻有《古兰经》,不愧为建筑艺术上的一大奇迹。登上塔顶,鸟瞰全城,景物尽收眼底,甚是令人赏心悦目。到此参观考察者终年络绎不绝。著名的阿旃陀石窟,地处马哈拉施特拉邦的一个半山腰,石窟中两千年左右的历史壁画,至今散发出世间难得一见的艺术光彩。该石窟环绕在半山腰,凿石而成,它有"艺术宝库"之称。据考证,石窟于公元前2世纪开始修建,公元650年竣工,前后达数百年之久。窟内的壁画、石像,样样精美,不愧为印度的艺术宝库、人类文化的奇迹。以第19窟为例,洞窟的门上有龙王携妻图,庙柱、飞檐、壁龛上有各种雕像,其雕刻工艺之精美,表情之生动,可同我国的敦煌、云岗、龙门石窟媲美。石窟中有大量历史壁画,其造型生动,形态多样,比例匀称,色彩斑斓,其匠心巧技,实在令人惊叹,为各国艺术家们所推崇。还有倚山雕凿而成的爱劳拉石窟,同阿旃陀石窟一样,闻名于世,虽然它的历史不及阿旃陀石窟悠久,但石窟中的一些绘画与雕像,比阿旃陀石窟更形象、生动和逼真,那些工艺精湛的庙宇至今令人惊叹不已。那些年代久远分布各地的一座座佛塔,不禁使人想起佛陀的祥和偈语……

  所有这一切,并不只是一个个已经消失了的过去的标志,这一切遗迹诞生的种种美丽传说,至今仍在人们中间广为流传。每天黎明,不少人还在酣睡,从古老的庙宇里就传出一阵阵悠扬悦耳的钟声与诵经声;当今隆重的婚礼,仍庄严地绕着圣火举行,音乐与舞蹈仍然回应着古老庙宇墙壁上所刻的旋律。但是,与此同时,今天的印度,原子物理、太空技术和软件业等等,就像当年圣雄甘地的非暴力不合作运动那样,不仅为世人所了解,而且在迅速发展,并获得了辉煌成就,为世人所惊叹。

  印度是个宗教盛行的国家。主要宗教是印度教,印度教徒占全国居民总数的82%以上,除此以外,还有伊斯兰教、耆那教、锡克教和佛教等。宗教与印度人民的社会生活关系密切,影响甚大。

印度为世界四大文明古国之一，它有悠久的历史和灿烂的文化。早在公元前两千多年前，印度的原始居民达罗毗荼人就已经有了高度发达的城市文明。位于今巴基斯坦境内的摩亨殊达罗和哈拉巴的古代遗址便是有力的证据。这些遗址至今对世界各国的考古学家和历史学家仍然有着极大的吸引力。1922年，印度考古学家拉·巴涅尔吉来到印度河下游的一个名叫摩亨殊达罗的地方，在这里出乎意料地发现了被埋没了几千年的古城遗址。同年，学者们在印度河的上游一个名叫哈拉巴的地方，也发现了一座与摩亨殊达罗同时代的古城遗址。这些古代的城市文化后来统称为哈拉巴文化。由于哈拉巴文化的发现，印度文明史的开端便从雅利安人的入侵向前推移了1000多年，从而使印度河流域文明被列入世界五大文明发祥地的行列。

凡研究印度的人都会不难发现，印度具有许多与众多国家不同的特点：

第一，印度在历史上累遭民族入侵、占领和殖民统治，因而血统混杂，人种繁多，素有"人种博物馆"之称。印度的种族中，主要有达罗毗荼人、雅利安人、土耳其—伊朗人、雅利安—达罗毗荼人、蒙古—达罗毗荼人、蒙古人和色底安—达罗毗荼人等。印度民族众多，主要有印度斯坦人、泰卢固人、马拉提人、泰米尔人、孟加拉人、古吉拉提人、格纳达人、马拉雅拉姆人、奥里雅人、阿萨密人、那加人等。另外还有几百支部落。各族都有自己的历史和文化，保持着本民族特有的衣着、饮食、风俗习惯。

第二，印度在历史上长期处于封建割据、大小王国互相争霸的分裂状态。莫卧儿王朝及英国人统治时期，被认为是印度历史上全国统一的时期，但即使在这个时期，全国仍存在五六百个大大小小的王国，直到1947年印巴分治之后，印度境内仍有小王国300多个。不同地区既有共同点，更有不同点。

第三，印度的语言也很复杂，极不统一。主要语言有：阿萨姆语、坚那勒语、古吉拉特语、泰卢固语、马拉亚兰语、奥里萨语、泰米尔语、孟加拉语、乌尔都语、旁遮普语、梵语、信德语、马拉提语和克什米尔语等。在一张 10 卢比的纸币上就可以看到十四五种语言文字。全印度各民族和部族的语言及方言超过 150 种。如果再仔细区分，则有千种以上。所以有人说，印度各邦唯一统一的语言是国歌。语言问题始终是印度的一个麻烦的问题。印度政府一直注意在全国普及印地语，但英语至今仍占重要地位，两者同为官方用语。

第四，印度是一个充满神话传说的国家，古代印度人不注意自己的历史，尤其不注意系统地记录自己的历史，正如 11 世纪到达印度的穆斯林学者阿尔·伯拉尼所说："他们总喜欢讲故事。"以神话故事形式述说古代所发生的重大历史事件或英雄人物的事迹，是印度的一大特点。《往世书》《摩诃婆罗多》《罗摩衍那》可以说是印度神话故事的总宝库。此外，各吠陀、梵书、奥义书、佛典以及某些文学作品中也有不少神话传说。这些神话传说，往往和宗教联系在一起，所以至今仍在印度人民中广为流传，成为他们思想行为、道德观念的准则和生活的楷模。

第五，印度自古存在世袭的种姓制度，这是世所罕见的。按职业的不同把人分为四个等级不同的种姓，它们分别是：婆罗门、刹帝利、吠舍和首陀罗。婆罗门即僧侣，从事文化教育和祭祀。刹帝利即武士，从事行政管理和打仗。吠舍即平民，经营商业贸易。首陀罗即所谓贱民，从事农业及各种手工业劳动。后来各种姓中又派生出许多副种姓（或称亚种姓，次种姓），据说这些副种姓全国有 3000 多个。各个种姓都有自己的道德法规和风俗习惯。除上述外，还有所谓不可接触的"贱民"，他们受苦最深，处境最惨。种姓制度的精神支柱与理论依据是印度教。种姓制度的危害很大,对国家的发展和个人生活的改善均有影响,是社会发展的一大障碍。因此,印度独立以后,政府制定了有关法律,采取了有关措施,情况有所变化。据笔者多年来的观察,种姓制度在各地的表现并不一样,程度有轻有重,但都趋于好转。由于几千年来种姓制度根深蒂固,要彻底消除种姓歧视的现象,短期内是不会奏效的。

由于存在上述这些特点,所以印度各地区在历史、文化、宗教和风俗等方面都有所差别,有的甚至完全不同。著名的印度学者高善必说,印度这种"无穷无尽的多样性令人吃惊,而且常常很不协调"。

印度本身的特点告诉我们:第一,若研究印度或了解印度,不仅要了解印度的概貌,更要了解印度各邦或重要地区的具体情况。第二,中国和印度是近邻,2000多年前就开始有了交往,两国人民相互学习,取长补短,不仅结下了深厚的友谊,而且促进了双方科学文化的发展。因此,季羡林先生说:"如果中印两国之间没有文化交流,那么两国文化的发展就可能不是今天这个样子。"这话千真万确。

二

印度和世界上其他国家的文化一样,它的文化发展在很大程度上为它的地形所左右。这个国家的领土被大自然划分成的若干单位都有着各自不同的经历。深邃的江河和蜿蜒的山脉横贯印度,这助长了一种孤立精神的形成,从而使印度分裂为许多小的行政单位,甚至社会单元,这些小单位或单元间的差异又因各地条件的无限多样性而更加深化。倾向于一致和结成一体的趋势,只有北方巨大的河流平原和半岛内地广阔的高原才表现得比较显著。那座把印度同亚洲其余地区隔离了的巨大山脉,虽然使印度自成一体,并有利于形成一种独特形式的文明,但从来不足以维护印度河和恒河流域这块充满欢乐的领土免受野心勃勃的帝王或到处流徙的游牧民族的入侵。这些入侵者通过一些狭窄的山口,相继进入印度。还有那些布满富庶港口的漫长海岸为来自远方的勇猛海盗和冒险家的帆船"敞开大门"。

但是,这些山口和海岸远不只是侵略者与征服者的大门,它们对于印度同外界进行和平交往也大有益处。它们不仅带来了一批又一批虔诚的香客与和平的商人,而且还成为把印度文化与文明传播到亚洲大陆大部分地区和世界其他地方去的通道。

我们说,各国民族文化之所以不同,究其原因,首先还是由于自然环境的区别而影响其生活方式,再由生活方式影响到文化精神。人类文化,由源头处看,从其性质来说,一般分为三类:(1)游牧型;(2)商业型;(3)农耕型。游牧型文化发源于草原地带;商业型文化发源于海滨地带以及近海的岛屿;农耕型文化发源于河流灌溉的平原。三种不同的自然环境,决定了三种不同的生活方式,形成了三种不同的文化类型。我们还可以把上述三类归结为两大类,即游牧商业型和农业型。印度文化当然属于后一类,即农业文化类,和中国一样。上述两种类型文化各有特点。游牧商业型起于内不足,内不足则需向外寻求,因而为流动的、进取的。一般农耕型民族可以自给,无事外求,并稳居于一地,因此,相对来说,表现为"静定"和"保守"。游牧商业型民族,无论其世界观或人生观都有一种强烈的对立感,对自然则为天人对立,对人类则为敌我对立,因此其文化特点常见为侵略性的。农业型民族在生活上所依赖的是气候、土壤和雨水。这三者非人类自力所能安排,对上述三者从根本上说只能是信任、忍耐和顺应,谈不上什么"克服"与"战胜"。否则,会闹出笑话或受到大自然的惩罚。所以,农业型文化是"物我一体",或叫"天人相应",这种文化的特性常见为和平的。一般来讲农民与耕地相联系,生于此,长于此,老于此。因此,他们不求空间的扩张,唯望时间的绵延,希望天长地久,福禄永终。

游牧商业民族,又常具有鲜明的财富观。牛羊孳乳,常以成倍增加,一生二,二生四,因此,其财富有两个明显特征:(1)愈多愈易多;(2)愈多愈不足,追求积累。而农民则不同,不想积累,唯知生产,因其生产有定期,亩产有定量,而且生生不已,源源不绝,固不愿多藏。因此,游牧商业型文化常为富强的,且不断追求。而农业型文化则为安足的。古代农耕民族的大敌常为游牧民族,古代印度有雅利安人进入印度为例。印度近代农耕的大敌则是商业民族,例如荷兰、葡萄牙、英国等先后侵入印度便是例证。如此等等。今天的印度文化,同上述文化密切相关,不可分割。今天的印度文化,很难说哪一部分是受了哪种文化的影响,一种文化,在它存在的同时,不可能不受到其他文化的影响,反过来,它也会影响到其他文化。

从气候来看,印度大部分地区处在热带,小部分地区处在温带,北部较冷,南部较热,而有的地方终年37.5℃。物产丰富,衣食自给,他们的文化大都从多量的闲暇时间里产生或形成。这点与中国不同,中国大部分地区位于北温带,其气候、雨量远不能与印度相比。因此,中国人是在一种勤奋耐劳的情况下创造自己的文化的。

人类文化的发展受到自然条件的影响或限制,人类文明与文化是在一定自然条件下和地理环境的基础上发展起来的,在它形成的过程中,会深刻地打上地理环境的烙印。的确,地理环境可以成为一个国家发展的重要原因,但并非是全部原因,如同一个人要生存,水很重要,但只有水还不够,还需要阳光、空气和食物等。同样,人类的发展在需要自然条件的同时，还需要人们的智慧、奋斗和不满足的追求相配合，人类能以自己的智慧、勤劳和科学方法使自然环境发生变化。经过了几个不同历史阶段的人类历史，从古代原始文明到今天科学发达的时代，所发生的一切进步都是人类不断奋斗、探索和不知疲倦劳动的结果。在印度过去五千年的历史长河中，地理条件并未发生多少根本性变化，可是当地各民族的经济状况、社会形态、文化艺术、宗教哲学等发生了变化，总之，它们的物质文化和精神文化都发生了不同程度和不同性质的变化。但是，不管如何变化，在它变化的过程中会受到地理条件的影响，而且其变化结果总还带有地方烙印，这即是它的特点。

应如何看待印度民族文化，这是个认真思考的问题。一个国家的民族文化反映在现在，也表现在过去。印度文化也同样如此，即表现在印度以往全部历史进程中。不过，大家知道，印度的历史并不系统，有关文字记载少，尤其是古代。因此，有些人认为，印度的历史无从谈起。关于什么是"历史"，印度著名的历史学家D. D. 高善必说过："可以肯定，印度没有一部古代史能像罗马或希腊的历史那样记载得详尽准确。不过，到底什么是历史？如果历史仅仅意味着一连串妄自尊大的杰出人物的名字和令人难忘的征战，那么印度历史就难以编撰了。然而如果重要的是知道某个时期的人们是不是使用犁，而要比知道他们的国王叫什么名字更重要的话，那么印度就有历史了。"

我们应当从全部历史的客观方面来看待文化的真相。首先，应该明白其复杂性，不要单着眼于一枝一节，应放宽胸怀，通视其大体不同文化的融合。其次，应明白其完整性，不同民族群体生活如何统一融合的、相互吸收的或者相互影响的，从多方面来了解：从物质生活，衣食住行，到集体生活，如社会、政治组织以及内心生活，如文学、艺术、宗教信仰和哲学思想等,它们彼此息息相通,相互都有影响。从它复杂的各方面来了解背后的完整性。金克木先生说得好,"整个文化应包括三个部分,即文献、文物和民俗",缺一不可。"民俗……是有语言的,又是不讲话的。""要找出文物——物记,还要有人证——民俗,旁证——其他文化,合到一起才算研究文化。"最后,要明白其文化的发展性,如同生命一样,它是向前伸舒,不断成长的,既要看到现在,又要看到过去。通过古今的相互联系,来深刻地了解过去和现在,了解文化的发展性。

三

印度有自己的地理环境、自然条件、经济状况、社会形态、宗教信仰和历史特点等,所以也就形成了印度独特的文化。印度河文明因主要分布在印度河流域而得名。以印度河流域为中心的印度文化在世界上影响很大,它具有丰富的内涵和无比的魅力,长期以来受到世界各国人民的重视。它主要具有以下几个特点:

第一,宗教性。印度文化中,宗教信仰不仅是特有的,而且是重要的。印度文化中充满了宗教色彩。古代印度人的生活,几乎各个方面都受到宗教的支配,都能看到宗教的影子,例如印度教至今还把婚姻看成一种神圣的宗教仪式,认为夫妻是通过神选定的;同样,对种姓的产生也有种说法,婆罗门、刹帝利、吠舍和首陀罗分别是从梵天的嘴里、胳膊、大腿和脚下出生的。因此,他们的地位不同,所从事的职业也不同。宗教思想的体现是广泛的,从生到死,各个方面,简直是没有宗教就没有生活。

所谓宗教信仰,其最高目的是引导人们追求未来的幸福;生前得福,死后升天,轮回不止,不重名。因此,印度古代没有留下真正的历史著作,与中国不能相比,原因就在这里。

第二，古老性。印度是世界文明古国之一，印度文化是世界最古老的文化之一。当世界上不少国家还处在野蛮、黑暗的时代，印度文化已经相当发达了。在哈拉巴和摩亨殊达罗发掘的文物表明，印度文化与文明始于公元前3200年。印度河文明早已进入奴隶社会，从出土的文物可以得到证明。突出的例子是，在一些印章上有奴隶主拷打奴隶和杀人祭神的描绘，出土了一些赤土陶像，他们紧抱双膝蹲着，颈上还有一个前面凸出的镣铐，等等。大多数学者认为，当时的居民是达罗毗荼人。现在他们主要分布在南印度。当时由于雅利安人的入侵，才使达罗毗荼人被迫迁到印度南方。

第三，连续性（或继承性）。印度文化不仅古老，而且具有连续性的特点。印度有几千年的历史，但看到今天的印度文化还能想象到遥远的过去，还能理解过去的文化，今天还闪烁着它的光芒。当然，不完全是原来的样子。有些已经发生了变化，如印度的纱丽，有几千年的历史，今天还是妇女们的主要穿着，但其质料与式样当然发生了变化。历史上，印度多次遭到异族入侵，也不断地改朝换代，可是，一些传统机构、宗教、史诗、仪式、风俗等至今仍然存在和流行，它们并未因时间的流逝和朝代的更改而消失。

第四，哲学性。印度文化哲学性较强，历史学家、文学家、诗人、艺术家等，在自己的作品中都富于哲理思想，而且在人们生活中也有广泛体现。

印度人科学世界观的萌芽早在原始公社末期的梨俱吠陀时代就已出现，进入奴隶制社会之后开始形成系统的哲学。在印度最早的哲学著作《奥义书》中已经看到唯物主义与唯心主义的对立斗争。唯物主义者认为，某种物质元素（地、水、风、火、金等）是世界的根源，而唯心主义者认为,梵、灵魂等是世界的根源。在漫长的历史发展中,一直存在着两种世界观的斗争,因此形成了许多派别。唯心主义哲学与宗教有密切联系,长期以来,印度国内外的一些哲学家一直渲染印度哲学是东方精神的产物,是"宗教的哲学"。黑格尔也曾说过:"我们叫作东方哲学的,更适当地说,是一种一般东方人的宗教思想方式——一种宗教世界观,这种世界观我们是很可以把它认作哲学的。"印度宗教之所以繁盛,与此不无关系。但印度的唯物主义也很强大,有其悠久的历史传统,自古至今未曾中断。像印度顺世论那种彻底的唯物主义世界观和无神论在世界哲学史上也实属罕见。印度的唯物主义一般是在各种自然科学,特别是医学、天文学、数学中酝酿而成,它反映了各个时代进步阶级与人民群众的利益和要求。

印度哲学绝不单纯是少数哲学家的事,它是群众的世界观,这种世界观有时虽然和宗教信仰混在一起,但他们力图以逻辑思维或辩论的方式了解世界一切现象的根本原因和发展规律,寻求人生终极目的的意义,并且为了解人生和社会的矛盾而做了种种尝试。因此,印度的民间歌谣、寓言非常丰富,哲理性很强。例如:

遮伐加(顺世派)

活着就应把福享,没有人能不死亡;
一旦身体烧成灰,再要重来无法想。

这是古代流行的民间歌谣。唯物主义的派别代表是顺世派。顺世派认为,地、水、火、风四种元素构成身体,从这里产生意识,这些(元素构成的身体)消灭了,意识也就自动消灭了。

顺世派是肯定人生的,否定死后还有什么另外的世界。因此,他们反对祭祖、祭神作为祭祀的依据和祷词的吠陀经典,求"解脱"的苦行,指出这些不过是仗此维持生活的人们的谋生手段和无赖的骗人术。

第五,神秘性。印度文化充满了神秘色彩,如世界的形成、存在和毁灭分别由三个神来掌管,即梵天(创造之神)、毗湿奴(保护神)、湿婆(毁灭神)。与人们经济、生活有关的神是罗其密,与艺术、知识、才干有关的神是斯尔索迪女神,智慧神是耿乃希。同样,还有因陀罗(天神)、阿耆尼(火神)、瓦鲁纳(风神)、苏里耶(太阳神)以及罗摩、克里希纳和佛陀等诸神也是各负责某一方面的,这就是印度。人们认为,若不给男女众神上供、祈祷,不取悦他们,就得不到恩典,今世得不到幸福,来世升不了极乐世界,这就是印度文化的一大特点。因为在印度的传统中,老天至高无上,是真理的化身,取悦神,也就成了生活的最终目的。用印度的俗话说,"我活着,但没有我,我是由神组成的"。

第六,吸收性。印度文化非常活跃,不时地根据需要而吸收进入印度的外来文化。从历史上看,它有各种文化:雅利安人以前的文化、雅利安文化、古代中亚传进的文化、穆斯林文化以及后来的西方文化等,其中当然包括中国文化在内。因此,许多成分进入了印度。如果印度文化缺乏适应能力的话,它早就被毁灭、被消灭了,但事实并非如此。这种文化富于适应性或吸收性,它适应了一切形势而存在下来。今天印度的文化,很难说哪一部分受了哪种文化的影响,一种文化,在它存在的同时,不可能不受到其他文化的影响,反过来,其也会影响到其他文化。由于有这种吸收性,印度文化不仅历史悠久,而且丰富多彩。

第七,完整性。印度文化是全面的、完整的,人类生活的最高目的是全面发展,印度文化注意到全面发展,对所谓人生的阶段、不同职责、婚姻、家庭等都做了特殊规定。并且把"法""利""欲"和"解脱"定为人生平衡的基础,视为人生的四大目的,"利"和"欲"被统一起来,注意到身体、思想和精神三方面的发展。这三方面发展了,才能获得"解脱",人们大多具有这种思想。同样为了发展智慧和长身体,规定了独身和成家,为了精神的发展规定了林居和出家。现代印度当然没有这些规定了,而是用"民主""人道""捐献""祭祀"等来实现人民大众的福利。

第八,多样性中的统一性。印度文化的多样性中有统一性,印度有多种宗教团体,如印度教、伊斯兰教、基督教、耆那教、锡克教、拜火教等,它们有自己的信仰、风俗、习惯、礼仪和语言等,尽管这么复杂,具有多样性,但全印度都拜毗湿奴、湿婆、罗摩和克里希纳等神,他们的故事流传全印度。同样,有些风俗也是如此。如联合家庭从北到南都存在;结婚时总有些复杂的宗教仪式,全印度如此。种姓制度不仅存在于印度教徒中,在穆斯林中也有一定影响。所以多样性中有统一性,因此印度才存在,才发展。

印度历史悠久,文化源远流长,在历史上产生过重要影响。历史在前进,社会在发展,在当今世界上,它同样发挥着重要作用。

第一章　印度史前时期的文化和印度河流域文明

一、印度史前文化

从旧石器时代起,印度已有人居住,他们生存的年代大约在50万年前。他们使用粗糙的打制石器。在南印度的坦焦尔、马杜赖、卡杜尔、贡土尔、戈达瓦里、克里希纳等地和北印度的孟加拉、比哈尔等邦,都发现过粗糙的石制手斧、刮削器、箭头等等,大部分用石英石制成,工具粗陋,在印度各地均有大量发现,但东南沿海一带尤其多见。他们不知道使用金属,也不会种地和取火。这一时期的居民主要生活在海滩、湖滨及洞穴内,大多数人无固定的住所,对农业一无所知,只能以植物的根、茎、果实和坚果为食,或以动物的肉充饥。他们不营造墓葬,人死后并不掩埋,任其自然分解,或让野兽吃掉。他们主要分布在温蒂亚山以南的广大地区。

随着岁月的流逝,人类征服自然的能力也不断增强,于是从旧石器时代发展到新石器时代。新石器文化遗址在印度分布更加广泛,几乎遍及印度各地,泰米尔纳杜邦的萨勒姆、喀拉拉邦的马拉巴尔、卡纳塔克邦的迈索尔以及卡提阿瓦半岛、信德、俾路支斯坦等地都有发现。新石器时代的工具种类繁多,人们除了使用粗石器外,还能制造精细的石器。新石器时代的人们使用的工具大多是磨制的,适用于各种用途,石料也多种多样。他们已知道埋葬尸体,建造坟墓,在南印度一些地方发现过一些新石器时代人的坟墓。地下挖掘发现,有的把尸体放在大瓮里,显然比以前文明进步。人们开始懂得从事原始农业和饲养动物,也知道用火,懂得用竹子或木片摩擦取火。人们开始制造陶器,陶器的种类也多种多样,有水罐、钵、花瓶等,既有简单的,又有经过装饰的。人们通过选用不同的泥土添加不同的颜料和控制不同的火候,来求得不同色彩的陶器。人们还学会了建造水库和打水井。饲养的动物有狗、牛和羊等,因此人们的食物比以前丰富多样。除了吃野菜和野果外,还有各种豆类、谷类和奶制品等。他们已经知道怎样制作奶酪和酥油。这时人们的服饰简单,一般穿着很少。最初他们用树皮遮身,后来,能纺棉、毛,能织布,穿棉和毛织品制作的衣服。

到了新石器时代,印度人有了真正的宗教意识,相信生命的循环,崇拜祖先和神灵,为了使死者的灵魂得到安宁,人们开始建造坟墓。新石器时代结束时,焚烧尸体和瓮藏骨灰的习俗已流行起来,人祭已经普遍存在。

随着金属的发现和使用,人类的文明发展又进入了一个新的阶段。人们开始使用黄金,到了新石器时代后期,开始用黄金制作装饰品。印度最先发现黄金的地方在南部。一些考古学家认为,埃及、美索不达米亚和印度河流域的城市都从南印度进口过黄金。日常使用的工具和武器,在南印度是铁制品,在北印度,起先是用铜制品,后来被铁器代替。人们放弃了狩猎和采集生活,开始垦田、种地,从事简单的农业劳作。随着铜器和铁器时代的到来,印度史前时期便告结束,接着出现了一个繁荣于铜器时代的文明,即印度河流域文明。

二、印度河流域文明

印度河是印度的主要河流之一,它发源于喜马拉雅山麓,流经旁遮普等地区进入阿拉伯海。印度河流域指该河所流经和灌溉的地区,所谓某一地区的文明,是指当地人们的社会、宗教、文化、政治生活是怎样的。印度河流域文明是指印度河两岸地区居民的社会、宗教、经济、文化和政治情况。因为该地区的居民是哪个民族,难以确说,因此就称其为印度河流域文明。有些学者把他们称为哈拉巴和摩亨殊达罗文明。哈拉巴位于西旁遮普的芒德高莫利地区,摩亨殊达罗位于印度的拉尔迦纳地区,1922年在上述地区挖掘发现了不少文物遗迹。通过对这些文物的研究,印度文明大大提前,即比吠陀时代文明还早得多。在印度河流域其他一些地方还发现了一些同哈拉巴和摩亨殊达罗所发现的相同的东西。由此证明,整个印度河流域是同一文明。因此,印度河流域文明也被称为哈拉巴和摩亨殊达罗文明,但多数学者称其为印度河流域文明。数千年前,印度河流域居民的社会、宗教、经济、文化和政治生活到底如何,一直是世界人民感兴趣的问题。

考古发现,哈拉巴和摩亨殊达罗是两座规模巨大的城市,其建筑有一定的设计规划,街道为南北和东西走向,直角相交,定位准确,街道宽阔,主要街道宽为33英尺,可并行几辆马车,大道连接几条较宽的街巷,最窄的小巷也有4英尺宽。

马路两旁有牢固的建筑,用砖砌成,砖用木材烧制。大部分房屋为两层,墙壁很厚,也有两层以上的房屋,备有上下楼用的梯子,梯子大多狭窄,但也有宽的。高大建筑房门很大,有些房门虽小,但马车也能通过。房门都有窗户,以便通风、透光,但通向公用街道的墙壁上没有门窗。房屋中间是庭院,厨房建在室内的一角,用砖砌成。每套房间建有浴室,浴池地板用砖砌成,很多浴池旁边还有厕所。

城里建有统一的排水网。每户的污水都通过水沟排到街巷的下水道里,下水道连着巨大的涵洞,污水由涵洞流入河流。排水道是砖砌的,用石灰和土的混合物粘连，小的排水道是用砖砌的，大的排水道是用石块砌成的。

当时有了水井，井有大有小，小的井口直径为2英尺，大的井口直径为7英尺，既有公共用井，也有个人家庭用井。在摩亨殊达罗也发现了大蓄水池，其长为39英尺，宽为33英尺，深为8英尺，用烧砖砌成，墙壁坚固。城市的周围挖有深壕，也建有城墙，起城堡作用。

在摩亨殊达罗挖掘发现，印度河流域的社会上出现了等级，人分为四等：一等人为学者，其中包括祭司、医生、占星家；二等人为战士，其职责是保卫社会；三等人为商人，他们从事各种商业；四等人为家庭仆人和工人。

挖掘发现，当时人们食用小麦、大麦、椰枣、豌豆、鱼、肉、蛋，也食水果、牛奶和蔬菜等。在家畜中，发现有公牛、母牛、绵羊、象、骆驼、山羊、猪、鸡的遗迹。

当地的居民多数留有短胡须，少数人不留。头发长短不一，留长发者将头发结成发辫，梳向头后。衣服有毛料和棉料，分上衣和下衣。男女的衣服无大区别。时兴戴各种装饰品，例如项链、臂环、手镯、戒指等，但鼻饰、耳环和脚饰只适用于妇女。富人的首饰是金、银和宝石制品；穷人的装饰品是用铜和骨头做的，也有瓷制品。还发现了青铜镜子和象牙梳子等物。

狩猎为当时的主要娱乐手段，用弓箭猎取野羊和鹿。养鸟、放鸟也是人们的一大乐趣。孩子们用泥土做各种东西的模型进行娱乐。人们也下棋，或赌博，或斗鸡、斗牛。

当时人们敬奉女神，由此推测，当时的妇女受到尊重，社会地位较高，生儿养女、料理家务是妇女的主要工作，男女都共同参加宗教活动和节日庆祝。

在摩亨殊达罗的挖掘发现，当时尸体的埋葬有三种方式：人死以后将尸体全部埋入地下；人死以后将鸟兽吃剩下的骨、肉埋入地下；人死以后将整个尸体用火焚烧。人们大多数采用第三种方式。

印度河流域文明时代的商业也相当发达。摩亨殊达罗和哈拉巴等都是重要的贸易中心。在这里发现了许多当地不产的东西，可以断定其同外地有贸易联系，如同波斯、阿富汗等地有着广泛的贸易往来。主要进口金、银、铜、锡等；出口的主要物品有布匹等。

当时流行的宗教主要是自然崇拜，灵魂之说盛行。印度河流域的人们时兴崇拜太阳、水、火，还认为一些树木、植物也是神圣的，对它们进行崇拜，例如菩提树、罗勒草等至今还为印度教信徒所崇拜。另外，考古学家还发现了一些动物的雕像，可以证明当时人们也崇拜动物，印度教信徒至今认为母牛是神圣的，并给予崇拜。

舞蹈、音乐艺术也相当发达。印度河流域的人们善于唱歌、跳舞，考古发掘出了舞蹈者的雕像，舞女赤身裸体，但是身上有很多装饰物，雕像头上的头发梳理得很好。考古学家还挖掘出不少乐器，在一些地方还发现了手鼓和大鼓的遗迹，由此证明当地人喜欢音乐。

印章艺术也很发达。在印度河流域考古挖掘发现了很多图章，这些印章各式各样，有石制的，有金属做的，有象牙制品，也有用泥土做的。印章大多为正方形，上面刻有动物的图像，另一边刻有文字。

现在人们不禁要问，上述文明的创造者到底是谁？对此学者们意见不一，有些学者认为，印度河流域文明的创造者是吠陀文明的创造者雅利安人，但这种意见站不住脚，因为印度河流域文明和吠陀文明有很大区别，同一个民族的人们不可能创造出区别如此之大的文明。也有学者认为，印度河流域文明的创造者是苏迈尔人。但是更多的学者认为，印度河流域文明是达罗毗荼人创造的,因为南印度的达罗毗荼人的土制陶器和石制的器皿以及他们的装饰品与印度河流域的非常相似,这种看法在很大程度上是正确的,是可信的。

印度河流域文明存在的年代,学者们的意见也不统一,确切的时间难说,大多数学者认为它的繁荣期为公元前三千纪中到两千纪初之间。

印度河流域文明与吠陀文明不同,它不是以乡村与农业为主的文明,而是以城市和商业为主的文明,建立了许多大城市,而且与外国建立了贸易联系。

印度河流域文明是何时又是如何毁灭的,一直是人们关注的问题。据学者研究,它最晚在公元前1750年之后不久就结束了。在结束之前,经过了一个长期的逐渐衰落的阶段,但实际结束是突然的。毁灭的原因难以确说,但学者估计,印度河河水泛滥、灾荒、地震、气候的变化、外国入侵等原因也许使文明遭到毁灭,但最重要的原因是后者。在摩亨殊达罗,城市被焚毁,居民惨遭杀害,大屠杀之后的人口所剩无几。在哈拉巴,这种毁灭的证据甚少,因为这里的土地表层已遭到破坏,材料(主要是砖)被拿去用于现代建筑。

印度河流域文明的破坏者到底是谁,与雅利安人的入侵是否有关,后来的社会、文化又发生了什么变化,也是人们关心的问题。

第二章 吠陀时代

一、雅利安人及其社会

通常人们认为,雅利安人的侵入,破坏了印度河文明,但也创造了雅利安文明。大约从公元前两千纪中叶开始,雅利安人从印度的西北方侵入南亚次大陆,从此开始了印度史上的吠陀时代。从这时起,直到公元前6世纪,一般称为吠陀时代。人们通常把最早的《梨俱吠陀本集》形成的时期划为早期吠陀时代(公元前2000年—公元前1000年),把后三部《吠陀》(即《娑摩吠陀本集》《夜柔吠陀本集》《阿闼婆吠陀本集》)和《梵书》《森林书》《奥义书》产生的时期划为后期吠陀时代(公元前1000年—公元前600年)。

雅利安人属于印欧语族,其故乡可能在中亚或高加索一带。雅利安人是何时移入印度的,对此说法不一。有的学者认为,雅利安人出现于印度西北部,不会晚于公元前2000年。有的学者认为,大约在公元前两千年中叶许多雅利安人部落出现在印度河上游一带。在早期吠陀时代(梨俱吠陀时代),雅利安人的居留地只限于阿富汗东部、旁遮普以及现代北方邦的若干部分。也许由于人口的自然增长,雅利安人被迫离开那为群山所围绕的地区——狭小的故乡,去向远方寻求食物和住处。他们和那些他们想占领的国家的人民一定有过很多斗争,这一过程可能经历了许多世纪。雅利安人占据印度河上游以后,最初过着以畜牧业为主的生活。后来他们逐渐学会了耕种,用牛拉犁耕地,用河水进行灌溉。主要牲畜有牛、山羊、绵羊、马、大象等。到了后期吠陀时代，雅利安人各部落从印度河流域逐步向恒河和朱木拿河流域之间迁徙，至公元前1000年前半期，雅利安人就占领了整个恒河流域。雅利安人入侵印度是个很长的过程，并同当地的居民进行过激烈的斗争，在吠陀文献中有许多雅利安人同当地人战斗的片断记载。在《梨俱吠陀本集》中提到当地的土著人，称他们为"塌鼻子""黑皮肤""达萨"，雅利安人称当地的非雅利安人为奴、匪、鬼、蛮、恶魔等。后来雅利安人完全征服了当地的非雅利安人，成了主人。经过无数次战争，他们征服了当地的土著居民达罗毗荼人，后来，逐步征服了整个北印度，把当地人驱逐到印度的南方。

雅利安人初到印度的时候，还过着氏族部落生活，部落为社会单位，每个部落包括几个村社，村社由同氏族的若干家庭组成。父亲是一家之主，在社会上和家庭中占重要地位。女人管理家务，受到尊重，男女平等。土地为公社所有，但一部分土地被分给家庭使用。部落首领由民众选举产生，但实际上属于世袭性质，首领权力很大，但也考虑民众的意见，由民众会议决定重大事宜。

战争是经常发生的。早在吠陀时代，雅利安人不仅与当地的土著居民之间发生战争，而且雅利安人各部落之间也时常发生战争。《梨俱吠陀本集》中所描写的"十王之战"就是十个部落组成的联盟共同反对当时最强大的婆罗多国王的战争。战时常用的武器有长矛、弓箭、板斧、石器等。随着社会生产力的进一步发展，雅利安人社会内部已经孕育着阶级和阶级矛盾了。这时候印度历史开始向奴隶制社会过渡。

当时的宗教信仰比较简单，属于雅利安人原始信仰的延续，人们崇拜各种自然现象和自然力，自然现象的美丽和庄严激发了吠陀贤人的幻想，启发了他们的虔诚，对自然之物给予神化，进行崇拜。他们信仰天神、太阳神、火神、雷雨之神、风神等等。崇拜的方式也比较简单,点燃圣火向火里投掷祭品,敬天神时用牛奶、谷物和酥油。雅利安人不祈祷神在来世给他们什么,而是祈求神在今世给他们粮食、牲畜和智慧等。他们最大的要求是:"神主啊,请你把我的敌人消灭光!"到了后期吠陀时代,如梵书时代,他们的信仰开始复杂化,祭品也变得丰富,仪式也复杂起来。

雅利安人的社会基础是以家庭为单位。那时的结婚仪式,大体上和现在的情形相仿。但是,选择生活伴侣的方式及妇女在社会中的地位同今天不大一样。男女到了成年才能婚配,没有童婚一说。男女青年可以自由挑选自己的生活伴侣。一般来说,妻子在世时男子不能娶妾。但这一条不适用于国王。一般庶民百姓,若其妻子活着,男子再娶一房则被认为是不道德的事。当时,丈夫死后,没有妻子殉夫的风俗。寡妇只要自己愿意,她完全有权改嫁。不过,一般都是丈夫死后,就和小叔子结婚。如果没有小叔子,她有权和任何人结婚。

妇女在雅利安社会中的地位是高的。早期吠陀时代,妇女不罩面纱,在学习上也不亚于男子。像科夏、威希沃瓦拉和罗巴穆德拉这样一些妇女,都曾获得"精通《梨俱吠陀本集》的女仙人"的荣誉。在家庭里,妇女很受尊重,任何祭祀活动都不能没有妇女参加。

雅利安人的饮食简单,他们主要吃大米、大麦、黄油并喝牛奶。吠陀文献中还有菜豆、蚕豆等各种豆类的记载。在进行祭祀活动时,他们有喝苏摩酒的习惯。

雅利安人的衣着也很简朴。上身穿一件斗篷似的上衣,下身穿一件半身衣,头上缠一条头巾,布是羊毛和亚麻织品。男女都戴项链、臂镯、手镯和脚环等首饰。妇女一般梳辫子。有些男子梳发髻,一般留胡须,但也有剃光的。

到了后期吠陀时代,经济生活发展到以农业为主,耕作技术也大有提高,农作物的种类也大大增加,除了小麦和大麦以外,还种植豆类和芝麻等,也懂得了农时的重要,并掌握了各种农作物的不同种植方法和收获季节。随着生产力的提高和大量剩余产品的出现,商业也有了进一步的发展,交易可以是物物交换,也可用现金进行买卖。那时借贷已经流行,赌博输了,往往借债。还不了债,就当奴隶。主要商品有服装、羊皮、首饰等。主要运输工具是牛车和船,也使用马和大象。

在后期吠陀时代,国王的权力增加了,君主制度更加盛行,歌颂帝王的故事大量出现。以前的民众会议的作用削弱。种姓制度开始形成,种姓区别和不平等现象变得明显,同时也反映到法律上——同样的犯罪,对婆罗门惩罚最轻,对刹帝利则重一些,对吠舍更重一些,对首陀罗是最重的;同样,借贷的利息也不同,婆罗门最少,刹帝利较多,吠舍更多,首陀罗是最多的。

妇女的地位明显地下降,不再拥有财产和财产的继承权,婚姻出现不平等,有了一夫多妻现象。丈夫去世,寡妇殉葬的现象日趋严重。

古代雅利安人分许多社会团体,一个群体称一个杰恩,即氏族,每一个杰恩有一个头人或罗阇(即王),他们是氏族的行政管理人。罗阇由百姓选举产生,而且需要全体百姓一致通过方能有效。选出以后,在罗阇的前额上点吉祥点,让他宣誓登基,由祭司、军事首领、艺人、车夫、铁匠等向他赠送国徽、玛尼或拉特纳(即宝玉),因此这些人被称为拉特尼(即赠送宝玉者)。罗阇在登基前要拜见拉特尼。

罗阇和十一名拉特尼共同掌管行政。十一名拉特尼是军事首领、祭司、王后、记事人、总会计、村长、王宫大管家、司库、总税务官、森林保护人和通讯联络人。

罗阇必须履行自己的誓言,完成自己的职责,否则,百姓可以将他废黜或驱逐出境。氏族里还有个名叫萨米迪的组织,相当于委员会,是老百姓行使权利的机构。萨米迪设一位巴蒂或伊香,即主席,罗阇也参加萨米迪。萨米迪的成员有村长、艺人、车夫和铁匠。此外,还有一种叫萨帕(大会)的组织,它比萨米迪小,但每村都有,它起法院的作用。有些氏族没有罗阇,由萨米迪执政。这样的民主制被称为"无政府氏族社会"。

古代雅利安人一生分四个阶段:

(1)独居期。小孩举行知识仪式以后才能开始。不同种姓有不同的开始学龄。过去婆罗门种姓的人是8岁开始,刹帝利种姓的人是11岁开始,吠舍种姓的人是12岁开始。首陀罗不被计算在内,因为禁止他们读圣典——吠陀。学生要去老师家居住,为老师服务,还要过艰苦生活,如穿绿色衣服,通宵坐着,下雨淋着,乘船时只能站着,以便体会翻船时的可怕滋味。时间一般到25岁为止,但也不尽然,若功课尚未学完,或老师对学生还不满意,则可延期,因此,有的延长到34岁。

(2)家居期。独居期完成后,通过父母或亲戚帮忙,孩子完成结婚手续,然后生育后代,赚钱养家糊口,尽各种宗教职责,举行各种祭祀活动,偿还人债、神债、仙债、祖宗债,包括对各种残疾人施舍在内。同时,他们每天清晨必须念吠陀经。

(3)林居期。通过家居期后,人们的皮肤松了,头发白了,子孙满堂了,这时,他们丢下妻子儿女,舍弃社会和家庭的享受而去森林过林居生活。他们在那里搭草棚,穿树皮御寒,吃野果充饥,有时若想家,可回家看看,但不能在家久留,必须尽快返回森林。妻子若愿与他们同住,也可以,但有一个条件,即夫、妻不能同床。林居者,夏天雨天受雨淋,冷天不烤火。

(4)出家期。林居期生活结束以后,这时人才有资格过出家的生活。他们到各村出游,进行说教,讲述自己的生活体会,努力改变或影响人们的思想和行为,向人乞食,过乞讨生活。这期间,他们的妻子可以同他们一起生活,以便对他们进行照顾。出家者禁止杀生,要穿别人穿过的衣服,睡在地上,他们的大部分时间用来向神祈祷,也去城镇讨食,向别人说教。这样,他们日复一日、年复一年地等待死亡的降临。

总之,幼年学道(法),长而持家,求财肆欲,老而修道出家,最后舍弃一切,死而得"解脱"。

雅利安人认为,每一个人生来就欠了四种债务,即人债、神债、仙债和祖宗债。每一个人都要款待邻居和客人,以还人债;举行祭祀,以还神债;学习和授业,以还仙债;繁衍子孙,以还祖宗债。社会上每个人都有义务偿还这四种债务。这就是他们为什么要把人一生分为四个阶段的原因。

雅利安人除了放牧、种田以外,还从事木匠、铁匠和皮匠等手工业。木匠主要制作犁和战车。铁匠做家用器皿。皮匠编织坐垫、席箔。纺纱一般是妇女的事。值得注意的是,在雅利安时期,木匠、铁匠和皮匠等手工业者并不像现在这样被认为是低贱的,相反,那时他们在社会上受人尊重。

现在的旁遮普人可以说是印度雅利安人种的典型代表。但是这并不是说旁遮普人全部是纯粹的雅利安人。由于旁遮普在历史上屡遭外族入侵,成千上万的外族人在旁遮普先后定居下来,例如希腊人、伊朗人、塞种人、匈奴人、蒙古人、阿拉伯人等,他们不仅在这里定居下来,而且随着时间的流逝,逐渐都同原来的旁遮普人融为一体,成了旁遮普人。所以现在不少的旁遮普人,实际上是各个民族长期融合的结果。

虽然印度河流域的城市由于雅利安人的入侵而消失,但印度河流域的文化和文明相当"坚强",在历经政治的灾难之后仍得以残存。随着时间的进展,雅利安人吸收了他们的敌人的文化和文明的某些特点,现代印度多神教的某些方面还可以追溯到那久远的文化渗透的时代。对雅利安化的印度来说,女神崇拜和阳物崇拜可能是代表印度河流域的遗物。

二、种姓制度的形成与发展

种姓制度是印度社会的一个重要问题,不仅在印度教社会中存在,在其他宗教诸如伊斯兰教、基督教等中也有不同的表现。印度共有多少个种姓难以确说,但一般认为只印度教社会中就有3000多个,若连其他宗教的种姓计算在内,则有3200个以上。再加上有些部落民不断加入印度教,使印度的种姓更加复杂化。任何事物都有发展变化,种姓制度也不例外。说它不变,历来如此,显然不对。但说它变化很快,也不合乎实际。尤其在一些农村,变化相当缓慢,种姓的影响还非常严重。同时,在各地表现的程度不一,城乡也有差别,所以这个问题非常复杂。种姓制度不仅奴役、残害了广大劳动者,剥夺了他们做人的权利,而且对印度社会、经济、政治、文化以及人民生活等方面仍有很大影响,至今仍是印度社会发展的一大障碍。

种姓由出身决定,代代相传,不易更改。一般实行种姓内部通婚。每个种姓有自己固定的职业,种姓之间有高低贵贱之分。宗教信仰受到限制,各种姓有不同的道德法规,严格遵守,如若违反,轻则受到惩罚,重则被开除种姓之外,因此种姓彼此间的接触、相互间的交往都受到限制,饮食也有一定的规定,甚至影响到经济状况的好坏。

以上种姓的这些基本特点,并非开始就有,它们是在历史的发展过程中逐步形成的。其发展变化大体可分两个阶段:

1. 早期吠陀时代

被认为是印度历史的最古时期,大多学者认为,这个时期始于公元前1500年。这个时期最古的文献是《梨俱吠陀本集》,里边提到婆罗门、刹帝利和吠舍三个不同的瓦尔那(varn),在《梨俱吠陀本集》的咒语中有几处提到了首陀罗。这些首陀罗叫作奴隶(das),是非雅利安人,不信天神,不祭祀。《梨俱吠陀本集》中记载,当时人们从事的职业没有规定,可自由挑选,也可以改变,如婆罗门可以放弃祈祷、主持祭祀等而从事刹帝利的职业。

在雅利安人进入印度之前,在雅利安人社会里已经分阶层了。在《梨俱吠陀本集》中有四个瓦尔那的记载,但是这个时期任何瓦尔那都有挑选职业的自由。在饮食方面也没有任何规定,不同瓦尔那之间还可以通婚。四个瓦尔那的出身并不重要,即种姓还未产生。这说明当时只是有以工作为基础的瓦尔那制度,以出身为基础的种姓制度还未形成。

2. 后期吠陀时代

公元前1000年到公元前600年左右,即《梵书》和《奥义书》时期。这个时期婆罗门与刹帝利之间出现了阶级斗争,它有两个主要特点:(1)婆罗门的地位提高了;(2)首陀罗的地位下降了。根据法典记载,这个时期开始由瓦尔那(varn)向种姓(jati)转变了。这个时期人们的瓦尔那一般由其出身决定,祭司们完全把自己组织了起来,所以他们的力量增强了。在《法经》中把婆罗门说成是最好的瓦尔那,这种人享有特权,例如他们免缴许多税收,祭司们大大影响了国王,所以婆罗门的地位大大得以提高。婆罗门为确立自己至高无上的地位,宣传低级瓦尔那的人只有认真遵守自己的职责,下辈子才能投生为高级的瓦尔那人。在《法经》中还写道:"国王应该惩处那些违反瓦尔那规定的人,婆罗门比其他三个瓦尔那都'优秀'。"在《法经》中还把三个高级瓦尔那说成是再生种姓,他们有权举行再生仪式,把首陀罗说成是一次生种姓,他们无权举行再生仪式。《法经》指出了前三个瓦尔那的各自职责:婆罗门——从事研究、主持祭祀,接受施舍;刹帝利——保护所有的人,主持正义,惩罚坏蛋,帮助乞丐,为国征税,准备打仗,在战争中战斗到最后,直到生命结束;吠舍——从事农业、商业、畜牧业和提供借贷。以上这些是对他们的最高要求,但实际情况可能与要求有一定距离。从有的文献得知,婆罗门中有些是医生,有些是车夫,有些是税官,有些是商人,有些是农夫,除此以外,还有的是垦荒者、占卜者、狩猎者、政府低级小职员。这就说明,这个时期对职业的挑选不受限制,并无硬性规定。刹帝利的地位和婆罗门几乎相同,但区别在于刹帝利不能成为祭司。在佛教文献中说刹帝利是最优秀的种姓。这可能与佛教和耆那教的创始人佛陀与大雄都出身于刹帝利种姓有关。另外,由于刹帝利的势力强大,刹帝利的社会地位和威望自然很高。不过,从《本生经》故事中可以了解到,刹帝利人也有从事其他职业的,如制陶、种花、做饭、编织筐篮等。在耆那教文献中,也反映了刹帝利对婆罗门的不满和反抗。这就说明,在当时社会上,四个瓦尔那的差别增大,已转变成四个种姓,有了种姓压迫。因此佛陀和大雄都反对以出身决定种姓,他们主张以职业来确定婆罗门和刹帝利的地位,但是他们的努力未获成功。

到这时,种姓区别和不平等现象也反映到法律中。同样一种犯罪,对婆罗门的惩罚最轻,对刹帝利则重一些,对吠舍就更重一些,对首陀罗是最重的。同样的借贷,利息也不同,婆罗门的最少,刹帝利的较多,吠舍的更多,首陀罗的是最多的。首陀罗是另一种处境,社会希望他们纯洁、真诚、谦虚地过日子。他们的职责是:为三个高级种姓服务,有节制地生活,每天沐浴,给主人好好干活。他们从事的职业是理发师、洗衣工、绘画师、木工、铁匠等,工作时必须全心全意。

在佛教文献中没有明确提到首陀罗的事情,但是通过对《本生经》的研究,发现首陀罗的地位最低,例如若他们中有人敢与三个高级种姓的人坐在一起、一起说话、一起走路,那么这个人将受到严惩。

这样,社会上之所以把人分成四等,说是为了把社会上的事办好,便于每个人遵守各自的职责,其实,是为了上层更好地进行统治。

这个时期,除了婆罗门、刹帝利、吠舍和首陀罗四个种姓外,还出现了一些新种姓,这些新种姓在吠陀时期就已萌芽。包塔因被认为是低级种姓,是不同种姓通婚所生的孩子,如首陀罗父亲与婆罗门母亲生的孩子叫旃陀罗,吠舍父亲与首陀罗母亲生的孩子叫勒特迦尔,第一个例子叫逆婚,第二个例子叫顺婚。开始时认为顺婚比逆婚好,顺婚生的孩子随父亲的种姓,但后来就不被允许了。在这个时期,种姓制度并不像后来那么严格,三个高级种姓的人彼此可以通婚,饮食也没有任何限制。有些人若由于不遵守种姓规定而被开除种姓之外,他们通过忏悔,参加一定的仪式后,还可以重新恢复原来的种姓。

三、婆罗门教的由来

印度是个古老的国家,具有几千年的悠久历史。婆罗门教由吠陀教演化而来,即在公元 7 世纪以前。7 世纪以后,经过宗教改革后其被称为印度教,中间有个历史的演变过程。在公元前 2000 年左右,一支雅利安人开始由中亚细亚高加索一带进入印度西北地区,逐渐征服当地土著人而做了主人。在雅利安人进入印度以前,这里的原始土著达罗毗荼人就已创造了先进的文化,有了崇拜自然的原始信仰。到公元前五六世纪,雅利安人由印度河来到恒河流域。雅利安人来这里后,他们逐渐放弃了原来的游牧生活,开始定居下来,改事耕作,遂出现了原始村落社会。随着雅利安人和达罗毗荼人的接触,相互的影响不断加深,不仅使雅利安人接受了达罗毗荼人的宗教,连他们的思想、行为,以致风俗习惯也受到影响。例如,他们开始崇拜湿婆、湿婆林加,以及在日常生活中他们对于生、死与结婚等有关的宗教仪式活动也重视了。几个世纪后,雅利安人把自己的信仰和文化与当地民族的文化加以融合,雅利安人的宗教仪式、祈祷方式和崇拜火神等习俗,以及语言也使当地的达罗毗荼人受到影响,这就形成了由印度河流域的土著人宗教和中亚移入的雅利安人游牧部落的宗教混合而成的吠陀教。吠陀教逐渐形成于古代印度著名的"吠陀"时代(公元前2000年中叶至公元前1000年),这个时代是以"吠陀"文献的写成为标志的,因此人们把信奉"吠陀"的宗教称为"吠陀教"。其特点为对种种神化了的自然力量和祖先的崇拜。该教崇拜日月星辰、风雨雷电、山河草木和各种动植物以及英雄人物和祖先等。

到了吠陀后期,即《娑摩吠陀本集》《夜柔吠陀本集》《阿闼婆吠陀本集》及附属于吠陀本集的《梵书》《森林书》《奥义书》产生时期,大约从公元前1000年到公元前600年,出现了主神和灵魂观念。到公元前7世纪左右,在印度最初的奴隶制国家逐步形成过程中,为了适应社会的变化开始了革新,吠陀教被加入了新内容而发展成为婆罗门教,主张"吠陀天启、祭祀万能和婆罗门(祭司)至上",并在种姓制度的基础上建立起一整套烦琐的玄学体系和祭祀仪式。婆罗门教保留和利用了原始宗教和吠陀教的多神崇拜。婆罗门祭司把《吠陀》作为经典,并写出了注释《吠陀》的

《梵书》《森林书》和《奥义书》等书，并形成了婆罗门教的教义。婆罗门教形成后不断发展，但由于种姓歧视日益严重，婆罗门享有种种特权，人们对此大为不满，因而反对情绪日益增长。随着佛教的兴起，信佛教的人越来越多，于是婆罗门教逐渐衰落。婆罗门教为了与佛教等宗教做斗争，并求得生存和发展，进行了改革。

四、四大吠陀及其他文献

整个吠陀文献（几部吠陀本集以及附属于吠陀本集的若干文献）是在公元前1500年到公元前600年期间内形成的。不论它的起源如何，无疑是雅利安人最早的文献。吠陀经典口头流传了多个世纪。吠陀经典在印度教中一直受到崇敬。所谓吠陀时代就是雅利安时代，"吠陀"就是雅利安人的经典，也是印度最古老的宗教经典。从吠陀文化时代以来，印度社会尽管发生了重大变化，但吠陀经典在印度教所有的派别中一直被认为是最高的宗教权威，甚至就在今天，印度教信徒在出生、婚姻、死亡等所有的仪式上，还是按照古老的吠陀仪式进行的。在吠陀以后，繁荣起来的大多数梵语文学作品，它们的正确性是以吠陀经典为依据。印度哲学的各个体系不仅忠于它，而且每派的追随者常常和其他流派互相争论，都试图证明只有自己这一派才是吠陀经典的忠实信徒并正确地代表了经典的看法，来维持其本身优越的地位。甚至直到现在，印度教社会的、法律的、家庭的和宗教的习惯和仪式不仅是古老的吠陀教义的系统化的纪念，而且是当作权威加以严格遵守。即使在英国统治下，印度法律在财产继承、立嗣以及诸如此类其他法律事务方面，也是信守吠陀经典，并要求从吠陀经典上来取得它的权威性。

因此，吠陀经典不仅在宗教上，而且在历史上和现实生活中都具有十分重要的意义,它也是我们了解吠陀时期雅利安人的生活、文化和文明的唯一依据。

前面提到,吠陀是印度最古的文献,在印度被视为圣典。"吠陀"是知识、学问的意思。吠陀共有四部本集,它们是《梨俱吠陀本集》《夜柔吠陀本集》《娑摩吠陀本集》和《阿闼婆吠陀本集》。继四部吠陀之后,还有《梵书》《森林书》《奥义书》以及其他一些经书。一般把它们看作吠陀本集的续编,是传授吠陀本集的各个派别编订的,都与吠陀本集有关。这四种本集是印度最古的文学遗产。

在吠陀的四部本集中,《梨俱吠陀本集》(又名《赞诵明论本集》)无疑是最古老而且最重要的,它现行的文本共有圣歌1028首,这些圣歌有的是最初就作为祭祀用的歌词和祷告词,也有个别是从一切祭祀仪式中独立出现的,而且从中可以感受到一种真正的原始信仰的气息。通过这些著作可以了解到雅利安人的许多风俗习惯和饮食起居情况。它的编订年代在公元前1500年左右,比其他三部吠陀都早。其内容非常复杂,多半是赞颂火神、酒神、太阳神、水神、死神的。此外,也有反映自然界和现实生活以及祭祀、巫术的内容。《梨俱吠陀本集》中的绝大部分咒文是在旁遮普创造的。当时雅利安人居住在从阿富汗到朱木拿河和恒河流域一带。《梨俱吠陀本集》中记载有古帕喀布尔、戈拉木(古尔拉姆)、高木迪河、信度河、恒河、朱木拿河、萨拉斯瓦蒂河以及旁遮普境内的五条河。当时,旁遮普境内五条河的名字是:萨特累季河叫萨特杜鲁,比阿斯河叫维巴夏,拉维河叫鲁西尼,贾纳布河叫阿克斯尼,切拉姆河叫维特斯达。在印度,人们所说的雅利安文明发祥地就是指这些河的流域。

《娑摩吠陀本集》又名《歌咏明论本集》,包括1875节歌词。这些歌词,在祭祀时可配曲演唱,除99节外,其余大部分是从《梨俱吠陀本集》

中摘抄而来,或内容大体相同。《娑摩吠陀本集》中收集的是可以唱的咒文。在举行祭奠的时候,祭哪一个神,就唱哪个神的咒文,请他降临。歌唱咒文的人就叫娑摩。在《娑摩吠陀本集》中可以找到印度音乐的渊源。

《夜柔吠陀本集》中专门收集了祭祀咒文,共40章,包括一部分圣歌,一部分散文,有些散文偶尔有韵,甚至涌现诗意的奔放。不过大多圣歌也出现在《梨俱吠陀本集》中。《夜柔吠陀本集》又名《祭祀明论本集》,有两种本子,即《白祭祀明论》(以下简称《白论》)和《黑祭祀明论》(以下简称《黑论》)。《白论》包括1975节经文,用诗体或散文体写成,系各种祭祀用文。《黑论》与《白论》内容大同小异,只是《黑论》比《白论》的经文少些。

《阿闼婆吠陀本集》又名《禳灾明论本集》,也是一部诗集,据说为古仙阿闼婆所传,因此得名。全书共有731首诗,多系咒语,现存的传本分为20卷,前7卷是短诗,其余各卷有的是长诗,有的大部分是散文。从内容上看,大部分是关于医学方面的。书中谈到各种疾病的治疗方法,共收集了6000首咒文。有的内容狭隘,思想腐朽,但有不少诗与生活、生产有关,反映了人们同自然界斗争和战胜敌人的信心与决心,以及对生活的乐观精神等等。

这四部本集各有用途,《梨俱吠陀本集》是诵者咏诵的,《娑摩吠陀本集》是歌者唱的,《夜柔吠陀本集》是行祭者口中念的,而《阿闼婆吠陀本集》是祭祀的监督者们所必须精通的。因为这些吠陀经典是三千多年以前一直到两千多年以前的古书,所以人们通常称这些书中所表现的时代为"吠陀时代"。

这四种本集虽然都是为社会实践和一定阶级利益而编订的,有其社会意义和社会目的,但随着社会的发展,祭祀的作用日益减少,专为祭祀用的《娑摩吠陀本集》和《夜柔吠陀本集》也就成了过时的东西,而《梨俱吠陀本集》和《阿闼婆吠陀本集》则仍然放射着它们不朽的光彩。但这四部吠陀经典都是很重要的社会史料。

为传授吠陀经典,各派婆罗门还编订了一些文献,称为《梵书》。《梵书》主要记载举行祭祀的规定、仪式及风俗习惯等,是对本集的解释和说明,另外还有许多烦琐的讨论。最著名的《梵书》有《百道梵书》《爱达罗氏梵书》等。阐述《夜柔吠陀本集》的梵书《百道梵书》,是一部很重要的文献。因为在这部书中,不仅可以看到对祭祀的详细记述,而且可以知道许多古代逸事和社会情况。当时,俱卢——邦贾尔地区是雅利安文化的中心。在《百道梵书》中,记载有广延天女和布鲁拉瓦的恋爱故事,也有关于古代洪水泛滥的传说,还有沙恭达罗和帕拉德的故事。在《爱达罗氏梵书》中,有的故事讲天上双方的争斗,从而反映出人间的王国之间的战争;有的故事讲关于国王举行的祭祀,说明祭司的祭祀和政治有着深刻的联系,并非单纯的宗教仪式。最重要的是犬阳的故事。该故事反映了奴隶社会中自由民落到奴隶境地的残酷情景,反映出后期吠陀社会的两极分化,甚至婆罗门也可能落到卖子度日的悲惨境地。虽然《梵书》有许多神秘主义的枯燥说教,但也有不少有趣的神话传说,而且散文体也从此发展起来,所以在文学发展史上有它一定的地位。

继各派《梵书》之后是各派的《森林书》,或译为《阿兰若书》,是《梵书》的续编,据说只在森林中秘密传授。古代印度人在家庭生活阶段要读《梵书》,以了解祭祀的礼仪,而在隐居森林阶段,林居的雅利安人则要读《森林篇》,以便掌握林中祭祀的礼节。现存的《森林书》有《广森林书》《鹧鸪氏森林书》《他氏森林书》等。

《奥义书》发展了祭祀理论中的神秘主义。"奥义书"系梵文词,音译为"乌婆尼沙昙",是吠陀经典的最后一部分,所以又称"吠檀多",即"吠陀的终结",又称"吠陀后期文献"。《奥义书》的主要内容是些神秘主义的说教和一些哲学著作,不少地方解释了生、死、灵魂、天地等宇宙论和人生观。《奥义书》中较古部分开始提出了"梵"与"我"的哲学问题和理论,后来大有发展。这些唯心主义派别总称"吠檀多派",在近现代的印度和西方均有广泛传播。各派《奥义书》很多,有100多部,其中较古的大约有13部。最著名的《奥义书》有《歌者奥义书》和《广林奥义书》等。

与吠陀有关的还有经书。大约是公元前5世纪至公元2世纪间的产物。经书又分三类,一是《所闻经》,是一般祭祀仪式的提要,记述祭祀的规定及祭祀的做法;二是《家宅经》,讲的是一般节日庆祝和日常礼仪规定,说明家庭里举行的生死婚丧等礼仪;三是《法经》,它讲的是社会上各种人应该遵守的风俗习惯和法律,后来发展成各派的法典。

除上述外,还有与吠陀有关的其他书,和经书统称为"吠陀支",是研究吠陀的辅助著作,通常把它们分为六支。上述的经书为一支,讲的是祭祀、礼仪、风俗习惯及法律规定,称为礼法学。另外五支分别有语言学,是讲吠陀诗歌的读法,里面有一些关于语音和语调的规定;语法学,是讲解语法的;词源学,是讲词的产生和派生的;诗律学,是讲诗的韵律和结构知识的;天文学,是讲太阳、月亮、火星、木星、金星、土星等如何运行的,速度如何,这都是天文学的内容,要准确地理解吠陀咒语中提到的星座,必须有一定的天文知识。

吠陀经典是口头创作的,最早的本集约在公元前15世纪,最晚的在公元前5世纪左右就形成了。在婆罗门祭司把这些长期积累的文献编订成集之前,它们一直被当作圣典,世世代代师徒口头相传。到后来,虽然有了刻写在棕榈叶或树皮上的写本,但主要仍靠口头传授。这一传统直到19世纪开始印刷这些古书时,仍未断绝,现存的传本基本上保留了古代原来的面貌。尽管吠陀经典不一定全是当时的实录,是僧侣口传下来的,其间当然会有不少是僧侣捏造的,但是它反映了公元前印度社会与文化情况,仍不愧为重要的文化遗产,它不仅对了解印度上古时期的社会文化和民族风情等具有很重要的史料价值,而且一直被后人视为圣典,影响着人们的生活。同时,它为后来的语言学、历史学、人类学、社会学、宗教、哲学、文学及天文学等的发展历史提供了重要的资料,大大丰富了世界文化宝库。

五、古代神话与艺术

1. 古代神话的产生

神话与文学艺术有密切的联系。世界上一些古老民族都曾产生过丰富的神话与传说,印度即是其中之一。

马克思在《政治经济学批判导言》中指出:"希腊神话不只是希腊艺术的武库,而且是它的土壤。"这说明从希腊神话中产生出希腊艺术。希腊艺术是吸取了希腊神话的营养而产生的。何止希腊,中国也是如此。中国的神话对后世的文学艺术发展也起过重大作用。若没有中国的神话,恐怕也难以产生像屈原、李白那样的伟大诗人,也不会出现像后来的《西游记》一类的不朽作品。印度神话对印度后世的文学艺术的影响就更大了。印度人民很富于想象。古代印度人民创造了许许多多栩栩如生的神话,最早的"吠陀本集"和后来的"两大史诗"等就是其代表。这些神话传说不仅是具有"永久的魅力"的文学作品,也是一种百科全书。没有这些,就无法知道印度的过去,也不能很好地认识印度的现在;没有这些,印度的历史、文学、宗教和艺术等就无从谈起,就是对今天印度人民的社会生活和风俗习惯等也无从了解。今天,人类进化了,离那个幻想丰富、绚丽多彩的神话时代已经非常遥远,但是,那些古老的神话故事仍旧搅动着人们的心灵,激发人们的幻想。今天在印度的许多节日集会上,人们仍然满怀喜悦地表演神话故事,演唱神话歌曲,通宵达旦,一连几天、十几天,有的长达一个月。神话故事影响着当今亿万群众的思想、生活和道德规范。

印度神话的影响,不只限于印度,在国外,例如对南亚、东南亚、阿拉伯以及一些欧洲国家也有相当大的影响。不少印度神话故事早已被译成英语、法语、德语、意大利语和西班牙语等几十种语言,在世界各国广为流传。

印度神话极其丰富,不仅具有丰富的想象、浓郁的生活气息,而且有着深刻的哲理。有的反映原始人类战天斗地的生动场面;有的反映神与人、神与魔鬼之间的斗争,实际上反映了真理与谬误、正义与邪恶或善美是非的斗争;有的则反映人们为现实某种理想或达到某种目的,敢于斗争,勇于牺牲,乃至舍己为人的英雄气概和坚韧不拔的斗争精神等等。印度神话宗教色彩很浓,不少神话故事反映出"轮回转生"思想,恐怕这是与别国神话的显著区别之一。

印度神话中的神很多,大体可分为两大类。一是吠陀时代的神,二是后来印度教中的大神。吠陀时代的神中有天神、火神、风神、太阳神等。最主要的是天神因陀罗,他被称为天神之王,但是,他对其他神没有什么统治之权。天神的敌人是阿修罗,当然这是个总称,阿修罗有很多个。天神与阿修罗之间时常打仗,而且非常激烈。这是对印度古代氏族的神话表现,反映了生产力低下的原始社会中人类的想象。

早期印度教中的大神主要有三个。第一位是梵天,他长有四个头,骑一只天鹅,掌管创造,他被认为是创造之神,是世界万物(包括人和神)的创造者。第二位是湿婆,据说他爱哭,因此他的名字很多,佛教文献称他为"大自在天"。他有三只眼睛,骑一头白牛,手持一柄三叉戟,颈上围着一条蛇,头上有一弯新月做装饰。他有强大的降魔威力,额上第三只眼睛的神火能烧毁一切,所以他是个毁灭之神。他又是个苦行之神,终年在喜马拉雅山上修行。他还是舞蹈之神,善于跳舞,据说他是刚柔两种舞蹈的创造者,有舞王之称。他的妻子是雪山神女,她有两个化身,一是难近母,二是迦利女神,印度教信徒非常崇拜这位女神的降魔本领,印度一年一度的杜尔迦节就是祭拜这位女神的节日。第三位是大神毗湿奴,他有四只手,是保护之神,他多次下凡救世。他的妻子是罗其密,是财富的象征,人们称她为财神,印度教信徒对她非常崇拜,希望丰衣足食,过好日子,商人为了发财致富更是如此。

以上是一些大神,还有不少小神,这里不一一列举。

另外,还有一种所谓的仙人。他们苦行修炼后能得到法力,法力很厉害,人和神都惧怕。仙人运用法力能使"高山低头,河水让路",例如那罗陀大神,神通广大,来往于天上、人间和地下三界,通风报信,爱传话,有时说话添油加醋,既做好事,也有拨弄是非之嫌。他们居住在森林或高山上,靠吃野菜、野果和喝牛奶为生,每天念经、传教,有的还著书立说。

产生神话的时代离我们已经太远了,这些故事本来是民间口头创作,后来经过编纂加工,现在我们看到的又是用现代语言写成的。故事中提到的情况虽然是古代的,但同现代印度社会生活又是息息相通的。下面略举几例:

宇宙之轮

有一个婆罗门,一生积德行善,死后进了天堂。大神毗湿奴让他观看天堂里所有精美的东西。看完之后,他问道:"噢,大神,这些东西好得使人难以想象。但还有比这更好的天堂吗?"

"有。"大神说,并把婆罗门带到第二层天堂,它比第一层天堂要迷人百倍。

"你现在满意了吗?"毗湿奴问道。"嗯,但还有比这更好的天堂吗?"婆罗门问道。

"有。"说着,大神就把他带到了第三层天堂,它又比第二层天堂好上百倍。即使这样,婆罗门仍然不满意,他总是问还有没有比刚才看过的更好的天堂,所以毗湿奴带着他一连走过了第四、第五、第六和第七层天堂,而且每一层天堂都比前一层天堂好上百倍。

最后,在围绕着第七层天堂转了一圈之后,毗湿奴又问道:"现在你该心满意足了吧?""好吧。"说完,大神就把他带到了第七层天堂的上面。那里什么也没有,只有一个巨大无边的轮子,在带着宇宙转动。婆罗门刚走到上面,肩膀就粘在大轮子上,再也无法松开了。

"是无限的贪婪给你带来了不尽的痛苦。"毗湿奴说完,就不见了。

天神的考验

有一个人静静地坐在池塘边,很想见见神。他冥思苦想,脑子里只有神。

神想考验他一下,于是变成一个小孩,假装掉入水塘里,拼命呼救。那个人听到喊声,抬起头来,已看到落水的孩子,但他并没有去救,仍旧坐在那里,一心想看到神。孩子仍在呼救,而且声音越来越凄惨,但他仍然无动于衷。他闭上两眼,不去看孩子,只是在冥想。

"混蛋,你永远也不会看到我。"神在天空中说,"那种见死不救的人是不可能见到我的,更不会进天堂。"

"噢,宇宙之神,我一直在想见到你。"那个人懊悔地说。

"如果你说因为在沉思默想而没有听到呼救声或没有看到那个孩子的话,这大概是借口。实际上你已听到了,而且也看到了,但却泰然处之。你是个最自私的人,这样的人是不会进天堂的,也绝不会看到神。"天神大声说。

2. 舞蹈

舞蹈是一种艺术,其有高尚的风格,有综合性,非有相当的练习,不易精通。印度舞蹈更是如此。印度人跳舞历史悠久,早在印度河文明时期,据考古学家断定,大约在公元前2500年至前1750年,印度先民就很喜欢跳舞。在哈拉巴和摩亨殊达罗出土的文物中,有青铜舞女雕像和男舞者石雕像。这些都是当时流行舞蹈的佐证。

到了吠陀时期,印度舞蹈有了明显的发展,而且有了文字记载。公元前1500年的《梨俱吠陀本集》中就记有舞女的事情:"邬沙穿着闪光的衣服,像舞女一样","男子带金首饰,通过舞蹈表演有关战争的场面","甚至有了专门以舞蹈、唱歌谋生的种姓。"

到了公元前4世纪,印度的大文法家波你尼也曾提到过"舞蹈"一词。至于在印度史诗之一《罗摩衍那》中有关舞蹈的记载就更多了,据专家研究,《罗摩衍那》的成书时间在公元前三四世纪至公元后2世纪,但书中记载的是后期吠陀时代的事情。

3. 音乐

印度音乐历史悠久，非同一般。早在印度的上古文献吠陀经典中对音乐就有了记载。《梨俱吠陀本集》赞歌的吟咏，需要有音乐知识。著名的《娑摩吠陀本集》更是以歌唱为目的而形成的一部颂神曲。"娑摩"指的就是祭祀用的歌曲，因此可以说，印度音乐是以古代祭祀仪式为基础而发展起来的。

印度教的三大神之一"湿婆"又名"舞王"，人们在祭神或过宗教性节日时都举办歌舞集会，这已成为印度人民生活的重要组成部分。

印度人认为，"音乐与舞蹈的起源是神圣的"，其最终目的是帮助人们信神，所以在三千多年的音乐、舞蹈发展史中，音乐与舞蹈往往以精神为主导，而艺术属于从属地位。随着宗教的发展与传播，随着社会的不断发展，音乐和舞蹈也不断丰富和提高。载歌载舞，而且往往是歌舞并举，这就是印度音乐、舞蹈的特点之一。

据文献记载，早在吠陀时代，除唱歌外，已有不少"维拉"之类的弦乐器，以及横笛之类的管乐器。《阿闼婆吠陀本集》中就有七声音阶的说明。今天印度流行的不少乐器就是从古代流传或发展而来的。它们都同宗教信仰、宗教活动有密切关系。公元前后，声乐由宗教仪式的要素演变成为一种高度世俗化的艺术。在古代两大史诗时期，音乐得到不断发展，在两大史诗中所提到的乐器有20种以上。到了这一时期，印度已有了七声音阶，有了七个基本调式，形成了一套相当完美的转调体系。但在音乐理论方面的著作应该以婆罗多写的《舞论》为代表，它不仅是部重要的戏剧理论著作，同时也是部最早的音乐理论著作，广泛地论述了音乐和舞蹈。直到后来，才有了专门的大量研究音乐方面的著作，诸如劳舍·格威的《拉格德凌吉利》、夏冷格戴沃的《桑吉德勒纳格尔》等。

印度音乐的出现与宗教信仰有关。音乐为宗教服务，祈祷、祭祀等都离不开奏乐和唱歌这类活动，而这类活动又反过来使音乐由简到繁，不断丰富和发展。出于宗教信仰，一个人从生到死要参加许多名目繁多的仪式。印度多数人认为参加宗教活动非常重要：能使人生活纯洁、神圣，死后使灵魂得到解脱。因此，一个人从生到死要参加不少宗教仪式。而宗教仪式都有唱歌，有音乐伴奏。例如婴儿降生前就给他举行各种仪式，诸如授胎礼、生男礼等，待婴儿出生后仪式更多，诸如初食礼、剃胎发礼、出门礼、再生礼等等，一直到结婚。结婚时，起码举行17—18种仪式。印度教信徒把结婚视为一种重要的宗教仪式，只有完成了一系列的仪式后才算结婚。

在举办结婚仪式时，有音乐、唱歌，自始至终，有的有数十天，一个月，甚至时间更长。结婚仪式在女方家举行，在仪式的过程中，女方家的人可以唱歌大骂男方家的人，骂得非常难听，但男方家的人只能低头倾听，不可生气，更不能还口对骂，因为对方是客人。值得一提的是，就是骂人，也是唱歌，也有音乐伴奏，不能离开音乐。印度教自古以来就有这个风俗。

据印度的经典规定，人出世以后，通过各种仪式使人战胜今世；人死以后，再通过各种仪式，战胜来世，使死者的灵魂在阴曹地府获得安息。因此，人死以后，在抬尸的路上、焚烧尸体时以及骨灰撒进河里时都有不同的仪式，也都离不开音乐。

在庙里一切活动都有音乐，就是念经，也富于音乐感，并有音乐伴奏。

宗教节日期间，更是如此。印度节日庆祝很多，多为宗教性节日。节日庆祝都离不开唱歌、音乐。例如，霍利节时，人们不仅跳舞，而且唱歌，就是歌词也离不开宗教和神话，而且歌词优美，音乐动听。

总之，印度的宗教与音乐的关系密切，密不可分，敬神祈祷离不开音乐，音乐在宗教活动中不断丰富和发展，这就是印度音乐的特点，从古至今，一贯如此。

六、古代科技

印度科技具有悠久的历史。聪明智慧的古代印度人民在生产劳动实践中，积累了丰富的知识，在医学、数学、天文等领域有诸多发明和创造，从而丰富了印度文化，并对世界文化宝库做出了不朽的贡献。

1. 医学

早在公元前2500年—公元前1700年的哈拉巴文化时代，印度的医学知识就已出现萌芽。据考古发掘发现，在摩亨殊达罗的城市遗址，有高度发达的沐浴、供水和处理污水的设施，以及厕所等卫生设备，这说明在当时人们对清洁和健康比较重视。发现的药品如暗棕色的五灵脂，专治消化不良、肝病、风湿病，乌贼骨内服可以开胃，外敷可治耳、眼、喉和皮肤等疾病，鹿角、羚羊角、犀牛角也都用作药物，珊瑚、尼姆树叶也是药物。当时外科手术已知利用头盖骨穿孔术治疗头痛、减轻乳突炎和治疗脑外伤。（参见〔苏〕彼德洛夫著：《医学史》，卫生出版社1959年版，第41—43页。）

印度最古老的医学文献要属几部吠陀经典。在《阿闼婆吠陀本集》中，对于疾病和症状均有详细的记载，同时也提到某些类似疾病和药草的概括名称。尤其《寿命吠陀》（Ayurveda，即《生命之学》）是印度医学的最古老文献（公元前8世纪），它是一部讲述有关药品学、解剖学、病理学和内科学等方面的理论著作，是吠陀较后时期的补充材料，它起源于《娑摩吠陀本集》。另据有关记载,当时印度的医学、数学、天文学以及其他科学的领域里已经积累了非常丰富的知识。耆婆迦(公元前6—公元前5世纪)、阇罗迦(公元1世纪)和妙闻(公元2世纪)都是当时杰出的医生。在几大吠陀本集和《百道梵书》中有关于临床治疗、麻醉药物以及四肢、骨骼数目、内脏器官等人体解剖学和关于脑髓的知识,还强调肚脐是人体生命的主要所在,是一切血管和神经的发端。古印度的经典中提到了人类的下列疾病:黄疸病、消化不良、小产流血、痔、蛇及其他有毒动物咬伤后遗症等。在《爱达罗氏奥义书》中提到,牛奶是一种有价值的内服药,新鲜奶油对孕妇和婴儿很有滋补价值,澄清的奶油对成年人有价值。古代印度有人使用驱虫药和接种免疫疫苗及利用高温配制砷的知识,知道治疗哮喘病的方法。印医和我国的中医类似。印医的体系虽然不止一种,但所用药物是植物、动物和矿物。古代印度有广泛的植物药、动物药和矿物药的知识。印医入药的植物有2000多种,动物有200多种,矿物有几十种。除利用大量的植物药外,还利用动物药,例如利用鳄鱼的精腺治疗黄疸病。在矿物药方面,有各种温度的硫黄浴、石油、贵金属和重金属盐,印医特别重视利用汞制剂。在临床治疗疾病方面印医大胆使用各种矿物和金属的配制剂,例如硫黄、硝石、氯酸、氧化铜、硫化铜、硫化铁、硫化锌、铁、铅、锡、锌、铜、锑、砷及铁和铅的碳化物。印医是以摸脉、看舌苔、望气色等作为主要诊断方法。病人根据医生的处方购药,然后用水煎服。

印度的传统医学主要有两大类。一类是印度本国的,是从印度古代流传下来的;另一类是从阿拉伯传来,而又和印度的具体条件相结合产生的。这两大类的原理差不多,都认为人体内有几种不同的体液,贯通全身。印度医学是以体液(doshas)和自然要素(gunas)为基础的,前者是指对肠液、胆汁和黏液三种重要液体的研究,这三种液体保持平衡,人才能健康。后者则认为有三种基本要素(sattva,rajas,tamas),分别与纯洁、热情和冷漠有关。要使身体完全健康,就要使 sattva 对另外两种要素起支配作用。印医会努力找出病人失去平衡的根源,使病人通过饮食调理、药物和锻炼来恢复正常。

到了吠陀时代,古代印度的医疗体系已经建立,而且已经有了医学学校。公元前6世纪有一位内科名医阿特里雅(Atreya)。据传说,他习医于丹瑞(Dhanvantri),任咀叉始罗医校校长,写有医学著作《阿特里雅集》,共4500节。克什米尔的卡拉克(Carak)于公元前150年前后撰写了一部《阿特里雅医学体系纲要》,并由他的门徒阿格尼伏沙(Agnivesa)传下来。公元前6世纪,摩羯陀国频毗裟罗王的御医耆婆伽(Jivaka)多次奉命为王舍城富商治病。他的高明医术为全印度所崇拜,被誉为有起死回生之术的神医。其医术传入中国,在唐代医药典著《外台秘要》中,有"耆婆万病丸""耆婆汤"等记载。当时人们认为"耆婆万病丸"能治百病,如癫痫、黄疸、疟疾、水肿、咳嗽等病;认为"耆婆汤"有治人风劳虚损、补髓健身之功效。(参见房定亚等著:《从〈外台秘要〉看印度医学对我国医学的影响》,《南亚研究》1984年第2期)

2. 数学

印度的数学历史很长,起源很早,并有惊人的成就,其发展历史可追溯到印度河文明时期。摩亨殊达罗和哈拉巴以及印度河流域的考古发现,有力地证明了印度科技文化的历史渊源。在那里考古学家发现了水井、浴室和复杂的排水设备,还发现了不少家用器皿、油漆的陶器、最古的钱币、雕刻精细的石器、铜铸的武器、金银手镯项链以及两轮车的模型等。

在摩亨殊达罗和哈拉巴考古学家还发现了大约400个象形文字和字节符号；在出土的尺子上，分度是以十进位为基础的。这些不仅充分说明了当时市民的生活状况，更证明了当时科学的进步情况。有关科学家认为，它比当时巴比伦和埃及还要进步。

在提到印度科学对世界科学的贡献时不能不提到数学。公元前三千纪末，在印度河文明时期，已经出现的祭坛以及城市建设和规划，需要有必要的测量和计算知识，这说明了当时的人们具有一定的数学知识。同时也证明，印度古代的数学与宗教信仰活动有密切关系，在设计和建筑祭坛时，需要数学知识。祭坛的形式多样，不拘一格，涉及多种几何图形，从而研究出一些几何定理。这个时期，当地居民在度量衡制度方面采取了二进位和十进位的计量方法。在《梨俱吠陀本集》中就有关于2、4、6、8、10的计数资料。

在吠陀时代，当时为兴修水利和举行献祭仪式的场所需要进行精确的测量，逐渐推动了数学的发展。早在公元前几个世纪形成的《数经》（又名《绳法经》）一书中，就有直角、正方形的记载，提出了梯形变换规律等等。后来，数学又有很大发展，巴斯迦拉阿阇利从数学角度证明，无穷大无论怎样分割，仍然是无穷的，早在公元前6世纪的《奥义书》中，这一真理就被玄学接受。

3. 天文学

印度的天文学历史悠久，成就辉煌。印度古人为了确定祭祀及典礼的日期，早在吠陀时代就积累了天文知识，研究日、月的运行，制定历法，确定宗教活动的日期和时间，出版了有关典籍，成书于公元前4世纪—公元前3世纪的《吠陀支·天文篇》便是其中之一。吠陀时期的印度人认为,太阳是宇宙唯一的光源,月亮本身并不会发光,是太阳照射的结果。

印度古代天文学从萌芽到发展经过了一段很长的历史时期。天文学的萌芽要追溯到编纂《梨俱吠陀本集》的时期。由于当时各部落主要从事农业及畜牧业,播种、灌溉、收割等要靠观天象来确定其时日,为祈祷丰收,敬天神、敬祖先而举行宗教祭祀活动需要了解日月星辰的出没变化。人们经过长期对星辰的观察,逐渐探索出太阳、月亮以及一些行星、恒星的出没规律,积累了不少天文知识。后来的《阿闼婆吠陀本集》中出现了"行星""流星"以及"扫帚星"等词,人们对天体的认识不断深化,在《百道梵书》中提到了"金星"等等。在《阿闼婆吠陀本集》和《夜柔吠陀本集》中二十八宿已全部出现,这说明了当时天文学的进步。

到了吠陀后期及经书编纂时期,印度古代天文学有很大发展,这与当时的社会发展密切相关。公元前6世纪至公元前二三世纪,无论是在政治上,还是在经济上,印度都发生了巨大变化。随着农业技术的不断提高和城市的兴起,手工业和商业贸易也逐渐发展与繁荣,人们的思想异常活跃,耆那教、佛教等出现,所有这些都促进了科学技术和文学艺术的发展。《吠陀支·天文篇》侧重于天文历算的实际应用,尤其重要的是,书中详细说明了计算与测定太阳和月亮的位置,以及测定春分点的位置的方法,对印度的历法影响很大。其作者据传是拉迦图(Lagatu)。创始于公元前6世纪的耆那教和佛教,在它们的有关经典中都有天文历算知识的反映。例如耆那教有一部天文巨著,名为《太阳的教言》,也称《耆那历》。

亚历山大大帝在公元前326年入侵印度后,对印度科学也有影响,印度天文学家与外国的天文学家进行接触与交往,从而使印度的天文学有了新的发展,后来《苏里耶历数书》问世,从而取代了传统的《吠陀支·天文篇》。

第三章 列国时期

一、十六国的出现与摩羯陀国霸权的建立

公元前7世纪—公元前4世纪在印度历史上是个列国纷争的年代，彼此攻伐，思想和宗教异常活跃，宗派林立，争鸣激烈，犹如中国的春秋时代。到公元前6世纪初，北印度出现了16个强国，它们是：迦尸、拘萨罗、鸯伽、摩羯陀、弗栗恃、末罗、车底、伐萨、俱卢、般遮罗、婆嗟、修罗色那、阿湿摩伽、阿槃底、犍陀罗、甘谟惹。这16国是较强大的王国，它们之间经常发生战争，经过长期兼并，拘萨罗、摩羯陀、伐萨和阿槃底变得更为强大，成为霸主。其中以位于比哈尔南部摩羯陀的势力最强，崭露头角。公元前545年，瓶沙王登上王位，不久，他吞并了鸯伽，获得了大量土地，变得富强起来。公元前516年阿阇世弑父继位后，对外扩张，但受到拘萨罗、末罗、弗栗恃等国的包围，他努力奋战，最后获胜，并吞并了弗栗恃。公元前489年阿阇世的儿子伏陀夷袭位。据文献记载，伏陀夷以后的几代国王同样是杀父继位，遭到人民的反叛，最后拥戴湿术那伽为王。后来由他儿子迦罗输伽继位，但他又遭到暗杀，由于儿子幼小，王权由一名叫摩阿婆德摩·难陀掌管，一般认为，刺杀迦罗输伽是由摩阿婆德摩·难陀所为，后来他建立难陀（Nanda）王朝，这是公元前4世纪中叶的事情。此人精力充沛，意志坚强，扩张领土，势力扩大，并征服了拘萨罗。到后来，其儿子继承王位后，横征暴敛，激起了人民的反抗，难陀王朝被起义者推翻。

在列国争战时期，人们精神动荡，婆罗门教的种种弊端更加明显，一些陋俗逐渐显现，种姓制度变得十分僵化，低级种姓的基本人权已被剥夺，终生受到虐待和侮辱，为广大人民所厌恶，于是各种哲学思想活跃，社会理论和宗教体系出现，耆那教、佛教则应运而生。

二、佛教与耆那教的兴起

列国时代国家之间战争频繁，阶级矛盾尖锐复杂，思想活跃，斗争激烈。婆罗门教产生很早并在思想文化界一直占主导地位，但到公元前6世纪则出现了种种弊端，很多不合理的规定和不良陋俗产生，于是印度出现了反婆罗门教的强大思潮，代表新兴社会势力的宗教和思想流派纷纷产生，佛教和耆那教就是在这个时期产生的。

1. 佛教的出现

佛陀与佛教

伴随着列国的争战和婆罗门教的发展，以前简朴的吠陀信仰遭到削弱，宗教信仰复杂化，宗教仪式日益烦琐，种姓歧视进一步加重，从而引起了广大人民的不满，他们强烈要求改变不平等的种姓制度，各种哲学思想、社会理论和宗教体系纷纷出现，于是佛教应运而生。

佛教的创始人是乔答摩·悉达多（约生于公元前563年，死于公元前483年），他属于释迦族，为刹帝利种姓，他诞生在迦毗罗卫（今尼泊尔南部提罗拉科特附近），父亲净饭王是释迦族的酋长。他母亲摩耶在产他时死去，他的姨母，也是他的继母普罗阇帕蒂·乔达米将他抚养成人。悉达多16岁时与一位名叫耶输陀罗的女子结婚。他29岁时得有一子，起名叫罗侯罗。据记载，悉达多自幼生活在奢侈的生活环境中，后曾先后外出,看见一个躺在地上生命垂危的病人、一个手持拐杖的老翁、一具被抬去火化的尸体和一个平静的出家人,尤其看了前三者后,悉达多深感到人生的痛苦和不幸。而他看到出家人后,则很高兴,他被那清心寡欲的出家人的恬静无为生活所吸引,并决心出家为僧。

一天深夜,悉达多离妻别子,告别家庭,出去寻找摆脱人生痛苦的道路,当时他年已29岁。一段时期他在王舍城两位高僧的指导下研究哲理,后来又游历王舍城和加雅附近的苦行林以及许多地方,仿效苦修者实行最严厉的苦修。但大约6年之后,他获得解脱的愿望无望,于是他放弃苦修,来到尼连禅河附近加雅的一棵菩提树下参禅七天七夜,冥思苦想,坐着一动不动。最后,他终于悟道成佛(觉者),时年35岁。从此以后,他以释迦牟尼即释迦族的圣人著称于世。"佛陀加雅"一城名的由来也与佛陀有关。

悉达多获"道"以后,开始了他的传道生活。他由加雅出发,先去贝拿勒斯附近的鹿野苑初转"法"轮,遇到5位苦行者,以前他们曾在吴鲁外拉见过面,当这5位苦行者从远处看见佛陀时,他们想:这不就是那位悉达多吗?苦行中断的那位,他失败了又来到这里,我们不欢迎他。但当佛陀走近时,看到他精神焕发,满面红光,这5位苦行者惊呆了,马上站起来向他行礼致敬。佛陀对他们进行了教诲,将在加雅菩提树下经过冥思苦想所获得的智慧和觉悟,先后告诉了这5位。他们成了佛陀的弟子。在佛教史上,鹿野苑的这个教诲很重要,因此,佛教界继佛陀加雅之后,鹿野苑则是另一重要圣地。佛陀在那里获得了5位弟子。在以后的45年中,他云游各处。他在奥德、比哈尔及其邻近地区宣传教义,广收弟子。他反对种姓歧视,广泛接触各界人士,上至统治者,下至低级种姓。他不主张一味耽于逸乐,也不提倡过分自我克制,而应避免极端,主张走中间道路。因此，他受到各界人士，特别是低级种姓人们的欢迎。随着佛教信徒人数的日益增多，他组织了教团，定出了戒律。后来教团也吸收妇女参加。

佛陀后来又从鹿野苑来到吴鲁外拉，有上千的婆罗门住在那里，他们燃着圣火念咒祭祀，听了佛陀的教诲后也成了佛陀的追随者，迦希耶伯是他们几个人的领导，后来他成了佛陀的主要弟子之一。迦希耶伯加入之后，佛陀的声誉大振，他从吴鲁外拉与弟子们一道去王舍城，他们在城外一个小丛林中安营扎寨，当时正值摩羯陀国王比频萨尔在位，他及其同僚接见了佛陀，并亲耳听了佛陀的说教。在王舍城佛陀又接收了两名重要弟子，一位叫萨尔布德，另一位叫高戈兰，这两位都是有影响的婆罗门王子。一次当两位王子坐在路边谈论某一问题时，一位佛教教徒路过，这两位王子立刻把目光投到他的身上，他们见了此人的举止风度和面部表情之后对他很感兴趣，想了解有关他的事情。佛陀接待了他们，也收了他们为弟子，两人十分高兴。后来，这两人成了著名的人物，为宣传佛教做出了重大贡献。

佛陀的主要工作基地在摩羯陀，他多次带着许多弟子到过这里，进行传教活动。当他80岁时，他从王舍城开始长途跋涉到古欣那迦尔，旅途中他因身体不适，中间歇息了几天，体力有所恢复，但是体质有所下降，从外夏里到古欣那迦尔时他又病倒了。在身体欠佳的情况下，他抵达古欣那迦尔，在黑朗优沃德河边搭棚住下，他的健康状况进一步恶化。当佛陀健康状况不佳的消息传开后，很多僧人从四面八方赶来探望他，表示非常担心和不安。佛陀见此情景，对他们说："你们可能在想，你们的师父要同你们分别了，不要这样想。我告诉你们的那些理论和教诲，那就是你们的师父，将永远存在。但是我仍然告诉所有弟子，孩子们，你们听着，我对你们说:有来就有去,有生就有死,不要有不切实际的想法。"这是佛陀的最后遗言,然后他就闭目与世长辞了,享年80岁。

佛教文献

佛陀死后不久,其主要弟子在王舍城举行过一次大结集,就佛陀的教义做了一次完整的编集,但佛教的经典文献在一二百年之后才最终形成。文献的总名为三藏。第一部分为律藏,记载佛教僧侣的戒律及佛寺的一般清规。第二部分为经藏,记载的是佛陀的说教。第三部分为论藏,包括佛教哲学原理的解说。

佛陀死后一百年左右,在吠舍离举行过第二次佛教教徒大结集,这次结集谴责了某些流行的异教,修订了佛教经文。第三次大结集由阿育王主持,在华氏城举行,会上又一次谴责了某些异教,并对佛经进行了最后定型。第四次大结集也是最后一次,是由迦腻色伽王主持召开的,在克什米尔或查兰达(东旁遮普)举行的,这次结集为佛教经典做了权威性的注释和评论。

佛教的基本教义是四圣谛、十二因缘、八正道以及因果报应、生死轮回等。

四圣谛,指出了众生的苦难和解决苦难的办法。所谓"四谛",即苦、集、灭、道,意思是说,世界上充满着痛苦,如生、老、病、死等,这就是所谓的苦谛。产生"苦"的原因是贪求肉体和精神快乐的欲望,这就是"集谛"。消除世界上诸苦的方法,达到解脱或称"涅槃"的境界,这就是"灭谛"。为摆脱苦难,必须"正道",这就是"道谛"。

佛教所说的正道有八条,即所谓"八正道",这是佛教的核心,即正见、正思维、正语、正业、正命、正精进、正念、正定。八正道中第一步是正见:这个世界充满了由人类失控的贪欲和自私产生的悲苦,消除这种欲望正是所有人达到涅槃境界的途径;八正道就是实现这一目的的途径。第二步是正思维:不牺牲他人的利益增加自己的财富和权力,不沉湎于感官享受和追求奢侈;泛爱众生,造福他人。正思维又称为正志。第三步是正语:谎言、谤语、辱骂、闲聊及类似语言,误用会败坏社会组织,争吵由此发生,还有可能引起暴力和凶杀。所以,正确的语言必须是真诚的,能够增进友谊的,令人喜悦的,有节制的。第四步是正业:杀生、偷盗、私通及肉体的其他此类行为会导致社会的巨大灾难,所以,有必要戒杀、戒盗、戒奸淫;学会给他人造福的正事。第五步是正命:任何人都不应以诸如销售烈酒、买卖供人屠宰的动物等危害社会的手段谋生,应采用纯洁、诚实的方法。第六步为正精进:不让恶念进入心中,驱除心中已有恶念,让心中产生积极的善念,使心中已有的善念臻于圆满。第七步为正念:要永远意识到肉体系由不洁之物构成,要持续不断地检查肉体的苦乐之感,要扪心自问,要沉思源于肉体羁绊和心灵痴迷的邪恶,并要思考清除这些邪恶的方法。第八步为正定:此乃精心制定出来的禅定训练;简而言之,它对佛教的作用,犹如"体操"之于希腊人的肉体。

佛教认为,任何有生命的东西在未获得解脱之前,都会受着某些因果关系的束缚而不停地轮回,这些因果关系就是十二因缘说。十二因缘说分析了造成痛苦的原因。佛教把人生化为彼此互为条件或互为因果联系的十二环节,这就是无明、行、识、六处、触、受、爱、取、有、生、老、死。十二因缘说认为:由于人的无知(无明),才引起人们的意志(行),由意志引起精神统一体的"识",由识引起构成身体的精神(名)和肉体(色),有了精神和肉体,就有了眼、耳、鼻、舌、身、意(心)等六种感觉器官(六处),有了感觉器官也就引起了与外界事物的接触(触),由触引起感受(爱),由感受引起贪爱,有了贪爱就有了对外界事物的追求(取),由取引起了生存的环境(有),有了生存的环境就有了生,有了生就必然有老、死。佛教认为,人们要解脱人生的痛苦,首先应从去贪爱着手,在佛教看来,贪爱总是得不到满足的,而人却又总是无限地追求,这就必然要产生痛苦。

佛教提倡非暴力,主张泛爱众生,宣传众生平等,反对种姓制度和婆罗门特权等行为都有进步意义。但是,鼓励人们看破红尘去出家,逃避社会上一切现实斗争,把希望寄于来世,到虚幻的彼岸世界去寻找人生的最后归宿,这并不科学。

佛教的社会影响

佛教的出现,在历史上起过重要作用,对印度乃至世界文化都有很大影响。这里只想谈谈它对印度的贡献。可以说,佛教对印度的政治、社会、宗教和文化等方面都产生了广泛而重大影响。佛教在印度历史上一度作为国教而备受重视,尤其孔雀王朝的阿育王、贵霜王朝的迦腻色伽等帝王也皈依了佛教,并把佛教当作国教加以宣传。佛教认为,政府应当以一切可能的手段,提高人民的福利,宗教应当成为国民生活的基础。尤其"道德"应受到重视,佛团应受到供养。阿育王是实现佛教这一理想的光辉典范,后来的统治者在不同程度上也进行了效法。不仅如此,他们还根据佛教的理论从政,终止恶政。佛教的最大贡献之一,就是它使印度的国王和王子们在心理上产生了憎恶战争的情绪。阿育王受佛教的影响后,放弃了帝国的战争政策,决心削减军队,不再打仗。印度自孔雀王朝、贵霜王朝直到笈多王朝,基本上是统一的。因此,佛教的非暴力理论十分有用。佛教统治者"服务于社会、造福于人类"以及有关"和平"的说教,在世界各地仍有影响。人们认为,佛教提倡的非暴力政策有利于世界和平与人类的福利事业。

佛教反对种姓歧视，主张人人平等，不分高低贵贱。佛陀不承认世袭的种姓制度，他主张一个人的社会地位并不由其出身、血缘决定，而是由其价值、行为、性格决定的。他还建立了民主制度，对消除种姓差别起到积极作用。他主张的"宽容""忍耐"在社会上产生了重大影响。佛教强调人们的行为纯洁、品行端正、尊老爱幼、自我克制、讲真话、不杀生等高尚思想，影响了社会和人们的道德。佛教认为，一个人现世的一切取决于他过去的所作所为，"行善者成善，行恶者得恶"，至今在世界上仍有它积极影响的一面。尤其佛教的"不杀生"的说教，影响了婆罗门教，使婆罗门教开始怜悯所有禽兽，认为杀生致祭有罪，从而减少了杀生祭祀活动。

佛教鼓励信仰自由。婆罗门把吠陀看成唯一的真知，把吠陀说成是神谕，对它不能有任何形式的反对，而且只有婆罗门才有资格解释吠陀。但是佛陀不赞成这种对宗教研究的限制。佛陀自己曾说过："我的话和说教，若证明是对的，可以接受，否则，可不接受。"佛陀虽大力宣传自己的理论，但他并没有对任何宗教进行过谴责。相反，他在反对意见和敌对行为乃至个人安危面前，总是认真对待，镇定自若，面带平静而仁慈的微笑。在辩论中，虽不乏讽刺，但他温文尔雅，彬彬有礼，总是成功地说服对手。总之，他是彻底的唯理论者，注重推理，强调实践。他鼓励人们独立思考、认真研究。因此，佛陀在破除不良传统陋俗方面也起到积极作用。

印度的偶像崇拜始于佛教。佛教教徒建立了大量的佛像和神像，进行崇拜。寺院、神庙等建筑也是从佛教开始的。佛教出现之前，吠陀教不讲偶像崇拜，雅利安人只是保存吠陀经典和祭祀场地。到了后来，婆罗门教教徒受到佛教的影响，也塑造了男女神像，进行崇拜，而且也开始兴建庙宇。由于佛教的影响，偶像崇拜在印度广泛地传播开来。为了雕刻佛陀的说教文字，佛教教徒建造了不少佛柱；为了纪念佛陀和佛神，佛教教徒还用石头建造了佛塔；在一些石窟中，不仅有精美的塑像，还有美丽的壁画，这些都是很好的艺术品。这样，佛教大大促进了建筑艺术和绘画艺术的发展，桑奇庙群、鹿野苑石塔、阿旃陀石窟等都是佛教艺术的光辉典范。

佛教繁荣了学术。梵文语法家波你尼的《波你尼经》，又称《八章书》，用"经"体写成，在文学史上占有重要地位。佛僧阿莫尔辛哈编纂的《阿莫尔字典》是部著名的梵语字典。马鸣是公元一二世纪人，是杰出的佛教诗人和戏剧家、古典梵语文学的先驱者，写出了《佛所行赞》《美难陀传》长诗和《金利佛传》等长剧，开创了梵文长诗的先河。在此基础上，迦梨陀娑对长诗又有很大发展，被列为世界文化名人之一。他的著作《云使》早被我国译成藏文，收在藏文佛典中。戏剧《沙恭达罗》被译成欧洲文字，在欧洲文学界备受推崇；我国的季羡林先生早在20世纪20年代将其译成中文，并上演。另外还有《时令之环》《鸠摩罗出世》等等，都很著名，而且影响巨大。戒日王写了梵文剧《龙喜记》，介绍了佛僧的生活和他们的高贵品质。印地语文学的开创，也归功于佛教学者。佛陀和佛教学者们为了宣传自己的思想而一直使用大众的语言，以便群众理解和接受。小乘佛教发展到后来，其宗教首领们运用当时群众的方言俗语进行传教活动。后来，这种语言逐渐发展成印地语形式，斯尔哈巴·西特有"印地语最早诗人"之称。

佛陀用巴利文这种民间口语宣传宗教。他去世后，佛教传教士也运用巴利文进行传教活动。为了宣传宗教，出现了大量用巴利文写的佛教文学，受到群众的欢迎。佛教寺院成了佛教教育和学术研究的中心，促进了文学的发展。

佛教传播了印度文化。印度文明与文化在世界上产生了重大影响，很大程度上归功于佛教。国王、传教士、僧人都积极热情地在中亚、南亚、东南亚、东北亚宣传宗教，从事了大量的传教活动。一系列的传教活动使印度与这些地区的国家不仅建立了密切的关系，进行了文化交流，而且还有贸易往来。所有这些促进了印度与这些国家友好关系的发展，并使这些国家在不同程度上受到印度文化的影响。

2. 耆那教的产生

大雄与耆那教

印度的耆那教历史悠久，它产生于公元前6世纪—公元前5世纪。耆那教的第二十四祖筏陀摩那（Vardhamana）被尊为该教真正的创建者。"耆那"（Jainia）是由"jin"变音而来，其意为胜利者，是他的称号之一，此教便由此而得名。其弟子们尊称他为摩诃毗罗，即伟大的英雄，简称大雄。

实际上，正统耆那教只是把大雄当作一系列创始人中的最后一个，在耆那教的创立过程中，有23人已先于他。大雄于公元前599年诞生在古印度距吠舍离（Vesali）45千米的贡得村，其父母属刹帝利种姓，父亲是贝那勒斯一个小王国的君主。他家庭富裕，生活奢华。大雄婚后生有一女，但他并不感到幸福。父亲死后，他在大约30岁时便立志出家苦行，寻找解脱不幸的宗教途径。第一年他先后游历了许多地方，如库马罗等地，第二年他来到那烂陀，途中艰难跋涉，衣服破烂不堪，从此裸体行乞。在那烂陀他偶然遇到了蒙克利·高夏勒，两人结伴同行。在与高夏勒共同生活的5年中，他们曾多次被当作密探、盗贼而受到诬陷，后因意见分歧，两人分道扬镳，大雄独自来到了罗啥。他每年除四个月的雨季时需要居住在一个地方外,其余时间都是到各地漫游。在极端困难的条件下,他苦行修炼,长达12年之久。当他苦行到第13个年头时,终于在吠耶婆达东北建皮耶村的一棵沙罗树下觉悟成道,时年42岁。大雄成道后,先后组织教团,宣传教义,进行宗教改革活动30多年。他于公元前527年死于巴瓦,终年72岁。他的主要活动地区是今天印度的比哈尔邦、西孟加拉邦的西北部、北方邦的东部和奥里萨邦等地区。

耆那教的兴起几乎与佛教处于同一时代。耆那教否定当地婆罗门教主张的吠陀天启、祭祀万能、婆罗门至上,针锋相对地提出吠陀并非真知,祭祀杀生只会增加罪恶,婆罗门是不学无术的祭司,宣传种姓平等,反对种姓制度和婆罗门教的神灵崇拜,崇信耆那教经典,以对抗吠陀经典,强调苦行和戒杀,以对抗祭祀万能,主张灵魂解脱、业报轮回和非暴力等,并且认为,一切生物都有灵魂,都是神圣的,人的灵魂在未解脱前为业所束缚并无限轮回,人们只能通过修炼,使灵魂摆脱业的桎梏,才能获得最后解脱。其主张五戒:戒杀生、戒妄言、戒偷盗、戒奸淫、戒私财。耆那教认为,只有严格实行戒律,经过苦行修炼,才能清除旧业的束缚,并可以达到"寂静",灭其情欲,获得"解脱"。

这些思想反映了公元前6世纪—公元前5世纪印度下层人民的要求,对打破婆罗门一统天下的局面起到积极作用,从而吸引了广大群众。但耆那教固守灵魂转世、因果报应和轮回解脱,认为"业"可决定人的过去和未来,将禁欲和苦行视为解脱的最佳途径。

耆那教最初的活动中心是恒河流域,公元前3世纪,由于摩羯陀地区12年来连续发生灾难,于是耆那教开始由北向南移,转移到南印度德干高原和西印度地区。公元1世纪左右,它分裂为天衣派和白衣派,后来两派又相继分裂。白衣派主张男女一样能获得拯救,各种姓一律平等,否认裸体的必要性,主张僧侣穿白袍,允许出家人拥有一定的生活必需品,允许男女结婚生育,等等。这一派主要的活动区域是印度的拉贾斯坦邦、古吉拉特邦等地。天衣派较为保守,注重苦行,歧视妇女,禁止妇女进入寺庙和庙宇,对白衣派的主张均持反对态度,要求僧侣基本上裸体,只有最伟大的圣人才能全裸。这一派主要活动在南印度的卡纳塔克邦以及北方邦。

从公元8世纪以后,耆那教在印度部分地区由于受到当地统治者的重视与支持而得到发展,如在卡纳塔克、古吉拉特等地分别修建了不少耆那教寺庙,使非暴力思想广泛传播。到12世纪后,随着当时阿富汗军事力量的入侵和伊斯兰教的传入,大批耆那教教徒被杀,不少寺庙被焚,致使耆那教遭到很大破坏。13世纪时,耆那教处于衰微状态,但在南印度的泰米尔纳杜和卡纳塔克等地的耆那教仍有些秘密活动。从15世纪中叶至18世纪,耆那教出现了多次改革运动。最初由古吉拉特的白衣派所发动,其领导人为郎迦·辛哈(Lonka Singh),故称郎迦派运动。此运动以反对偶像崇拜和烦琐的祭祀仪式为宗旨,起了一定作用。后来于1652年又出现了以罗瓦吉(Lavaji)为领导的斯特纳格瓦西派运动(Sthanakavasi),继续从事宗教改革。与此同时,耆那教的裸体派也出现了改革运动,如北印度的裸体派分支毗娑盘提派(Bisapanthi),提出建筑富丽堂皇的寺庙和供奉更多神明的主张。其主张遭到以特罗般提派(Terapanthi)的强烈反对,明确地反对偶像崇拜和烦琐的祭祀活动,这对耆那教的巩固与发展起了积极作用。

由于宗教信仰的原因,耆那教教徒一般不从事以屠杀为生的职业,诸如当兵、屠夫、皮匠等,甚至也不从事农业。在他们看来,农夫犁地也会伤害虫类等生物,所以耆那教教徒从事商业、贸易或工业的较多。由于讲究诚实和道德,他们成了印度优秀的商人或建立了著名财团。著名的瓦尔昌德、达尔米亚和贾恩三个财团的家族都是耆那教教徒。

耆那教虽然不讲究信神,但重视崇拜二十四祖。因此,在印度有关二十四祖的寺庙有4万多个。耆那教教徒除了在庙宇中崇拜这些祖先外,在家中也进行许多崇拜仪式,诸如念诵耆那、给偶像沐浴和献花、诵唱耆那的赞美诗、教徒进行沉思和受戒等。每年每月都有例行斋月和节日活动,如大雄诞生纪念日、赎罪节等。

耆那教与印度教很接近,因此,在印度信耆那教的人,也可以被算作印度教的第三种姓,他们与印度教信徒可以彼此通婚。

虽然耆那教与佛教几乎于同时代产生,但两者后来的发展状况大不相同,佛教的发展大起大落,今天在印度信佛教的人已寥寥无几,而耆那教却不断稳步发展。到了近代,耆那教不断向外传播,今天耆那教在斯里兰卡、阿富汗、阿拉伯等地均有一定影响。

耆那教文献

耆那教最主要的经典是十二支,即安伽(Anga)。3世纪初,在华氏城举行了一次耆那教结集,教徒们把大雄的教义整理成十二部分,但第十二部分后来散失。其余十一部分于5世纪时在伐拉彼举行的第二次耆那教结集上又加以整理,编辑成册。其内容是以故事、比喻和寓言的形式宣讲耆那教的教义、戒律,并记录了大雄的生平事迹。白衣派和天衣派对它有不同的态度,白衣派认为,现存的十一支是大雄及其祖师的遗教,是重要的宗教文献。而天衣派却认为,古代确实曾有过十二支,但早已散失,现存的十一支均属后人的伪造,因此不承认其正确性。但两派各有自己所信奉的耆那教学者撰写的经典。白衣派的宗教经典除上述经典外,还有

《仪轨经》、师子贤的《六派哲学概述》、金月的《史诗》等。而天衣派则信奉3世纪由库达（Kunda）指定的经典，其内容由四部分组成，即关于大雄的传说、宇宙结构论、戒律和仪式以及著名学者的哲学著作。白衣派和天衣派也有共同信奉的经典，如耆那教著名学者乌玛斯瓦底（Umasvati）著的《入谛义经》及其注释，都是研究耆那教思想的重要著作。

耆那教的文化贡献

耆那教在古代未传播到印度之外，但它在几个世纪中曾经是南印度和西印度最盛行的宗教之一。耆那教的传播范围虽然有限，但它在印度的影响也相当可观。耆那教在印度的影响是多方面的，例如崇拜偶像、兴建寺庙、给穷人分发食物及其他必需品、不杀生等，都是耆那教的显著特征，在印度社会上产生了不小的影响，为印度其他宗教团体所效法。尤其耆那教的"不杀生"思想影响更大，耆那教教徒在生活中为了体现对万物的友善，以身示范，还云游各地，赢得了非耆那教农民和王公对"不杀生说"的赞同。作为一个教团的成员，耆那教教徒都是严格的素食者，他们无论出现在哪里，都会给周围的社会以影响。虽然其他宗教也偶尔宣传不杀生，但是除了耆那教，没有任何一个宗教能如此系统地制定出这一贯穿整个道德法规的基本信念。在文学方面，耆那教贡献更大。耆那教教徒写了大量非经典文学，一部分用俗语写成，一部分用梵语。在耆那教作家中，最著名的有婆陀罗拜呼、西达森那、狄瓦卡拉、阿利波多罗、西达和金月等。他们也创作了值得注意的史诗、小说、戏剧和圣歌。耆那教文学作品包括神话、民间故事、童话、模范行为规范以及道德告诫等，所有这些文学作品都一致谴责对生物的虐待，阻止一切杀生祭祀活动。耆那教作家甚至不赞成用糨糊糊成的牲畜，或用其他牲畜模型做祭品，因为这种做法含有杀生的意图。他们对哲学也有很大贡献,耆那教教徒在反对佛教教徒的"空论"的教义中使"可能论"的教义更加完善。与此同时,印度的哲学、逻辑学、文法学、辞书编纂学、诗学、算学、天文学、占星学和政治科学都由于耆那教教徒的贡献而大大丰富起来。耆那教学者在不同的历史时期,用民间语言进行了大量创作,大多数耆那文学是用印度古代俗语写的,因此,发展了印度的古代俗语。在拉吉普特时期,不少耆那教学者用印度古代俗语和印度中古的俗语著书立说,在南印度的耆那教学者也有用坚那勒语等从事写作的,因此,一些地方语得到发展,例如泰米尔语、泰鲁古语、坚那勒语、古吉拉特语和印地语等。在艺术方面,它丰富和发展了印度艺术。耆那教虽不敬神,但崇拜二十四祖,为了崇拜这些偶像,他们在印度建了4万多个寺庙。这些寺庙大多以它们的美丽而著称于世。在拉贾斯坦邦的阿布山上建的耆那教庙则是印度的艺术典范之一。另外,在手写耆那教经典中,有很精美的图画,也被认为是耆那教的精品。总之,耆那教在印度社会和文化史上占有重要的地位。

三、著名的两大史诗

公元前7世纪—公元前4世纪,古代印度进入列国并立和不断战争的年代。根据佛教文献记载,当时印度北部主要有16个列国,其中重要的是迦尸、拘萨罗、俱卢、般遮罗和犍陀罗。另外还有许多小国。这些国家彼此残杀,战争连绵不断。公元前6世纪以后,恒河中下游诸国逐渐强大起来,经过长期的兼并,拘萨罗、摩羯陀、伐萨和阿槃底的势力逐渐扩大,成为强国。其中以摩羯陀和拘萨罗在列国中居首要地位。后来摩羯陀更为强大,到了国王阿阇世的统治时期(约公元前493年—公元前462年),摩羯陀开始称霸列国。阿阇世死后,有一百多年,统治者内部一面

争权夺位,一面不断扩大领土。至公元前4世纪难陀王朝时代,摩羯陀国已基本上统一了恒河流域,为孔雀帝国的建立打下了基础。

这个时期,随着政治、经济的不断发展,在恒河中下游出现了一些有名的城市,如王舍城、舍卫城等,工商业也开始发展起来。在奴隶制发展和社会矛盾日益加剧的情况下,平民和奴隶反抗统治者的斗争也此起彼伏,连绵不断,于是各种寓言和民间故事也大量涌现,它们生动地反映出古代印度平民与奴隶反抗奴隶主贵族的斗争情况和一般民众要求平等的愿望。

这一时期,种姓制度进一步发展,种姓压迫日益加重,从而引起下层人民的不满,反对婆罗门教的宗教派别中影响最大的是佛教,其次是耆那教。这一时期,最大的文学成就是出现了印度著名的两大史诗,即《摩诃婆罗多》和《罗摩衍那》。它们是继吠陀经典之后伟大而重要的著作。这两大史诗,在印度文学史上,在两千多年的漫长时间内,对印度文学的发展和印度人民的宗教信仰都产生了巨大影响,对南亚、东南亚各国的文学也有广泛而深入的影响。

1. 大史诗《摩诃婆罗多》

《摩诃婆罗多》被称为印度两大史诗之一,全书共有十八篇,号称十万颂,也是世界文学宝库中的一部辉煌巨著,它在印度和世界文学史上占有崇高的地位,是印度人民对世界文学的重大贡献。

《摩诃婆罗多》是奴隶制王国纷争时代的产物。它的中心故事是以印度北方婆罗多族王国内部政治斗争为线索,描写了牵连整个印度的一场大战。它内容丰富,包罗万象,涉及当时社会上各方面的斗争,生动地概括了古印度社会的各个方面,表现了当时的复杂斗争。史诗中既有大量神话传说和民间故事,又有大量政治、宗教、文化的传统理论,有"大百科全书"之称,不仅对古代和现代印度人民的思想行为、道德观念、风俗习惯、文化艺术一直有着极大的影响,而且对其他国家有不同程度的影响。

关于史书的成书年代说法不一,多数人认为,现存的形式大约形成于公元前4世纪。传说作者是广博仙人(毗耶娑)。实际上,这部史诗是经过许多代人的创作和修改而成,决非出自一人之手,它是古代印度人民集体智慧的结晶。古代文人可能把当时的大战事件和英雄人物通过诗歌的形式记录了下来,长期在人民群众中流传。随着时代的前进,它得到不断的增补,吸收了各种成分,从而内容不断丰富,最后大概又经过了一些文人专门的整理加工,成为一部庞大的著作。因此,当初的《摩诃婆罗多》自然不及现存版本的规模,现存版本是后人在漫长的岁月里对它不断增补的结果。不过,从基本内容来看,它是公元前相当久的作品,是奴隶制时代的文学概括。

《摩诃婆罗多》这部史诗是空前绝后的作品,对后代影响极大,被当作神圣的经典,被称为"历史传说",甚至有"第五吠陀"之称,而且被认为是印度的民族史诗。诗中的许多人物和故事,几乎家喻户晓,两千年来盛传不衰。今天,广大知识分子不说,连未读过梵语原书的普通平民百姓,通过参加经常举办的节日庆祝、史诗演唱和戏剧、舞蹈演出等活动,以及阅读用现代语言翻译或改写成的各种通俗易懂的版本,仍可知其内容梗概和主要情节。史诗的许多教训深入人心,影响和教育着人们,构成了印度人民精神面貌的一部分,对人们的思想形成和社会发展起了重大作用。甚至有些农民对国家的法律不见得清楚,但对史诗中的故事和人物了如指掌,并且深受其影响。这部史诗在世界上也有较大影响,它传到了亚洲的尼泊尔、斯里兰卡、泰国、柬埔寨、印度尼西亚等国以及欧洲一些国家。史诗传入这些国家后,结合当地文学传统,生长出了新枝,丰富和促进了当地文学的发展。

2. "最初的诗"《罗摩衍那》

《罗摩衍那》即《罗摩的生平》或《罗摩传》,它与《摩诃婆罗多》并称印度两大史诗,也是印度人民对世界文学的重大贡献,它在印度文学史上占有极其重要的地位,成为后代文学作品的一个伟大典范,并且从古至今对印度人民有着不可磨灭的深刻影响,在世界文学史上都占有崇高的地位。

史诗的作者传说是蚁垤。关于这个人印度有很多传说,不少传说充满了神话色彩。但是现存形式的《罗摩衍那》并非出自蚁垤一人之手,有些学者认为,也许开始时蚁垤以诗体形式写了《罗摩衍那》的雏形,后来经过后人的不断流传和修改,《罗摩衍那》逐渐丰富完善。季羡林先生经过多年研究后指出,也许蚁垤对于以前口耳相传的《罗摩衍那》做了比较突出的加工、整理工作,使得这一部巨著在内容和风格上得到了较大的统一,因此他就成了"作者",当然,在蚁垤以后,《罗摩衍那》仍然有一个长期的流传和发展过程。所以,《罗摩衍那》是印度人民集体智慧的结晶。其成书时代也是说法不一,有几十种意见。有的认为,它可能形成于公元前5世纪以前,有的说它形成于公元前4世纪至公元前2世纪之间,等等。

《罗摩衍那》这部史诗比《摩诃婆罗多》的篇幅要小,全书共分七篇,有两万四千多颂,但它故事集中,结构严整,在主题、艺术手法甚至修辞的技巧上都树立了典范,是古典诗人的先驱。因此,《罗摩衍那》被称为印度"最初的诗",给后来的长篇叙述诗树立了光辉的榜样,奠定了格式的基础。《罗摩衍那》的主要内容是描写英雄罗摩和他的妻子悉达一生的故事,可以说是一篇对战胜艰苦和强暴的英雄的颂歌。但由于婆罗门权贵对这部民间叙述诗的传统进行了篡改,所以《罗摩衍那》中通篇充满着下层对上层唯命是听、听天由命的思想。今天,正统的印度教信徒认为《罗摩衍那》和《摩诃婆罗多》都是不可侵犯的圣典,并把它们看作是解决宗教、哲学和道德等问题争论的指南。因此,《罗摩衍那》在印度家喻户晓,妇孺皆知。两千多年来,妇女们崇拜悉达,认为她是贤妻良母的典型。亿万人顶礼膜拜罗摩,把他尊为圣哲和楷模,表示问候、祝福时,人们口中就连呼"罗摩,罗摩",俩熟人相见时也说"罗摩,罗摩",发生了不应发生的事情时,表示惊讶也说"罗摩,罗摩"。至于"史诗"中的那位神猴哈奴曼,更是受到狂热的崇拜,不少地方猴庙林立,里面还有许多猴子,特别是印度北方,更为普遍。所有这些,都与《罗摩衍那》密切相关。直到今天,印度人们离开那神话时代已非常遥远,但《罗摩衍那》的故事还仍旧影响着人们的生活、思想和文化,在许多地方的节日集会上,不是观看《罗摩衍那》的有关戏剧演出,就是欣赏与此有关的歌舞表演,通宵达旦,一连几天,十几天,甚至时间更长,人们流连忘返,不知疲倦。

《罗摩衍那》不仅受到印度人民的喜爱,深入人心,广为流传,对印度人民的宗教信仰有巨大影响,而且对世界也有很大影响。长期以来,它被辗转译成德文、法文、英文、俄文等文种。《罗摩衍那》不仅早就传到了欧洲,而且对南亚、东南亚如斯里兰卡、印度尼西亚、马来西亚、菲律宾、泰国、缅甸、柬埔寨、老挝和东亚的日本也很有影响。它对中国也有影响,不仅对汉族有影响,而且对少数民族有影响,如在云南就有罗摩故事的流传。20世纪80年代,由季羡林先生翻译的《罗摩衍那》中文版出版发行

后，更推动了中印文化关系研究的进展。

四、古代寓言的产生

印度的文化宝库里，有历史悠久、内容丰富的寓言。这些寓言，短小精悍，构思巧妙，寓意深刻，把逻辑思维和形象思维有机地结合一起，以鲜明的形象和简洁的哲理启迪人们的智慧，揭露丑恶的现实，影响人们的思想和感情，在社会、政治和文化等各个领域内均起了重要作用。印度寓言有明显的民族特色，不愧为巨大的思想和艺术宝库，在印度，乃至世界上都占有重要地位。即使在今天，寓言仍然熠熠闪光，有着现实意义，起着重要作用。

印度古代寓言出现得很早，在公元前15世纪前后写成的《梨俱吠陀本集》中已有记载。印度的寓言比希腊的要早，恐怕这是事实，因为公元前6世纪《伊索寓言》里已有不少印度产的故事，这就说明，印度的故事至迟在公元前6世纪已经存在了，并对希腊产生了影响。中国在这方面也受到印度的影响，那是后来的事情。

印度寓言起初来自民间，由人民口头创作，都是奴隶社会和封建社会老百姓创造出来的。故事里的鸟、兽、虫、鱼所表现的思想感情基本上是印度奴隶社会和封建社会里老百姓的思想感情。每一个宗教、每一个学派都想利用老百姓所喜欢的这些故事，来宣传自己的宗教，为自己的利益服务。因此，同一个寓言故事，可见于佛教的经典，也可见于耆那教的经典，还可以见于其他书籍。佛教教徒把它说成是释迦牟尼生前的故事，耆那教教徒把它说成是大雄生前的故事，其他人又根据自己的信仰把它应用到其他人身上。因此，原来的寓言就有所分化。

印度寓言的高度发展时期，即它的黄金时代，大约是在公元前的几个世纪里，即列国时期，当时在农业、手工业的发展和商业贸易繁荣的同时，由于小王国林立，相互攻伐，商业的发展受到影响。印度人民从很早的时代起，就有一个强烈的统一愿望，希望过和平安定的日子，人们思想非常活跃，从而引起了科学、文学和哲学等学术的空前繁荣，也形成了一个"百家争鸣"的局面；各教派的弟子们，为了宣传宗教和提供例证，以及统治者为了更好地进行统治，他们全都看中了民间流行的生动活泼、语言精辟、深入人心的寓言，或收集整理，编成专集，或改造修改，纂入经典，例如《五卷书》《益世嘉言集》《百喻经》等，就属这类。

印度寓言故事备受欢迎，世代流传，影响很大，这与寓言的特点有密切关系。它的特点之一是富有反抗精神。在阶级社会里，劳动人民在沉重的徭役和被任意杀戮的灾难中，逐渐意识到阶级的对立，并对这种不合理的社会现实给予了愤怒的控诉。在奴隶社会和封建社会里，被压迫、被剥削着的奴隶和农民等劳动人民的日子是十分不好过的，他们是社会上的主要劳动者，却衣不蔽体，食不果腹，有时候连性命也难保，这就不免要引起斗争和反抗。这种斗争和反抗精神，是当时劳动人民对社会不满的反映。如《暴君》描写一个无恶不作的暴君突然死去，正当全国人民张灯结彩庆贺这件事的时候，一个卫兵却哭泣起来。新国王十分诧异，问他为什么哭，他回答说："我现在哭泣，是担心先王对阎王爷也是这种态度，万一阎王爷也害怕他，再把他送回来可怎么办？"多么绝妙的讽刺，在故事中，作者没有去写暴君生前的恶行，但写他死后给人留下的余悸，这种揭露比正面谴责不知深刻多少倍。《狮子和骆驼的友谊》则是通过狐狸和乌鸦两个坏家伙在狮子大王面前进谗言，陷害诚实的骆驼的故事，影射了宫廷里奸佞当道的现实。《居心叵测的法官》以动物故事的形式揭露了法官假正经、真害人的本质。总之，这类寓言讽刺是辛辣的。这种大无畏的反抗和斗争精神,在等级森严的印度古代社会中出现,实在令人敬佩。同时,它也从一个侧面反映了当时阶级斗争的尖锐性。

由于社会残酷,压迫沉重,斗争复杂,人们的斗志和反抗方式也要讲究。出于斗争的需要,要曲折隐晦地表达自己的思想,需要托物寄言。加之印度的自然特点,多有珍禽异兽,于是大量的动物形象进入了寓言故事,这是印度寓言的又一特点。它告诉人们:凶恶残暴的动物本性难改,是善良无害动物的敌人;只要它们存在,山林的世界就不会有和平安定的生活。这些寓言故事想象丰富,生动活泼,妙趣横生,我们自然应当把它们当作反映人类社会生活的艺术品来欣赏,而不会把它们等同于动物学的文章来看待。

故事的结局,总是以小胜大,以弱胜强,这是印度寓言的又一特点。例如印度寓言《聪明的兔子》,讲的是聪明弱小的兔子,为众兽报仇,巧计使凶恶的狮子掉进井里淹死。这些故事的结局,总是弱者用团结和智慧的力量打败愚蠢的强者。故事写的虽是动物,表现的则是现实社会中的斗争。这些情节在现实生活中虽属少见,有时也难以实现,但表现了人们的理想与愿望,它是劳动人民反抗压迫的意志体现。这些寓言故事,既是动物的事,又是关于人的事,但归根结底是关于人的事。这是人与动物的统一,现实与幻想的统一。通过拟人化的艺术手法,它鼓励受欺侮的弱者起来反抗,启迪人们,在吃人的社会里,被压迫者只有团结起来才能战胜强大的敌人。

不少寓言故事是通过不同动物的典型形象来表现,这是印度寓言的又一特点。大多数情况下,凶恶残暴的典型是通过老虎、豺狼来表现;善良无害的典型形象是通过山羊和兔子等表现;狡猾者的典型是通过狐狸、猴子等表现。这些典型形象与动物本来的习性特点有关,但是,也不完全固定。如猴子有时做好事,有时做坏事。狐狸也是同样。老虎的形象也是如此,有时是凶暴者,有时又是被害者。它们的形象之所以不同,原因很多,主要同它们所处的地位、关系、行为的不同有关,因而人们对它们的态度也就不同了。因此,一个动物的习性特点,往往是多方面的。只是根据故事的主题需要,突出它的不同习性罢了。不能只看它的一个特点、一个性格,而是要根据时间、地点和条件的不同,以及故事的主题思想不同,来区别对待,看它处于什么地位,说些什么,做些什么和起些什么作用,给以具体分析。

寓言有浓厚的生活气息,给人留下深刻的印象,这是印度寓言的又一个特点。翻开印度的寓言,仿佛看到天鹅抬着乌龟在天空飞翔,接着又听到乌龟因自满而开口讲话,掉在地上被摔得粉身碎骨的声音;又仿佛看到一只狼掉进染缸后的可怜样子,而后又招摇撞骗的可憎举动;一只狐狸耀武扬威地走在老虎面前,不由得使人深思,现实生活中有谁是这种形象,等等。印度寓言故事中形形色色的人物,乃至一草一木,一鸟一兽,无不栩栩如生,生机勃勃。

印度寓言故事主题很多,内容广泛,除了政治性和宗教性以外,还有许多教导人们正确认识和处理生活、劳动、学习、斗争等方面的寓言,或者告诫人们如何掌握事物的规律,避免犯错误,等等。有的教人要未雨绸缪,勿临渴掘井,如《聪明的天鹅》;有的教人办事要调查研究,避免主观主义,如《鹦鹉黑姆林格》;有的教人要纳人善言,不要忘乎所以,如《爱唱歌的驴》;有的教人要有自知之明,如《狼崽儿》,等等。有些寓言短小精悍,含义深邃,形象生动,耐人寻味,甚至使人读后捧腹大笑,而在让人发笑的背后,却包含一些尖锐的讽刺和深刻的教训,给人以启发。

印度寓言结构新颖,有其独特的艺术特色。故事的编排常常是全书有一个基干故事,然后故事中又派生出新的故事,如此环环相扣,从而编织成一个庞大的故事集。故事集的规模之大,令人惊叹不已。而读起来又扣人心弦,引人入胜,使读者恨不得一口气想把全书读完。这种风格,不乏其例。

值得提出的是,印度的寓言还有个作用,即它丰富和发展了本国的语言,这也是印度寓言的又一特点。当初,寓言来自民间,搜集整理时自然吸收了很多民间口语,再经过文人们的加工提炼,成为富有生命力的语言,为历代人们所传诵。这种方法对后代语言的创造和运用有很好的示范作用。印度有很多词汇寓意深远,饶有风趣。同时,大量古代寓言先后被提炼为成语或警句,几千年来,一直为印度人民喜闻乐见和广泛使用,例如印度的"变色豹狼"(形容一个人装腔作势),"贪得无厌反失掉"(告诫人们莫要贪得无厌)等,都成了印度人人皆知、家喻户晓的格言。

上述寓言故事的特点,为印度所特有,同时,对中国文学艺术和思想影响甚大。

印度的寓言故事,到了后来,随着佛教的传播也传入中国。印度寓言故事传入中国后,很大一部分保存在佛教书籍中,有些故事大概是印度佛教教徒从民间流传的材料里取来,也有些可能是信仰佛教的人创作的。这许多寓言故事传到中国被译成汉文后,便成了我国文学宝库的一部分。信仰佛教的人重视这里面的宗教教义,而一般人和文学家却对那些曲折的情节和生动的描写感兴趣。尽管故事情节有时很奇怪,寓言里还夹杂着宗教教义,但是很多作品都富有生活气息,为历代人们所喜爱,被人们作为文学作品来欣赏。这类作品集很多,例如《杂譬喻经》《杂宝藏经》《六度集经》《大庄严论经》《百喻经》等,这类作品传入中国,被译成汉语后,使中国人耳目一新。

印度古代寓言还有自己的民族特点：

1. 在题材上，印度古代寓言虽然有许多人物故事，但是动物故事所占的比重较大。因此，寓言最有效的手法之一——拟人化，在一定程度上印度运用得更加充分。

2. 在思想上，印度古代寓言则富于幻想，具有浓厚的宗教色彩，为宗教所利用，如轮回、报应等思想比较严重。

3. 在体裁上，印度古代寓言则是诗文并用，即散文与诗歌相结合，两者穿插使用，形式新颖，引人入胜，充分反映出古代印度人民擅长诗歌的特点。

印度古代寓言，除上述特点、优点，即精华之外，也有糟粕。只看到优点，看不到缺点，是不全面的。

印度寓言中有的宣扬宿命论，说什么"命运的力量大无穷"；有的宣传丑化和诬蔑妇女的封建思想，说什么"火焰能变冷，女子才能变贞节"，把妇女说得坏透了；有的打上了佛教思想的烙印，宣传逆来顺受、绝对忍让的思想；有的宣扬否认斗争，回避现实，主张信神，以求来世转生等思想。这些都是消极的东西，麻痹了人民斗争的意志。

总之，印度的寓言历史悠久，内容丰富，在国内外文化的发展与传播中起了不小的作用。

五、民间故事的产生

印度的民间故事素以优美、睿智、寓意深刻而闻名于世，前面提到，在公元前6世纪写成的古希腊的《伊索寓言》里，已经有了印度产的故事。这就说明，最早的故事至迟在公元前6世纪已经存在了，《五卷书》的各种译本到6世纪就更多了。可见，印度民间故事同史诗和寓言一样，历史悠久,并在国内外产生了重大影响。

这些民间故事在流传过程中,虽然有许多被湮没,有许多被收进宗教经典中,用于宣传宗教,但仍有大量的被汇编成集,保存了下来。其中著名的故事集有:《五卷书》《伟大的故事》《嘉言集》《鹦鹉故事七十则》《大故事花簇》和《故事海》等。这些故事集在印度古代文学史上占有重要地位,是可以同印度古代的两大史诗、诗剧《沙恭达罗》、长诗《云使》等媲美的光彩夺目的奇葩。

印度民间故事不但是印度文学中的重要组成部分,而且对亚洲、非洲和欧洲文学产生过较大影响。正如鲁迅所说:"尝闻天竺寓言之富,如大林深泉,他国艺文,往往蒙其影响。"以《五卷书》为例,在6世纪时,《五卷书》被译成帕荷里维语,传到了欧洲和阿拉伯各国,在一千多年的时间内,它被辗转译成了阿拉伯文、古代叙利亚文、德文、希腊文、意大利文、拉丁文、古代希伯来文、法文、丹麦文、冰岛文、荷兰文、西班牙文以及多种斯拉夫语系的语言。曾经有人计算过:《五卷书》共被译成15种印度语言、15种其他亚洲语言、2种非洲语言、22种欧洲语言。而且很多语言还并不止一个译本,英文、法文、德文都有10种以上的本子。

印度民间故事在世界各国流传过程中,有许多已被吸收进欧洲、亚洲和非洲各国的民间文学中,还有一些进入了各国作家的作品中。像薄伽丘的《十日谈》、乔叟的《坎特伯雷故事》、拉·封丹的《寓言》等,格林兄弟的《格林童话》中也可以找到印度民间故事的踪迹。我国的汉译佛典中包含大量的印度民间故事,在文学创作中也屡见不鲜,如《太平广记》、江盈科的《雪涛小说》、刘元卿的《应谐录》等书中,都可以看到印度民间故事的影响。

印度民间故事之所以深受印度国内人民的喜爱,影响非常广泛,这与它独特、新颖的形式和生动丰富的内容密切相关。

印度古代民间故事的形式，往往是诗文并用，有故事，有教训。同我国古典小说在故事中插入"有诗为证"一类的格式相仿。故事的编排常常是全书有一个基干故事，然后在故事中又派生出新的故事，如此环环相套，从而编织成一个庞大的故事集。故事集的规模之庞大，令人惊叹不已。以《故事海》为例：全书18卷，124个"波浪"（章），以优填王和他的儿子的故事为主干。在他们父子两人的故事里编排了178个小故事，有些小故事里面又套着小故事，甚至所套的小故事又有附属故事，这样合计共有二百多个故事，实在是一个故事的汪洋大海。这在其他国家是不多见的。

印度民间故事给人印象很深的是，它反映了对劳动人民的歌颂和对不劳而食者的谴责。如《啄木鸟》故事里，那个幻想不劳而食的樵夫，一旦树神满足了他的要求，把他变成一只鸟儿之后，他才深深地体会到"鸟儿整天飞来飞去多没意思"，"只有劳动可以换来幸福"。但他后悔已晚，只好变成一只啄木鸟，天天用嘴啄树，发泄对树神的怨气。《渔民和大海》里的青年渔民，当父亲不幸被大海吞没之后，第二天他就勇敢地继承父业下海捕鱼去了。一个富家子弟对他的行动十分惊讶。青年渔民回答他说："与其像你父亲寿终正寝，不如葬身大海。"这回答充满着对劳动的自豪和对生活的坚定信念，实在是一篇寓意深刻的好故事。

印度民间故事既有浓厚的幻想成分和浪漫主义精神，又有可靠的现实生活基础。如魔鬼变成美女害人，最终受到惩罚；懒惰的樵夫变成啄木鸟；蛇可以变成少年与美丽的姑娘成亲，等等。这些故事情节虽然在人类社会中不可能出现，但它表现了古代印度劳动人民从现实生活中产生的合理要求与想象，曲折地反映了现实生活。

至于那些动物故事的幻想性就更强了。印度民间故事中有大量的动物故事，把动物人格化，赋予它们人的特点。这些故事中，常常是一方面保留着动物原有的性格特征，如猴子的机灵、骆驼的憨厚、驴的愚蠢、狐狸的狡猾，另一方面又把人类社会中的复杂社会关系反映到故事中去，使动物具有人的思想和性格。这些故事充满想象，生动活泼，妙趣横生，通过动物之间的纠葛，写出人情世态，有着深刻的寓意。

印度民间故事是古代印度人民与统治者进行思想斗争的武器，反映出古代印度社会的真实面貌。在这幅光怪陆离、色彩纷呈的画面里，可以看到形色各异的人物：有国王、王后、王子、公主、大臣、婆罗门、刹帝利、法官、商人等社会的上层人物；也有农民、手工业者、小贩、苦行者、猎人、吠舍、首陀罗等被压迫与被剥削者。值得注意的是，在这些民间故事里，总是正直、善良、被侮辱、被损害的人得到好的结果，而那些坏人、压迫者、剥削者、贪财者、忘恩负义之徒都没有好下场。神奇的法宝，也只有落到好人手里才会显灵，一旦被坏人掌握，不是失去作用，就是令坏人受到惩罚。好人得好报，恶人得恶报；惩恶扬善，泾渭分明。在那个时代，人民在现实生活中不是主人而是奴隶。为了反抗残暴的专制制度，人民进行了前赴后继的斗争；为了反抗统治阶级的思想禁锢，人民就创作了民间故事与之分庭抗礼。所以民间故事实际上成了古代印度人民与统治阶级进行思想斗争的重要武器。人民把在现实生活中不可能实现的理想、愿望，都寄托在民间故事之中。在这个领域，他们热情歌颂自己的英雄，无情鞭挞剥削者；宣传自己的道德观念，戳穿敌人道德的伪装。

印度民间故事有其明显的特点，凡是读过印度民间故事的人，无不留下以下几个深刻印象：

第一，惩恶扬善是印度民间故事的一个重要内容。有着善良、正直、谦逊、忠于友谊、忠于爱情等高尚的道德品质的人会受到赞扬,而且得到好报。这类故事很多,如《勒克希米和洋娃娃》《谁更愉快》《阿耶本》《斑鸠》《印度鸳鸯》和《善有善报》等。与此相反,有着贪婪、诡诈、虚伪、忘恩负义、口蜜腹剑等行为的人则受到谴责,得到恶报,如《狮子和啄木鸟》《月亮母亲》《聪明的猴子和愚蠢的鳄鱼》《口蜜腹剑的印度鹤》《不自量力的豺狼》等。这些故事反映了古代印度人民在长期生活与斗争中形成的道德观念。他们把这种道德观念用民间故事的形式表现出来,用以惩治恶人,表彰好人。还可以把这些故事看作人民自己编写的教科书。在劳动者被剥夺了受教育权利的当时,用这些生动形象的故事作为教育后代、培养高尚品质的课本,实在是再好不过了。即使在今天看来,上述的道德标准也还是值得称道的。这类故事中,《善有善报》是颇有代表性的故事。这个故事主要内容为:兄弟二人,一富一贫。有钱的哥哥认为,在世界上"善不会有善报",人只能顾自己才是正理。穷弟弟认为,即使自己受苦也应想到帮助别人,"善总会有善报的"。两人争执不下,便以各自的财产打赌。后来弟弟穷得把自己的两只眼睛都卖给了哥哥。一个偶然的机会,弟弟偷听了魔鬼的谈话,找到了治愈眼睛的神药,并且救活了濒于死亡的一城百姓,治好了哑公主,受到了国王的奖赏。哥哥打听到弟弟发财的原因后,也连忙去偷听魔鬼的谈话,却被魔鬼掐死了。这个故事不仅表现了弟弟的勤劳、善良,而且突出了他舍己为人的优秀品质。显然,在当时的封建社会里,勤劳、善良的弟弟往往是不会交好运的,相反,残忍、贪婪的富哥哥倒常常会飞黄腾达。尽管人民暂时改变不了这种不合理的现实,但是在他们创作的民间故事里,可以痛快淋漓、狠狠地处罚和嘲弄剥削者,赞扬道德高尚的劳动者,即赞扬劳动者自己。这正是这类作品深刻的人民性所在。

第二,歌颂弱者团结起来,战胜横行霸道的强者,这是印度民间故事的一个重要主题。如《鹌鹑和大象比哈利》中,鹌鹑、乌鸦、苍蝇、青蛙四个小东西,团结起来战胜了欺侮他们的大象;《珍贵的友谊》写了鹰、狮子、雌鳄、乌龟四个朋友战胜猎人的故事;《捕鸟人和鹌鹑》说的是鹌鹑王带领大家一齐起飞,抬走了猎人布下的网,不但自己获救,而且迫使猎人另谋生路去了。这些故事中,总是表达了弱者用团结和智慧的力量打败了愚蠢的强者。故事写的虽是动物,表现的却是现实社会中的斗争。它鼓励弱者起来反抗,启迪人们,在吃人的社会里,被压迫者只有团结起来才能战胜强大的敌人。

第三,印度民间故事没有放过对权势者们的讽刺和揭露。它把矛头对准暴君、奸臣、居心叵测的法官、贪心的地主、吝啬的婆罗门、狡猾的商人以及愚蠢的御用文人等;它毫不留情地揭穿他们道貌岸然的假面孔,还他们以丑恶的真面目。如《会变金币的海螺》嘲弄了贪心的商人;《男孩上苏克纠里亚》通过机智的男孩,惩罚了一毛不拔的地主;《居心叵测的法官》以动物故事的形式,揭露了法官假正经、真害人的本质。总之,这些讽刺是辛辣的、一针见血的。这种大无畏的斗争精神,在等级森严的印度古代社会中出现,尤令人敬佩。同时,它也从一个侧面反映了当时阶级斗争的尖锐性。

六、戏剧和舞蹈

印度的戏剧同音乐和舞蹈一样,历史非常悠久。从现有的古典戏剧和演剧理论来看,它在公元前后已经达到了成熟阶段。据学者研究,文人的戏剧已经产生而且有了相当完备的固定的形式。在我国新疆发现而由德国人在1911年刊行的一些戏剧残卷,确切地证明了这一点。如果古典戏剧形式在公元前后不久已经完全成熟而且流行,以至佛教教徒也采用其为宣传工具,那么,民间戏剧的开始发展自然会更早些。在最古的吠陀文献中,有不少对话形式的赞诗和伴有说明故事发展的合唱。印度古典戏剧和不少民间戏剧都源于此。在《梨俱吠陀本集》中,保存有当时民间艺人所表演的剧情,如叙述婆罗门医生与病人的故事等。印度两大史诗之一的《摩诃婆罗多》也都是对话体。从此以后就产生了一种演唱史诗作品的戏剧形式。

木偶剧也是印度的古老剧种,在两大史诗《摩诃婆罗多》和《罗摩衍那》中都有记载,至今它仍在印度流行。演出时,人们通常用木棍撑起制作的假人,几个演员操纵木棒和系在假人身上的绳子,表演各种动作,同时替假人说话。表演的内容大多取材于两大史诗,一般表现神灵、英雄、军事统帅以及世俗滑稽人物或动物等,也有一些是讽刺现实生活的节目。

印度最古的戏剧是舞蹈哑剧,表演时有音乐伴奏和唱词配合,今天印度还有这种表演形式。古代文献《利论》(公元前4世纪)中也有关于歌手、演员、舞者、朗诵者和音乐家的记载。形成于公元前2世纪的《舞论》也是一部戏剧理论著作,它对后来的戏剧发展起到了重要的指导作用。

第四章　孔雀王朝时期

一、孔雀王朝的建立

孔雀王朝的建立者是月护孔雀（旃陀罗·笈多），根据佛教和耆那教经典的说法，月护王是刹帝利种姓，属于孔雀族，即摩利亚族。孔雀族是一个小王国毕波利伐那（今北方邦哥拉克浦乐县北面）的一个小族。孔雀种族人趁难陀王朝的腐败而崛起，大约在公元前324年，旃陀罗·笈多在驱逐希腊—马其顿军的过程中，推翻难陀王朝。月护自立为王，建都华氏城，从此，开始了孔雀王朝的统治。

据说，月护是在猎人、牧人和孔雀驯养人中成长起来的。他自幼胆识非凡，敢于冒险，他见过亚历山大，由于他放言高论，激怒了亚历山大，险些丧命，后来死里逃生。

此后，他与考帝利耶取得了联系。月护弄到一笔财宝，用它募集了一支军队。他们率领这支部队与难陀王打过一仗，结果难陀战败，死伤惨重。月护推翻了难陀王朝，乘胜前进，打败了亚历山大在旁遮普的一些地方官，占领了旁遮普，结束了旁遮普的希腊统治时代。月护在公元前324年自立为王，成为摩羯陀的统治者。其势力发展迅速，据史书记载，不久他拥有一支由9000头战象、3万名骑兵和60万名步兵组成的庞大军队，并用这支军队征服了整个北印度。

孔雀王朝传至阿育王时代，对南印度进行了大规模的征服战争。根据铭文记载，阿育王在征服羯陵伽时，杀人10万，俘虏15万，最后使整个印度都在他的统治之下,孔雀王朝成为一个幅员辽阔的大帝国。

孔雀王朝是奴隶制君主专政的国家,国王被视为神圣不可侵犯,国家的军事、行政和司法等最高权力都集中在国王手里。国王下面设有庞大的官僚机构,分别由军事长官、行政长官和祭司长老掌管。孔雀王朝的国王利用强大的军队对外进行侵略扩张,对内进行残酷镇压。

孔雀王朝的国王靠搜刮来的财富过着极其奢华的生活。根据麦伽斯梯尼记载,国王狩猎时,有全副武装的女猎手陪同。猎手们有的骑马,有的驾车,有的乘象,俨如出征一般。举行宗教活动时,游行队伍里有许多用黄金和白银装饰的大象,国王通常有24头大象保护。

阿育王统治时期是孔雀王朝的全盛时期,但是靠武力统一起来的王朝无法长期维持下去。阿育王死后不久,帝国发生分裂,约公元前185年,孔雀王朝的最后一个国王布里哈德拉塔被权臣普什亚密多罗·巽伽所杀害,孔雀王朝遂告灭亡。在孔雀王朝时期,社会生产力有了很大提高,经济和文化都有较大的发展。

二、种姓制度的进一步发展

到了公元前3世纪—公元前2世纪,种姓制度有了进一步发展,婆罗门在社会上的地位进一步提高,首陀罗的地位进一步下降。这个时期,有关种姓制度的情况在各类文献中均有大量记载。各种姓的职业也有了严格的分工。为了巩固高级种姓的特殊地位,严禁低级种姓的人从事高级种姓的职业,在《摩奴法论》中有明确的规定:"低级出身者因贪欲而以高级种姓的职业为生,则国王剥夺其财产,应立即放逐之。"从而固定了各种姓职业的世袭性,保证了高级种姓的特权。婆罗门的影响日益扩大,婆罗门被认为是神与人之间联系的纽带,还出现了种种说法,如"违反种姓规定的人，会进各种地狱"。到这个时期，不只是首陀罗为婆罗门服务，其他种姓的人的主要职责也是为婆罗门服务，国王也要对婆罗门尊敬几分。

据《摩奴法论》记载，为了维护高级种姓的特殊地位，强调各种姓实行内婚，并对"种姓内婚"做了严格的规定，禁止不同种姓的人彼此通婚；允许顺婚（高级种姓的男子与低级种姓的女子通婚），顺婚所生的孩子也被视为再生种姓，同前三个种姓一样，但不享有宗教权。

虽然不同种姓之间彼此通婚受到限制，但是仍有不同种姓的人通婚，甚至还有逆婚现象。不同种姓的人通婚的结果，出现了一些新的种姓，如恩沃施特、苏德、乌格尔、威代合，等等。但是，在这个时期，首陀罗的处境进一步恶化，他们做的饭菜被认为是不圣洁的，其他种姓的人都不食用。与此同时，他们的权利也都被剥夺了。

不少文献中提到，首陀罗无权参加前三个高级种姓的宗教生活，无资格读圣书——吠陀经典，不准他们进庙敬神。即使犯有同样的罪过，高级种姓者受处罚最轻，首陀罗则受处罚最重。《摩奴法论》中还有规定，婆罗门侮辱了首陀罗，只罚款少量的钱，但首陀罗若侮辱了婆罗门，则要被割舌头，如此等等。总之，首陀罗的一切权利被剥夺。

据印度的史诗《摩诃婆罗多》记载，在这个时期，种姓矛盾加深了，四个种姓的界限更加分明。随着社会和经济的变化，社会分工更细。这时耆那教和佛教得到了进一步发展。在这个时期，可能受耆那教的影响，大多数吠舍放弃了农业，是因为种地会杀死虫类。这一时期，吠舍种姓的地位和首陀罗的地位差不多，都是低的。因为他们的出身都被认为是下贱的。因此，他们的社会地位远不如婆罗门和刹帝利种姓。婆罗门为避免与吠舍接触也有了一些规定，开始拒绝食用吠舍做的食物。不可接触的思想从这个时期开始产生,在饮食方面,圣洁与不圣洁,以及不可接触的规定也是从这个时期开始的。因此,有了不少禁忌,当然,主要指首陀罗。首陀罗变成不可接触者,他们居住在农村或城市之外,高级种姓的人不与他们发生任何联系。到了笈多王朝(4—6世纪)后期,婆罗门以出身确定自己的种姓。

随着社会生产和劳动分工进一步发展,在首陀罗和吠舍种姓中间产生了许多从事不同职业的集团,如战车创造者、锻工、木工、陶工等。这些不同的职业集团,在种姓制度的影响下,也逐渐脱离原来的种姓而形成新的种姓,据《摩奴法论》记载,有50多个。种姓制度的进一步发展,必然引起平民的强烈反抗。这一史实,在佛教文献和《摩奴法论》中得到证实。到了中世纪,随着穆斯林的到来,种姓制度进一步发生变化。

三、阿育王与佛教

宾头沙罗有几个儿子,其中以阿育王最为能干。后人从佛教文献得知,宾头沙罗死后,几个儿子为继承王位相互争战,兄弟几个先后死亡,最后阿育王获胜,并于公元前273年登基。可是他正式的登基典礼是在四年以后即公元前269年举行的。至于为什么拖延,至今没有可靠的、令人信服的历史材料。阿育王执政初期,仍像宾头沙罗一样推行旃陀罗·笈多的政策。后来,他征服了克什米尔和羯陵伽国,扩大了疆域。虽然这次战争获胜,但阿育王本人发生了很大变化。羯陵伽国王曾有一支庞大的军队,阿育王尽管曾遭到相当大的困难,但他最后获胜。他在第十三号石刻诏谕中说:"15万人被俘,10万人被杀,死亡者又超出此数的许多倍。"战后阿育王的思想发生了很大变化,他接受了佛僧邬波古布塔的劝导,放弃了战争和屠杀的道路,皈依了佛教。

羯陵伽战争的流血惨景在阿育王的心灵上留下了深刻的印象。他在一份诏谕中这样说:"朕为征服羯陵伽人深觉自责,盖以前未被征服之国之征服,不得不使人陷于杀戮、死亡与被俘。此为朕所深切忧愁与悔恨之事……在所有当时被杀、致命或被俘之羯陵伽人民中,使其百分之一或千分之一遭受同一命运,朕仍将为此而追悔。"

在征服了羯陵伽之后,阿育王放弃了屠杀和放逐人民为手段的军事征服,采取了虔诚感化的方法,他在第四号诏谕中说:"战鼓的回声已经变成了'达摩'的反响。"依照这个新的理想,他不再吞并印度疆土内外的边缘国家。他所派遣的不再是士兵,而是传教士;不再使用战争的手段去征服,而是用宗教去赢得胜利。

阿育王放弃了"惩罚骚乱成性的森林部落和制造麻烦的邻邦以及武力征服的旧政策,而推行一种和平忍耐、德行感化"的新政策,主张把"战鼓之声"变成"诵经说法之声"。阿育王并不满足于自己已做的事,他号召他的儿子和其他后人不要再做新的武力征服的打算,要注意慈悲为怀,减轻刑罚,并且把"德行感化"看作唯一的真正的征服。

阿育王在一碑文中公开地承认他对于佛、佛教教义和僧伽的信仰。他到佛陀的出生地和悟道成佛的地方专门进行过朝觐和礼拜。他宣称,佛语尽善尽美,要热心阐明佛法,以求佛法长存。阿育王在皈依佛教一年左右时,对僧伽这个团体进行了纪念性访问,以后一直与这个组织保持着密切联系。他提醒佛教僧徒要正确地阐明正法,并派特别官员管理这个团体的事务,还采取了措施,使这个团体保持统一,防止分裂。据传他于就位第十七年在华氏城召开了一次佛教大结集,目的是为了压制异端,编集真正的佛陀教义。这次集结不仅重新整理了三藏经典,使古佛经最后定型,还派出了由著名长老率领的九个大型使团,到印度边远地区和国外进行传教活动。正是在阿育王的支持和鼓励下，佛教从一个印度的地方教派迅速地发展成为徒众遍布全国、影响远播境外的大教，奠定了日后佛教成为世界宗教的基础。阿育王对佛教经典和僧侣戒律的关心，可从当时文献中得到充分证明。

阿育王虽然笃信佛教，但他从不企图把自己的宗教信仰强加于人，并特别强调合流和慎言，警告人们防止对其他教派使用粗暴言词而引起不良后果。他宣扬：不论地位高低，只要表现出热忱，人人都可以进入极乐世界，这种热忱不是表现在遵守宗教教条上或是履行一般流行的宗教教义上，而是表现在信奉古代规范上，即"对父母必须服从，对长辈必须服从，必须说真话，同样，学生必须尊敬老师，对于亲戚必须行为得当"。

阿育王在石柱诏谕中强调："不深爱德行，不深入检查，不绝对服从，不深畏罪孽和不勇猛精进，就难以确保在今世和来世获得幸福。"阿育王对所宣传的宗教教义都能付诸实行。他以同情、宽大和容忍诸美德教导人们。他废止和限制屠杀及残害动物的行为。他废除了祭祀时的杀牲，管制节日集会，以防止杀生或其他不道德行为发生。

四、稳定的社会与繁荣的经济

在孔雀王朝时期，种姓制度已牢固地确立，在考迪列的《利论》中清楚地记载了婆罗门、刹帝利、吠舍和首陀罗的有关情况。当时婆罗门最受尊重，首陀罗的处境最差，他们最受歧视。实行种姓内部通婚，饮食也有了严格规定。

结婚的年龄男女有别，男子要年满16岁，女子至少12岁方可结婚。在考迪列的《利论》中提到8种婚姻，即梵婚、神婚、圣仙婚、造物主婚、阿修罗婚、岗特尔沃婚、罗刹婚、魔鬼婚。那个时期，多妻婚已普遍流行，当时阿育王就有几个妻子。当一个女子的丈夫死去或外出很久未归,妻子则有权再婚。

孔雀王朝时期,女子的处境并不好,她们被视为生孩子的工具,或在家里生火做饭。女子非常迷信,相信各种吉祥祸福,重视各种祈祷活动。但是女子拥有一些财产权。妻子若受到丈夫虐待,她有权受到保护,杀害妇女被视为一种犯罪。女子可以参加宗教宣传活动,阿育王的女儿就曾被派往国外宣传佛教。

孔雀王朝时奴隶制已流行,奴隶为主人从事各种劳动,奴隶的工作一般由非雅利安人承担,他们像牲口一样被随便买卖,雅利安人由于经济状况不佳,也有当奴隶的,但受到良好待遇,不受歧视,不挨打挨骂。奴隶可以变为自由民,但必须出足够的钱。

孔雀王朝的帝王们为教育制定了很好的制度,就是在英国统治时期也没有出现像孔雀王朝那样详细的教育规划。达克希西腊是当时最大的教育中心,富人和穷人都可以在那里学习,而且国家为富人和穷人的不同的教育做了很好的安排,富人交学费白天上学,穷学生白天则为老师服务而晚上上学。当时有私塾,寺院也提供教育。国家给上述教学单位提供物质援助。

孔雀王朝时期,流行食荤,阿育王就食各种肉食,市场上销售多种生肉和熟肉。但在阿育王皈依佛教后,其食肉量大大减少。这个时期有饮酒的风气,在《利论》中有各种酒的记载,但是饮酒限于在酒店里,而可信者或道德高尚的人可以把酒带出酒店外。饮酒被视为不良习惯,因此受到限制,人们大多在祭祀活动时饮酒。

据有关记载,在孔雀王朝时期,人们的道德水平较高,生活也比较简朴,不挥霍浪费,信守道德规章,很少有偷盗事件发生,人们往往不锁门外出,去法院的人很少。人才受到重视,老人受到尊敬。在阿育王统治时期,人民的道德水平有很大提高,阿育王本人很强调尊重师长,孝顺父母,对朋友要讲信用。

孔雀王朝时期,宗教政策比较宽松,没有宗教歧视,帝王对所有宗教一视同仁,而且尽可能给予必要的援助。这一时期婆罗门教有了很大发展,强调杀生祭祀,婆罗门教的许多男女神祇都受到信仰和崇拜,妇女也可从事各种祈祷活动。耆那教也具有发展趋势,我们从耆那教的经典中得知,阿育王的孙子是耆那教教徒,并对耆那教给予保护。

这一时期,流行偶像崇拜,河流也被神化,人们把恒河视为最大的圣河。这个时期也时兴游览名胜,在庆祝神圣节日时,人们往往去圣地瞻仰游览或到圣河中沐浴。

印度是个以农业为主的国家。在孔雀王朝时期,人们主要以务农为主业。农业收入是农民的主要生活来源。孔雀时代的《利论》和阿育王的石柱诏谕中,都有关于农业和畜牧业方面的知识记载。当时对土壤的选择和分类、选种、轮作、施肥等都讲究一定的规律。这一时期,人们在化学方面也积累了大量知识,并能用这些知识制造染料、香水和药品等。植物学和化学方面的成就促进了医学的发展。农民千方百计保护农田,保护庄稼,即使发生战争,也要设法保护农业,使其不受伤害。农田的灌溉由国家统一管理,水井、湖泊、水池等受到国家保护。农民主要从事各种粮食、水果和蔬菜的生产。畜牧养殖业受到重视,因为人要吃奶,必须养牛、养羊。

孔雀王朝时期,各种手工业相当发达。由于棉花种植很发达,棉纺业、服装业也很发达,摩羯陀和迦尸的麻织服装远近闻名,孟加拉的一种名叫莫勒英勒的质量很高的棉布很著名,还有多种毛制品。人们能用树叶和树皮的纤维织布、做服装,男女都时兴戴装饰品,有漂亮的象牙制品,有在服装上镶嵌的金丝、金片。木制业和皮革业也相当发达。制酒业也较兴旺,有些人专门以售酒为业,因为举行祭祀活动时人们需要饮酒,当时已能生产六种酒。

国内外贸易相当发达。商贸活动有安全保障措施,当时在首都有五人会,专门负责外国的贸易,并提供各种服务。若有人违法乱纪、违反有关法规就会被处死,商人若缺斤短两或销售假货,也要受较重的制裁。为了国内商人的安全,国家修建了宽宽的国道,还有许多小道可通往不同的城市。这些道路相互连接,四通八达。为保证这些道路的畅通和安全,国家做了有关规定。过河的船只也要为商人提供各种保障,为此国家也做了有关规定。国外贸易可通过陆路和海路进行。当时印度同中国和埃及等国已建立了贸易关系,阿育王同那些佛教传入的国家都建立了贸易联系。孔雀王朝时期,印度与外国互派大使,不仅促进了国家之间贸易的发展,而且也促进了国家之间的文化交流与发展。

五、辉煌的艺术成就

1. 经典与语言

孔雀王朝时期,最著名的梵文历史性著作是考迪列的《利论》。《利论》成书的年代尚无定论,多数学者认为是公元前4世纪,至少在孔雀王朝,因其核心内容在孔雀王朝时期已经存在。另外一些经书和宗教经典也是在这个时期问世的。《罗摩衍那》和《摩诃婆罗多》是在这一时期最后修订完成的,佛教的三藏经集是在这个时期完成的,耆那教经典的汇编也是在这个时期完成的。耆那教的著名创始人波德尔巴虎就是这个时期的杰出人物。

孔雀王朝的艺术载体分两种语言,一种是梵文,另一种是巴利文。梵文是学者的语言,是文学语言(书面语言),巴利文是人民大众的语言。开始时,佛教经典是用巴利文写的,阿育王把巴利文定为国语。阿育王的铭文就是用巴利文刻的。但是,在宣传佛教时,佛教教徒也开始用巴利文写宗教经典。孔雀王朝时期,人们使用两种书写体,即婆罗密体和朽劳尸梯体,朽劳尸梯体是从右向左写的,这种书写体阿育王在自己的西北地区的铭文中使用过,很可能这种书写体在上述地区通用过,印度其他地方使用的是婆罗密体,由这种体发展而来的书写体,今天大多数邦还在使用,阿育王国大部分铭文则是用婆罗密体书写的。

2. 建筑

独具风格的印度雄伟建筑、雕刻和绘画艺术,大都开始于孔雀王朝时期。在桑奇保存的大佛塔是古代印度建筑艺术的标志之一。这座大佛塔是在阿育王时代用砖建造的,后来在外边又砌上了一层石块。大佛塔呈半圆球形,直径有100英尺,其周围有环形的道路,有四个大门,即东西南北门。每个门上都有以佛教题材为中心的精细雕刻,这些都是研究佛教雕刻艺术很好的教材。

孔雀王朝时期的建筑艺术很发达。在阿育王之前,所有的房屋都是砖、木结构,但在阿育王执政时期,砖、木开始被石料代替。阿育王是位很伟大的工程师,华氏城漂亮的宫殿就是那时建造的。700年后,当法显来到这里看了那些高大建筑后大为吃惊。开山凿洞建造房屋,也是从这个时期开始的。

印度历史上的孔雀王朝是个重要的历史时期,据文献记载,现在鉴定最早而最有特色的印度艺术样品都是属于孔雀王朝时期的。建筑艺术方面,例如在古代华氏城所在地发掘出来的一所有一百个石柱的殿堂的遗址,在鹿野苑等地方有窣堵波的遗址,等等,这些都多少指明了孔雀王朝的建筑已经达到了卓越水平。

3. 雕刻

在雕刻艺术领域,孔雀王朝的艺术水平也达到了最高峰。例如阿育王石柱及其磨光的尖顶与柱头,不但在艺术上,而且在工程技术上也是盖世无双的纪念物。史密斯在提及著名的鹿野苑柱头时说:"要在任何别的国家里找到一个优于或相当于这一美丽的艺术作品的古代兽物雕刻的实例是很难的,这一作品成功地结合了现实的模拟和理想的庄严,它是在每一个细节上以恰到好处的手法来完成的。"(参见印度辛哈著:《印度通史》页,商务印书馆,1964年,第96—97)

孔雀王朝在各地都建有圆形石柱,它是古代印度雕刻艺术的重要遗迹。石柱由柱身和柱头两部分组成,由整块岩石雕刻而成。其中阿育王在萨尔纳兹所建的石柱最为著名,柱头有精细雕刻的半身狮像,形象逼真,极其生动精致。

鹿野苑的石柱和高塔。阿育王于公元前234年来到这里,后来,阿育王在这里建造了一根石柱,石柱高达15.24米,顶端刻有四只石狮。现在印度的国徽就采用这四只石狮柱头的图案。狮子既代表了阿育王的皇权统治,又是佛祖威严的象征。中国的高僧法显提过这里,两个世纪后,著名的高僧玄奘也来到这里,他们在自己的著作中描述了这座大型寺院的情况。寺院内有宏伟的寺庙,饰有华丽的庭台,墙壁上刻有众多的镀金佛像、壁龛等,还有一尊释迦牟尼讲经的雕像,形象逼真,这些都是很好的艺术品。

桑奇的大佛塔。桑奇距中央邦首府博帕尔仅45千米,有"佛塔之城"的称号,从孔雀王朝时起,这里就是中部印度的佛教中心,自古远近驰名。桑奇城是由阿育王修建的。桑奇像是一座地上乐园,四周是呈现一片美丽田园风景的小山,山上建有三座著名的佛塔。最大的佛塔直径31米,高16米,于阿育王时期开始兴建,阿育王死后才竣工,时间大约在公元前2世纪。佛塔的周围有围墙,围墙有四道门,门上雕有释迦牟尼生平事迹的画面和与阿育王生平有关的事件的画面。东门上的浮雕是释迦牟尼出家时的场面,西面的佛塔里放着佛牙和佛骨。所有画面形象逼真,都是珍品佳作,这些是研究佛教雕刻艺术的宝贵遗产。

在桑奇的建筑群中,有一些寺院是佛教建筑中极古老、极精致的典型。在支提寺,寺院和僧房的框橡上以及石柱的下楣上,都刻有关于佛陀前生不同化身的所谓"本生故事"和他的生平事迹。成组的形象构成了动人的系列故事,给人以形象生动之感。这些都是很好的艺术品。

4. 绘画

佛教的石窟艺术,不仅体现在工程的宏伟、雕刻的精细上,而且体现在绘画的优美上。当时最重要的石窟要属阿旃陀、纳西克、布哈迦等地的石窟,其中以阿旃陀石窟最为著名,这是古代印度佛教的一个圣地,也是古代艺术一枝绚烂的花朵。窟内的壁画、石像,件件精美,因为不曾有人破坏,故保存完好。中国唐朝高僧玄奘到过这里,在他的著作中有对该石窟的记载。

阿旃陀石窟于公元前2世纪开始修建,公元650年竣工。它地处印度马哈拉施特拉邦的一个半山腰。山势呈半圆形,下临深涧。石窟环绕在半山腰，凿石而成。阿旃陀石窟共有29窟，其中25个为僧房，4个为佛殿。它有"艺术宝库"之称，是建筑、雕刻和绘画三种艺术结合的范例，被誉为世纪艺术精粹之一。

阿旃陀石窟的壁画，以宣扬佛教为主要内容，有关于释迦牟尼的诞生、出家、修行、成道、降魔、说法、涅槃等壁画，也有反映古代印度人民生活及帝王宫廷生活的画面，构图大胆，笔调活泼。其中人物花卉、宫廷田舍、飞禽走兽等，无不形象逼真。

例如第一窟的释迦牟尼雕像，从中间和左右两侧三个不同的角度，可以看出佛祖快乐、痛苦和冥想三种不同的神态。这座石窟是大乘佛教建筑最光辉的典范，门楣的雕镂尤其精致，拱门和六根大柱上雕有飞天和仙女。中间有一大厅，64尺见方。左、中、右三侧，有僧侣修行的方室。右侧中间有一巨柱，上面刻有四鹿头像。四周壁画上有五百罗汉等画面，他们的姿态面貌各不相同，喜怒哀乐的表情也有殊异，有的瘦削，有的颀长，有的白皙，有的苍老，有的笑容可掬，有的怒目圆睁，有的在高声呼喊，有的在闭目冥思，无一重复，连衣纹皱褶都清晰分明。

再如第十七窟的壁画，尤为丰富。门楣上绘有弥勒与文殊两佛。左壁是人生轮回图，再左的石壁上画着一个国王抱着爱妃劝酒，后面有两个美女在窥视。右壁上画着佛陀在王舍城遇仇人所遣恶象，冲至佛陀前恶象突然跪下的故事，还有佛陀之妻耶输陀罗求佛陀给儿子罗睺罗传衣钵图，等等。各个引人入胜，使人看后叹为观止。

总之，阿旃陀石窟的绘画与雕刻虽然为宗教服务，但都是以当时现实生活为基础的，洋溢着浓厚的生活气息，是当时生活的写照。各种人物刻画生动，线条舒展，用色洗练，色泽鲜艳，人物体态丰满，人体肤色富于质感，形象优美动人，达到了很高的艺术境界，至今为各国艺术家所惊叹。

第五章　笈多王朝时期

一、笈多王朝的建立与发展

约在320年至540年,在印度历史上出现过一个强大的王朝,那就是笈多王朝。因为这个王朝统治者的名字都带"笈多"字样,因此便以"笈多王朝"而闻名。他们属于什么种姓,学者们对此有分歧。分歧来自"笈多"一词。据《毗湿奴往世书》记载,婆罗门姓"夏尔玛"(Sharma),刹帝利姓"沃尔玛"(Varma),吠舍姓"古布塔"(Gupta),首陀罗姓"达斯"(Das)。从笈多帝国的家族姓(Gupta)来看,他们属于吠舍种姓,这符合印度的传统。

迦腻色伽王死后,贵霜帝国开始衰落,到3世纪时,帝国分裂为许多小公国,这时印度西部出现了萨珊王朝,印度南方出现了笈多王朝,贵霜的势力进一步削弱。旃陀罗·笈多一世不仅统治了阿拉哈巴德、奥德和南比哈尔,还将势力扩展到原属于那伽人的恒河和朱木那河流域,定都在华氏城。他于320年即位,通常被认为是笈多纪元的创始人。4世纪时,笈多王朝统一了北印度,从此贵霜王朝便处于笈多帝国的控制下。新兴的笈多王朝的建立,标志着印度封建制度已完全形成。

笈多王朝在印度历史上占有很重要的地位。笈多王朝的建立在印度历史上开始了一个新的起点。它的出现,使印度在政治、历史、经济、宗教和文化等方面均发生了非常重要的变化。

阿育王死后,孔雀大帝国衰亡,印度的政治统一便宣告结束,于是国家又出现了四分五裂的局面。王国林立,彼此间矛盾重重,斗争此起彼伏。而笈多王朝的建立,则结束了分裂的局面,重新建立了统一的帝国。笈多王朝由于政治上的高度统一,对印度的发展做出了重大贡献。

笈多王朝的建立,使印度从黑暗走向光明,从贵霜帝国的瓦解到笈多帝国的建立,这段时间在历史上被称作"黑暗时期"。笈多王朝的建立,结束了黑暗时期,正规的历史记载也从此开始。历史学家史密特先生说得好:"4世纪,光明又来到了,黑暗的面纱被揭掉了,在印度历史上又一次出现了统一和兴旺。"

笈多帝国统一印度,使国内实现了和平安定,人民安居乐业,国家出现繁荣昌盛的局面,并与不少国家建立了商业贸易往来关系。这种局面在印度历史上是空前的。

婆罗门教与梵文关系密切。在笈多时期,婆罗门教发展起来,因此,梵语也开始发展。在历史上,笈多时期被称为梵文的顶峰时期。这个时期,文学和艺术有了很大发展,印度的文明和文化也大量传播到国外。由于这一空前文化的发展,笈多时期也被称作印度的"黄金时代"。

这个时期所有繁荣局面的出现,也与当时的几位帝王的才干有关,因此,这一时期的几位帝王值得介绍。

旃陀罗·笈多一世(在位约320—335年)是笈多王朝第一任皇帝,他开始执政时就宣称自己为"王中之王"(Maharajadhiraja)。他是个自由统治者,不受任何国王限制。为了巩固自己的地位,他与梨契察毗国公主古玛尔·戴维结婚,这个婚姻有重大的政治意义。同梨契察毗国的联姻,有助于笈多皇帝扩张自己的领域。后来,梨契察毗国并入摩羯陀国。这样,摩羯陀国声誉大增,国力大大加强。旃陀罗·笈多一世执政时期的最后一件大事是安排了自己的儿子沙摩陀罗·笈多作为他的继承人。

沙摩陀罗·笈多(在位约335—375年)是旃陀罗·笈多一世在世时从他的儿子们中间选拔的最佳继承者。沙摩陀罗·笈多是位雄心勃勃的伟大的征服者。他一上任就制定了"治国方针",开始了他胜利的征程。他的胜利可分为五部分,即征服北印度、征服中印度、征服南印度、征服周边国家及征服一些小王国。

征服北印度。沙摩陀罗·笈多首先向北印度发起进攻,同九个国家进行过战争,吞并它们以后将其变为自己的领土。这些国王的名字有据可查,但它们的国名和国土范围不详。阿拉哈巴石柱铭文说,沙摩陀罗·笈多消灭了鲁陀罗提婆、马蒂拉(大概是北方邦的班兰夏地区的一个统治者)、那加达塔、甘那帕蒂·那加(孔雀城的一个那加统治者)、巴拉伐曼(阿萨姆的一个王公)和北印度的许多其他国王。总之,沙摩陀罗·笈多在比哈尔的大部分地区以及北方邦和孟加拉邦的一部分地区建立了政权。

在征服了北印度以后,沙摩陀罗·笈多还征服了杰布尔普尔、那格普尔地区附近的十八个森林国家。因为这些地区多山多森林,所以这些国家有"森林国"之称。征服这些国家以后,沙摩陀罗·笈多打开了通往南印度的通道。

征服中印度以后,他又开始向南印度进发。从铭文中得知,沙摩陀罗·笈多征服了南方十二个国家,但他未把它们并入自己的帝国,相反,对它们非常宽容。这些战败国接受成为沙摩陀罗·笈多的附属国,愿接受他的统治,对他称臣纳贡。不把这些国家并入本帝国的领土,表现了他在政治上的远见卓识。他知道,在当时,交通工具极不发达,从北印度控制南印度不仅是困难的,而且也是不可能的。如果沙摩陀罗·笈多把南印度归为自己的版图直接管辖,那么南印度将变为不安定的混乱地区,这必然影响到他对北印度的统治。沙摩陀罗·笈多的这个方针为后来的统治者所继承。

沙摩陀罗·笈多胜利征服各国的消息很快传开,影响到其周边国家,有些国家不战而降,甘愿接受沙摩陀罗·笈多的统治,称臣纳贡。这样,沙摩陀罗·笈多几乎统一了全印度,他成了一位专制的皇帝。

沙摩陀罗·笈多帝国的疆域北起喜马拉雅山区,南到那巴达河流域,西至朱木那河和金巴勒河,东至胡格利河。沙摩陀罗·笈多王朝末期,他的帝国几乎包括了整个北印度(除了西旁遮普、西北边省、克什米尔、信德、西拉吉普特和古吉拉特以外)中央邦和奥里萨的高地,以及南到马德拉斯城的这一大片领土。北印度的一大部分地区是由帝王通过他的官吏直接管辖的。这个地区的周围有若干朝贡的土邦,强大的中央政权是以承认地方自治的方式建立起来的。

沙摩陀罗·笈多在印度历史上占有重要地位,他是位伟大的征服者和军事家。他被列为印度伟大征服者之一,他把父亲留下的一个小国扩张为一个大国,把一个四分五裂的印度合并为一个政治上统一的国家。在当时,交通工具很不发达,要使整个北印度、中印度、南印度和周边地区都归入他的统治之下,没有非凡的才干是不行的。

他是一位文学家、音乐家,还是一位宗教传播者。他在军事上获得的荣誉固然辉煌,他个人的才艺也并不逊色,他有"诗王"之称,他在音乐上的造诣在某些钱币上得到了印证,这些钱币上镌有他弹琵琶的肖像。在宗教方面,他信奉婆罗门教,但又容忍其他宗教信仰。

他还是位有政治远见和精干的政治家,他体会到在那个时代交通极端不便,从北印度的一个中心统治全印度是很困难的,因此,他只把北印度划为自己的版图,对其余王国不是采用残酷的政策,而是采取了宽容政策,把这些王国当作自己帝国的助手和拥护者,他的行动对这些王国显得非常慷慨、和善,因此没有一个国王起来反对他或产生起义的念头。

他有行政管理的才干。在他执政期间,国家和平安定,人民安居乐业。他发行过多种金币,这证明,他的王国钱粮充足,人民幸福。虽然他的国家领土辽阔,但他对各省的管理依然井井有条。沙摩陀罗·笈多慷慨大方,乐于助人,富有同情心,对穷人、弱者、不幸者和无依无靠的人采取了许多援助措施。

罗摩·笈多是沙摩陀罗·笈多的继承人,但他懦弱无能,继位不久,受到塞种人的侵略,罗摩·笈多战败,塞种人将他活捉,并打入牢房。罗摩·笈多被迫接受将自己的妻子让给塞种人的苛刻条件。但是罗摩·笈多的弟弟旃陀罗·笈多二世对此感到莫大侮辱,他英勇顽强,在关键时刻挺身而出,杀死了塞种暴君,保护了嫂嫂特鲁瓦·戴维的贞操。后来,他把塞种人逐出国外。事后嫂嫂特鲁瓦·戴维为自己丈夫的懦弱无能感到悲伤和羞愧,也为自己小叔子的见义勇为而感动。后来,旃陀罗·笈多阴谋杀害了自己的兄长,并与特鲁瓦·戴维结婚,篡夺了哥哥的皇位。

旃陀罗·笈多二世(在位约380—413年)是位勇敢的国王,有"超日王"之称。他自幼勇敢,有政治远见。他将自己的女儿嫁给了德干伐卡塔卡国王鲁陀罗逊纳二世,这个婚事是他在战胜古吉拉特和索拉施特拉的塞种人之前举办的。因此史密特认为这桩婚姻有重要的政治目的,与德干伐卡塔卡强大的王室结成联盟,在战胜塞种人方面起到重要作用。

旃陀罗·笈多二世去世以后,他的儿子鸠摩罗·笈多一世继承了王位,他的统治年代约在414—455年。由铭文得知,他维持了祖业,保卫了国家。这个帝国从北孟加拉到卡提阿瓦,从喜马拉雅山到尔布达河。古钱币证明,鸠摩罗·笈多一世的势力曾一度向南扩张,可能远迄德干的萨塔拉县。他虽能力非凡,成就卓著,但后期并不幸运。他连续遇到外患,局势未得到解决就去世了。一个名叫布湿耶密多罗的民族首先从南方侵入帝国。这个帝国衰落的命运由鸠摩罗·笈多的儿子塞建陀·笈多挽救过来。塞建陀·笈多在位时间不长(455—467年),他是在同入侵者进行战争的情况下登位的。这次入侵被塞建陀·笈多击退,但获胜不久,塞建陀·笈多未得喘息,又掉头迎战从西北方拥来的匈奴的侵犯。塞建陀·笈多在位期间,战事频繁发生。他倾注全国之力,迎战入侵者,最后力不从心,哎哒人入侵北印度,统一的笈多帝国也随之逐渐解体,地方纷纷独立。到公元6世纪中叶,笈多王朝已名存实亡。

二、繁荣的文化和科技

笈多帝国不仅地域辽阔,而且政治开明。中国著名高僧法显对当时的记载也可证实,笈多帝国治理得很好。它虽然没有像孔雀王朝那种严厉而残忍的法律,但行政管理很有效,而且合乎人情。政治上的统一和良好的管理,促进了其经济的繁荣和贸易的发展,也促进了文学、科学和艺术的发展。

笈多王朝统一北印度后,给北印度带来了社会的稳定和经济的繁荣,也为文化的发展创造了条件。笈多时期在古代印度的文化史上占有非常重要的地位。这种情况的出现,固然说明了印度人民的聪明智慧,但也与当时政治上的统一和物质上的繁荣有关。沙摩陀罗·笈多是位学者、诗人和文学家,而且是位热心的学术赞助者。在他执政时期,科学文化繁荣昌盛,文学家、哲学家、科学家大量涌现,其中最有名的有迦梨陀娑、首陀罗伽、毗舍佉达多、"圣使"、彘日等。

从历史上看,印度文化的高涨始于孔雀王朝时期,即印度统一为强大帝国时代,其繁荣时期一直延续到孔雀王朝以后,在笈多王朝时代,即北印度重新统一的时期,科技文化更为繁荣。到后来,印度的封建割据加剧,使印度科技文化的发展受到严重影响。

1. 文学

迦梨陀娑是位伟大的诗人和著名的梵文剧作家。他的诗共有四部,长诗《罗怙世系》《鸠摩罗出世》,长篇抒情诗《云使》,抒情小诗集《时令指环》;他的剧本有三部,即《摩罗维迦与火友王》《优哩婆湿》和《沙恭达罗》。

《罗怙世系》是部长诗,内容是以罗摩传为中心,取材于印度史诗和往世书罗怙世系的帝王传说。诗人歌颂了古代帝王,但多数是作者按照自己的愿望改造过的理想人物,长诗不是以歌功颂德为主题思想。诗人在《罗怙世系》中描写的人物身份是人间统治者,但在诗人的笔下,这些人物都被理想化了。这些理想的主要方面就是使贵族化为平民。

《鸠摩罗出世》的故事是往世书型的神话,"鸠摩罗"的意思是"童子",为湿婆和雪山神女乌玛所生的儿子。这篇长诗写的是他的出生和战胜魔王的经过。诗人在作品中提出了对婚姻的理想,他把神仙当作了人间的模范,因为当时人间的婚姻不如他理想中的婚姻,作品反映了作者对一夫多妻制的不满,强调爱情从一而终,具有进步的意义。

《云使》是一部精美而优雅的抒情长诗,抒发远离妻子的丈夫对妻子的无限怀念之情。这部长诗代表了印度古代抒情诗歌的最高艺术成就。这部作品语言优美凝练,精妙的比喻很多。比喻中既有明喻,又有暗喻,多而不俗。该诗的韵律有独特之处,每节诗由四行组成,每行十七个音节,音节长短搭配。《云使》思想内容健康,不愧为传世之作,确实达到了内容和形式的完美统一。它被译成多种西方文字,在欧洲广为流传。

《时令指环》是一部抒情小诗集,共分六章,组诗形式,描绘的是印度各季节的自然景色以及男欢女爱和相思之情,属于艳情诗一类。有些诗表面上似乎没有什么内容,其实也有社会意义,反映出古代城市中贵族的荒淫。诗中也有不少动人的比喻。大多学者认为它是作者的早期作品。

《摩罗维迦与火友王》是一部著名的剧本,它以宫廷生活为背景,以爱情为主题,描写了火友王和宫娥摩罗维迦的爱情故事,包含了某些有历史价值的细节。剧本的特点是诗意很少而戏剧性较强,但可以充分反映出作者的精神面貌,作品充分显示出作者确实具备诗歌和戏剧两方面的艺术才能。

《优哩婆湿》取材于印度的《梨俱吠陀本集》和史诗、往世书等神话传说,描写的是爱情故事。剧本诗意盎然,情节曲折,戏剧性较强,描写的生活面也较宽,表现了作者的聪明才智。但更能表达作者才能的是《沙恭达罗》这个剧本。

《沙恭达罗》是迦梨陀娑获得世界名声的作品,在印度,这个剧是梵语古典文学中的典范作品,已被传诵千余年。《沙恭达罗》是一部叙事诗,它的故事出于大史诗《摩诃婆罗多》,以罗摩为故事重点,描写罗摩在位前后的帝王传说。《沙恭达罗》的艺术成就充分表现出迦梨陀娑的聪明才智。就戏剧而言,它的场次安排衔接恰当,场场有矛盾,幕幕景不同,逐步达到高潮,然后迂回宛转现出结局,这正是印度古典戏剧的完整严密的结构。剧中人物的性格非常鲜明,往往着墨不多而神态活现。台词机警灵活,往往意在言外,充分显现出人物性格并给人以深刻印象。在运用梵语方面,作者创造了古典文学中的典范,"丽而不华,朴而不质,音调和谐,富于暗示"。诗中不断涌现清新自然的比喻,突出了作者所特有的才华。总之，这一剧本不愧为诗人的成功之作。它不仅是印度古典文学中的不朽作品，而且属于世界文学的光辉遗产，具有永久的艺术魅力。

首陀罗伽是位古典梵语剧作家。他的代表作《小泥车》是一部古典梵语名剧，也是一部不可多得的现实主义作品。它以进步的观点直接反映了古代印度城市人民的生活与斗争，给我们描绘了当时社会的生动图画。它广泛描写了城市贫民的生活，也揭露了当时社会中法律和正义的虚伪本质，具有强烈的政治性。作者爱憎分明，欢呼善良的受迫害的人的胜利，指出胜利的关键是在政治上推翻统治者。作者的艺术手法是现实主义的，他坚持用进步观点来揭露现实矛盾，而且塑造了很逼真的人物形象。因此，《小泥车》是印度古典文学中的一个高峰，是珍贵的文学遗产之一。

毗舍佉达多是位古典梵语剧作家，他的代表作是《指环印》。这是一部著名的写政治斗争的戏剧。这个剧本的特点是从头到尾写政治。政治斗争就是一切，朋友关系、夫妻关系都从政治利益考虑。政治斗争有明斗和暗斗，但多在暗场，主要的内容是暗斗。一方是新朝宰相，力图巩固新国家，消灭对抗的旧朝势力；另一方是旧朝宰相，在本朝覆灭之后，还力图纠集各种力量，不顾一切地推翻新君，实现复辟。双方都忠心耿耿各为其主。很明显，这是封建时代王国政治的反映。作者把政治斗争提到首要地位，表现自己的谋略和所见到的实际斗争。

剧本的故事内容只是统治阶级的内部斗争，用的策略都是一种权术，是一些阴谋诡计，但宣扬了大臣忠贞爱国，为国家奋不顾身的思想。忠君不是该剧的主导思想，巩固国家政权才是剧本的主题。作者的用意是为统治阶级出谋划策，也为国家谋求安定。在混乱的王国纷争的局面下，剧本的主题符合人民的愿望。剧本有很高的艺术成就。作者主要写政治斗争的各种活动,故事复杂,人物繁多,情节曲折,戏剧性强,对白生动,语言明快,所以《指环印》得以流传至今。

2. 天文学

公元4世纪的笈多王朝时期,是印度古代文化全面繁荣的历史时期,天文学也进入了一个新的发展阶段,出现了一个又一个高潮。其表现是天文学家对天体及其运动的认识不断深化,不断出现卓有创见的结论,例如,已认识到大地是球体,并环绕自身的轴心转动;在天文计算及其他方面也都取得了新成就,其表现是涌现出一批天文学家及其光辉著作。

阿利耶毗陀(Aryabhata,意译"圣使"),生于476年,卒于550年,在数学和天文学方面取得了许多重要成就,被称为印度天文学和数学的始祖。从那时起,印度天文学开始建立在真正的科学之上。他于499年写成的《阿利耶毗陀论》(又译《圣使集》)影响巨大,发挥了重要作用。他吸收了不少希腊天文学知识,更有自己的创见,他打破了印度人一向以大地为中心的观念以及古希腊天文学家托勒密否定地球运动的地心说。

另一位重要的天文学家和星相学家是生于印度乌贾因的伐拉哈·密希拉(Varaha Mihira,意译巍日),他的重要天文著作是《五悉昙多论》《广博观星大集》《广本诞生占察法》《星体进程》等。他对后来印度科学的发展起到积极的作用。

婆罗门·笈多(Brahmagupta,意译梵藏),生于598年,卒于660年,他是古印度一名卓越的天文学家和数学家。其主要著作有《婆罗门悉昙多》该著作详细地论述了行星的平均运动及平均位置的计算、时间的测定、日食和月食的测定等,有关天文学的数据精确,在国内外产生了重大影响。

巴斯迦罗·阿阇梨（Bhaskara-charya），简称巴斯迦罗，生于1114年，卒于1185年，为著名的数学家和天文学家。他的主要著作有《顶上珠悉昙多》，又被译作《顶上头珠手册》，被意译为《知识之冠》，成书于1150年。作者认为，地球居于宇宙之中，靠自身的力量固定于空中。他的书还涉及日、月和星体的运动以及许多天文观测的工具、仪器等，对中世纪印度天文学的发展影响很大。

3. 数学

当时的数学也很发达。印度人很早就知道了数学和定位计数的进位法。在笈多帝国时代，开始有了"0"的符号，"0"的应用使进位更臻于完善。在开方、解方程和求圆周率等方面也有一些成就。古代印度数学经由阿拉伯人传至欧洲，故有"阿拉伯数字"之称。阿拉伯语中"数学"一词为"hindisat"，意思是"印度之术"。可见，阿拉伯世界的数学知识源于印度。阿拉伯人从印度人那里学会了带"0"的十进制，并在后来把它传给了欧洲的科学家。因此，印度在数学方面提供了一个间接的基础，没有这个基础，西方科学技术的许多重大进展是不可能取得的。所谓"阿拉伯数字"，实际上是印度人发明创造的，时间可能在佛教诞生之后，这是印度人的一大贡献。

以后，印度的数学一直发展，不断有很多发明创造。著名的数学家阿利耶毗陀的《阿利耶毗陀论》一书，内容丰富，学术精深，包括三角函数、算术求平方根和立方根等多种内容。在古代印度他首先提出圆周率的最精确值为3.1416。

后来，数学又有很大发展。印度数学界的泰斗当推阿耶婆多（生于499年），他对前辈们发明的十进制做了精确的阐述。他还是一位著名的天文学家，在他的天文学论著中，开列了一系列数学运算方法。他提出的求二元线性方程正整数解的方法是早期的解法之一。另一些著名人物有婆罗门·笈多、摩诃维阇罗利耶和巴斯迦罗·阿阇梨等，他们分别生活于7世纪、9世纪和12世纪。他们懂得正负量的含义，算出了许多复杂的方程式，还发明了求平方根和立方根的运算方法。他们对零和无穷大的含义有深刻的领悟，巴斯迦罗·阿阇梨从数学角度证明，无穷大无论怎样分割，仍然是无穷的。

4. 建筑、雕刻和绘画

笈多王朝时期，印度在建筑、雕刻和绘画艺术方面，成就也很高，但可惜后来受到严重破坏。文森特·史密斯在谈到笈多王朝时说："三种密切相连的艺术——建筑、雕刻和绘画得到了特别高的成就。"著名学者辛哈很惋惜地指出："笈多时期的大部分建筑和庙宇不幸都被穆斯林侵略者毁坏，故而要对那个时代的建筑给予详细而精确的叙述是不可能的。"

在笈多王朝时期，雕刻无疑达到了一种高度的水平。在底奥加尔的一座石庙和在比泰岗的一座砖庙就是现存的样品，而鹿野苑是笈多的人物画和浮雕的宝库。笈多王朝时的雕刻品不仅是所有后代印度艺术的典范，而且对东南亚地区的艺术也有很大的影响，马来半岛、苏门答腊、爪哇、越南、柬埔寨等地的雕刻都具有笈多艺术的特征。

笈多艺术最重要的贡献是发展了佛教和婆罗门教两种宗教神祇的完美形态。在鹿野苑出土的大量佛像应当被视为印度最精美的作品之一。在马杜拉和其他地方也曾发现过佛的石像和铜像。在占西县德奥加尔庙的一些做工精巧的嵌板上，刻有湿婆、毗湿奴和婆罗门其他神祇的像，在其他地方也有类似发现。这些神像都是精美的艺术品，它们具有一种美丽的外观,也充满着风韵和尊严,这足以说明笈多雕刻的设计和制作都十分精致。

驰名于世的阿旃陀石窟的建造年代是公元前2—7世纪,石窟最负盛名,可谓笈多时期的代表作品,也是古代印度艺术的一枝绚烂的花朵。阿旃陀石窟的绘画与雕刻虽然是为宗教服务的,但内容都以当时的现实生活为基础,洋溢着浓厚的生活气息,是当时印度社会生活的写照,反映出社会各阶层(从统治者到所谓"贱民")的真实面貌。在表现技巧上,构图和谐紧凑,人体肌肤富于质感,线条舒展,笔法洗练,色泽鲜艳,达到了很高的艺术水平,至今为各国艺术家们所推崇,不愧为印度艺术的宝库、人类文化的奇迹。

在笈多王朝时期,金属铸造工艺也表现了出色的技能。在印度新德里的古都布高塔附近矗立着一根铁柱,它不但是德里最引人注目的古迹,也是全印度极珍贵的古迹之一。据有关科学家研究,该铁柱含铁成分很高,系铸造而成,尽管长年累月雨淋日晒,但至今它的外表仍光滑不锈,毫无损坏,由此表明印度古代冶金技术水平之高。

在笈多时期,印度同东西方各国继续保持着友好往来。有文献和碑铭证明,在笈多王朝时期,印度的航海家和军事冒险家的商业和殖民事业把印度的宗教和文化带到了爪哇、苏门答腊、越南、柬埔寨等地。阿旃陀石窟的壁画说明,早在贵霜王朝时期印度与罗马就有了接触,到了笈多时期,这种联系仍然保持。笈多时期的钱币制度可能还受到罗马的影响。在笈多时期印度与中国仍保持着联系。在4—6世纪期间,印度各地派了一些使者到中国,其中鸠摩罗什是最著名的。中国当时赴印度的高僧中法显则是一位突出的代表。

5. 舞蹈

舞蹈艺术也有很大发展。有关舞蹈艺术的专著应该以婆罗多的《舞论》(Natyasastra)为代表，它是印度古代最早的文艺理论著作，一般认为它是2世纪的产物，但其内容更早于成书年代，可能在公元以前。《舞论》是一部诗体著作，它全面论述了戏剧工作的各个方面，从理论到实践无不具备，而主要是为了满足实际工作的需要，起一个戏剧工作手册的作用。它论到了剧场、演出、舞蹈、内容情调分析、形体表演程式、诗律、语言、戏剧的分类和结构、体裁、风格、化装、表演、角色，最后更为广泛地论及音乐。这个全面总结一经出现，就对后来的文艺理论产生了很大影响。虽然它基本上是注重实际演出工作的书，但是，它在理论方面仍触及一些重要问题，对音乐、舞剧等优美艺术的各个部分进行了很好的阐述。到后来，香格尔戴沃在自己的《格冷特·勒德衲格》一书中对舞蹈进行了详细的研究，提到舞蹈种类等内容。书中讲到了当得沃舞（一种湿婆舞），湿婆神是这种舞的始祖，湿婆把这种舞蹈知识传授给自己的学生和婆罗多牟尼。当得沃舞是表示有关世界末日的舞蹈，当世界开始毁灭时，在布德杰里和沃亚克拉巴德仙人的请求下，湿婆表演了"阿安德·当得沃舞"，当时四副面孔的梵天为他击掌伴奏，毗湿奴为他敲鼓，又有登巴鲁和衲罗陀为他伴唱。

到了迦梨陀娑时期（5世纪），印度舞蹈又得到重大发展。迦梨陀娑的著作很多，他的剧作使古代印度戏剧创作达到了登峰造极的境地，他不仅以诗驰名于世，而且也是一位有名的剧作家，他的流传至今的剧本《沙恭达罗》《摩罗维迦与火友王》等都很著名。剧词中散文与诗歌并茂，穿插自如，而且剧中有舞蹈，也有歌曲。他的《摩罗维迦与火友王》的第一、二幕中对音乐和舞蹈的理论还进行了充分研究。迦梨陀娑的著作也提到了舞蹈和表演之间的密切关系等内容。这些对后来舞蹈的发展起了重要指导作用。

三、中印两国佛教文化的交往

1. 印度高僧来华传教译经

古代印度的和尚来中国的很多,早期来中国的有竺佛朔(179年)、竺大力(197年)。到3世纪来中国的有释迦跋澄、释迦提婆等。5世纪有求那跋陀罗,6世纪有真谛。到隋唐时代来我国的就更多了,举不胜举。当然其中最有名的是鸠摩罗什(4世纪),他在我国系统地介绍过古印度一些重要哲学思想,还翻译了大量佛经经典。他在我国从事讲学和翻译工作多年,成绩卓著,是一位在我国的宗教、哲学、文学、历史上起过重大作用的学者。他的名字和玄奘一样,将永远留在中印人民的心中。

到了魏晋时期,佛教不断传入中国,来华的僧人和传教活动继续增多,中国僧人的数量不断增加,佛教的影响日益扩大。到了西晋末年,特别是进入东晋十六国时期,由于战争连年不断,广大人民饱受苦难,因此容易接受佛教关于彼岸世界的宣传,这就为佛教的宣传提供了条件。北方少数民族政权大多扶植佛教,使佛教得以迅速发展。佛教的迅速发展与一些高僧的作为也有关,诸如他们翻译了大量佛经,积极从事说法传教等活动。这一时期,名望高、影响大的高僧主要有佛图澄、道安、鸠摩罗什、慧远、法显、竺道生、真谛等人。

鸠摩罗什是印度著名学者和翻译家,他在我国历史上影响很大。他父亲是印度人,母亲是龟兹国(即现在新疆的库车)的公主,他于344年生在龟兹,7岁随母亲出家,9岁随母亲到印度,在印度学习,后来回到中国。他从小聪明能干,对印度佛教经典、天文学、数学、梵文等知之甚多。回龟兹后,他又继续研究。母亲返回印度时,他自愿留在中国。402年他被接到长安,413年去世。他在长安的12年中,除了译书,就是讲学,其名声传遍当时全中国。他共译书300多卷,诸如《金刚经》《法华经》《大庄严论经》《杂譬喻经》等。他译的书传诵得最广、最久,对中国哲学、文学影响很大。他能用流利的汉语准确地表达原文的含义,并能保持原文的风格。他对中印文化交流贡献很大,他和后来的玄奘一样,是划时代的人物,中印友谊的象征之一。

2. 中国高僧法显西行取经

法显与玄奘、义净一样,在中印关系史上起过重要作用,被誉为中印友谊的象征之一,也是印度家喻户晓的人物之一,他对大乘教义在中国的发展,特别是对"顿悟说"的形成,做出了重要贡献,对增进中印人民的友谊也做出了突出的贡献。

他于399年从长安出发,路经甘肃、新疆,于402年进入北印度的陀历(克什米尔的北部),由此南下,去过东部和东南部,到过印度许多地方,于409年结束在印度的活动,后途经锡兰、爪哇回国。他历尽千辛万苦,在印度生活了多年。他在那里学习梵文,参观考察和收集资料,回国后写了著名的《佛国记》一书。此书被译成英文后,在印度起了极大的作用,印度史学家认为,此书是研究印度古代及中古史不可缺少的资料。

法显赴印,正值笈多王朝旃陀罗·笈多二世执政时期。出于对佛教的信仰与虔诚,为了寻找佛教的手稿和遗迹,法显走访了印度的犍陀罗、白沙瓦、孔雀城、曲女城、拘萨罗、贝拿勒斯、迦毗罗卫、拘尸那、吠舍离、华氏城等地。

关于笈多王朝时印度各地的社会、文化等状况，法显都做了真实而生动的记载。他说："人民殷乐，无户籍官法，唯耕王地者乃输地利，欲去便去，欲住便住。王治不用刑罔。有罪者但罚其钱，随事轻重；虽复谋为恶逆，不过截右手而已。王之侍卫、左右皆有供禄。举国人民悉不杀生，不饮酒，不食葱、蒜，唯除旃荼罗。旃荼罗名为恶人，与人别居，若入城市，则击木以自异，人则识而避之，不相唐突。国中不养猪、鸡，不卖生口，市无屠、酤及酤酒者，货易则用贝齿，唯旃荼罗、渔猎师卖肉耳。"他对当时的种姓制度也做了如实记述，说明那时印度种姓制度已发展得相当严重，种姓歧视亦很明显。

法显在印度的华氏城学习了三年梵文，这对他了解印度和收集有关资料以及后来写书起了重要作用。据法显记载，在笈多王朝时期，佛教在旁遮普和孟加拉非常盛行，但在孔雀城尚在发展，在中央印度佛教还不普及，婆罗门教仍占优势。尽管如此，印度教信徒与佛教教徒之间关系融洽，互不歧视。

第六章　戒日王朝的兴衰与佛教及印度教的发展传播

一、戒日王朝的兴衰

笈多王朝瓦解后，统一的印度再次分裂，印度历史上再次出现了一段黑暗的年代。7世纪后，北印度出现一些王国，诸如后笈多王朝、瞿折罗国、伐腊毗王朝、布舍菩地王朝，等等。这些王国各霸一方，彼此争战，互有胜负。612年，曷利沙·伐弹那宣布与旦尼沙的王国合并，以卡瑙季为首都，曷利沙·伐弹那为王，历史上称他为"戒日王"。之后，他不断东征西战，征服几个王国。这样，除克什米尔、西旁遮普、古吉拉特和东印边远地区外，他几乎统治了整个北印度。620年，戒日王先后征服了伐腊毗、摩羯陀、克什米尔、古吉拉特和信德，控制了北印度。630年，他远征南方德干，遭到失败。但整个北印度都在他的统治之下。他是位有魄力的国王，亲自过问重大政务，而且不时地到各地视察。玄奘说他"孜孜不倦，竭日不足"。当然，他由大臣会议辅佐进行统治。

他拥有一支强大的军队，据史书记载，有"象军五千、马军二万、步军五万"。他法制严厉，"通常的惩罚是无期徒刑、充军、截肢。但轻微的罪过可以用钱赎罪"，"有时用火、水等考验来决定被告是否有罪"。（参见[印度]辛哈著：《印度通史》，商务印书馆，1964年版，第144页）

戒日王对宗教宽容，信仰印度教的湿婆、毗湿奴和太阳神。到了晚年，他倾向于佛教，禁止杀生。据说，他建立了许多佛塔和寺院，对世界著名的佛教研究中心那烂陀给以大量捐赠，每年还召集一次佛教僧侣会议，讨论宗教问题,他禁止杀生,像阿育王一样,免费供给穷人食物和药品。

戒日王是个伟大的学术赞助者,重视文化,尊重学者,爱好艺术,奖励文学研究爱好者,因此当时的印度学术氛围浓厚。他自己就有很好的文学造诣,被誉为声誉不低的诗人,他是著名的叙事诗《伽旦波利》的作者,他还有三本戏剧作品——《爱见》《珠璎》和《龙喜》。

我国著名的唐代高僧玄奘访问印度时,曾受到戒日王的欢迎和隆重接待,他差不多和戒日王成了朋友。在高僧玄奘的著作中,记载了戒日王执政时代印度的政治和宗教情况,他的《大唐西域记》是研究印度的可靠和宝贵的史料。

戒日王于606年继承王位,于647年死去,在位41年,基本上使印度保持了政治的稳定与和平统一。他死后,没有后嗣,帝国的组织也不够强大,因此,帝国立即陷于混乱状态,被一个名叫阿罗那顺的大臣篡夺了王位,继承者力图保持霸权地位,但希望落空。因此,戒日王死后不久,统一的帝国不复存在,印度又陷入四分五裂、王国纷争的状态,分裂持续五六个世纪之久。

二、佛教的发展

1. 佛教派系的出现

释迦牟尼逝世约100年之后,大约在1世纪时,印度处于奴隶制向封建制过渡时期。这个时期,生产力有了提高,商品经济有了较大发展,社会发生了变化。同时,佛教僧侣的生活和思想也发生了变化。佛教开始分成两派,被称作小乘和大乘,所谓"乘",即"乘载"或"道路",小乘即小道,大乘即大道。在吠舍离举行第二届佛教结集时,两派分歧公开化。后来直到阿育王孔雀王朝（公元前3世纪）佛教第三次结集时，佛教又发展成18个派别，其中6个属于大乘，12个属于小乘。两者在佛教理论与修持实践方面均有重要区别。在理论方面，小乘主张"我空法有"，大乘则主张"人法两空"；在实践方面，大乘及其相关的群体努力把佛陀神化，把他看成神通广大、大慈大悲、全智全能的最高人格神，而小乘的信仰者们则保护佛陀的人格化，不把他奉为神，而只把他视为一个历史人物，把他奉为教祖或传教士。

小乘佛教主张求取阿罗汉果，即要求达到个人的自我解脱，修行的目的在于此。当人们达到这一目的时，就能去掉一切烦恼，进入不再生死轮回的涅槃境地。大乘佛教则更进一步，主张进取佛果，能够成佛，不再局限于个人的修行，而主张普度众生，并极力宣传大慈大悲，把建立极乐世界作为修行的最高目标。大乘佛教的所谓极乐世界，既无生死轮回之苦，还可享受天国荣华富贵，它与小乘佛教相比，则更具有诱惑力，因此在群众中也更容易推广。

在出家的问题上，大乘与小乘之间也有区别。小乘佛教主张要实现修行思想必须出家，过严格的禁欲生活。而大乘则不然，它主张除了出家的僧尼外，还需要大批的居家信徒。居家的信徒不必过严格的禁欲生活，并且还可以照常从事自己的职业，只要求他们做布施，有功德。布施，只有居家的信徒才有条件和可能，这也有利于宗教事业的开展。后来大乘佛教几乎传遍全印度，又从印度的西北部传到中亚地区以及中国、日本和朝鲜等地。总之，印度大乘佛教的出现，标志着佛教的新发展。

大约公元3世纪，大乘佛教在印度有很大发展，几乎传遍全印度，后来同小乘佛教一样发生了变化。7世纪以后，大乘佛教一部分部派同婆罗门教混合形成密教；小乘佛教还流行。到了13世纪初期，佛教在印度国内趋于消失,19 世纪以后又有所复兴。

2. 佛教在国外的传播

佛陀悟道,时年 35 岁。从此,他开始宣传自己的学说,历时 45 年。他走遍了摩羯陀、拘萨罗、拔沙三个王国,后又逐渐扩展到更远的地方。在传道的过程中,他不仅传教说法,而且广收弟子,并组成了传教僧团,沿途得到有些王国的支持,因此使佛教势力不断发展壮大。

公元前 4—公元前 3 世纪,印度出现了强大的孔雀王朝,是奴隶制国家的兴旺时期。在孔雀王朝时,阿育王用武力扩大了王朝的版图,佛教也随之得到阿育王的支持而发展。阿育王在南征南印度的羯陵伽时,杀人十万,血流成河。战后,阿育王接受了佛僧邬波古布塔的劝告,放弃了战争和屠杀的道路,皈依了佛教,并且开始在奥里萨地区大力宣传佛教,因而有大量和尚从北印度的摩羯陀拥向南方的奥里萨。阿育王想依靠佛法来征服人心。他在本帝国境内,或开凿岩壁,或树立石柱,上面刊刻诏令,大力宣传和推广佛教。他甚至还不断派人到周边国家去宣传佛教,使佛教传播到更广大地区。到后来贵霜王朝的迦腻色伽统治时期,他效法阿育王,宣传佛教,并主张建立佛塔、佛庙,还开始雕刻佛像。原来佛教的规定是不崇拜偶像和不雕刻佛像,但迦腻色伽开了佛像雕刻的先例,促进了后来偶像崇拜的形成,开创了印度的佛雕艺术。

佛教在阿育王统治时期,不仅由恒河流域传到印度各地,而且开始向次大陆毗邻的地区发展,南及斯里兰卡,东至缅甸,西到叙利亚、埃及等国,一跃而成为世界性宗教。

佛教向亚洲各地传播,大致分为两条路线,一条叫北传路线,以大乘佛教为主;另一条叫南传路线,以小乘佛教为主。北传路线即佛教由印度北传,主要有两条途径。一条是从印度西北部的乾陀罗开始,越过阿富汗中部的兴都库什山、阿姆河、渡帕米尔高原进入中国的新疆,再由河西走廊到达西安和洛阳,复由中国本土传入朝鲜、日本和越南等国。另一条是由中印度直接北传入尼泊尔,越喜马拉雅山麓,进入中国的西藏,再由西藏传至中国其他地方,复由中国传入西伯利亚、布利亚特等地区。南传路线即由斯里兰卡传入缅甸、泰国、柬埔寨、老挝等国,复经上缅甸传入中国云南省的傣、布朗等少数民族地区。佛教传到各地后,为适应各民族文化和当地统治阶级的需要,在形式和内容上都有相应的改变。

3. 玄奘高僧在印度

玄奘是中国唐代的一位著名高僧,正值戒日王执政时期他出访了印度,在当地访问、考察和学习了多年。回国时他带回许多佛经,回国后写出了《大唐西域记》一书,这一壮举不愧为中印关系史上的一件大事。他的著作是了解印度古代史方面的重要文献,由此可见7世纪时中印之间的密切关系。

玄奘在印度考察了许多地方,不仅研究了佛教,而且还认真研究了印度的社会、风俗、历史等。因此,玄奘的著作对后人了解当时的印度起到重要作用。

玄奘生于600年,死于664年,其兄为和尚,他受兄长的影响,也出家为僧。他自幼勤奋好学,追求真理,一心钻研佛经,对佛教深感兴趣。他去过中国不少寺院,专门研究佛教。佛学名流和前辈长老对于佛法部派各执一词,追求着细枝末节而忘掉了本体,撷拾了花朵却丢弃了果实。于是便有地论学派南道和北道的异学,是非纠缠不休。玄奘对此长期争论,深感茫然若失。他深恐由于传译的乖讹错杂,以致不能明察究竟,于是想要遍读佛典原文，求得印度真经。当时适逢国家昌盛之时，629年，他以无与伦比的毅力，负起锡杖，掀起衣裳，前往印度，他从长安启程，背着灞水而眺望，指向葱岭而迈步。道路漫长，他备尝了艰难险阻。当时从中国到印度有几条路可走，其中一条是经过中亚抵达印度。玄奘选择了此路。他经过塔什干和撒马尔罕，于630年到达犍陀罗、飒秣建国等地，进入印度。从中国到印度，路上他用了一年的时间。

当戒日王得知玄奘在迦摩缕波国时，他命令帕斯格尔沃尔玛带玄奘到曲女城。戒日王在曲女城举行佛教大会，许多僧人和学者应邀前来参加。戒日王希望玄奘也能前往出席。遵照戒日王的命令，帕斯格尔沃尔玛带玄奘来到曲女城。抵达目的地时，玄奘受到众多王公和僧人的热烈欢迎。后来他又与戒日王一起来到钵逻耶伽，戒日王曾在那里做过很多慈善事业。

在戒日王特地邀请玄奘参加的曲女城佛教大会上，有20多个封建国王、4000名佛教教徒、约3000名耆那教教徒和众多印度教学者出席了大会。为了这次大会，戒日王事先在恒河西岸修建了一座大寺院，寺院东边筑起宝台，台高100多尺，寺庙内建有佛陀金像，像身高与戒日王的身高不相上下。宝台的南边，又筑了大宝坛，那是专为金佛像沐浴的地方。在宝坛东北十四五里，特别建筑了行宫。时值二月，从初一开始，会上用佳肴招待僧侣和婆罗门，一直到二十一日。从行宫到寺院，道路两旁都盖起楼阁，用数不清的玉石装饰。在大棚的西边不远的地方，国王让人为自己建造了住房。每天清晨，人们抬着佛陀金像游行，将佛陀金像放在大象背上。大会的程序以列队前进开始，队伍中有一尊由大象载着的黄金佛像，由戒日王和帕斯格尔沃尔玛陪同。这时戒日王身着因陀罗服装，而帕斯格尔沃尔玛身着大梵天的打扮，封建国王、高级官员、嘉宾和主要僧人与学者则骑着大象紧随其后，缓缓而行，上百人的乐队乘着大象，演奏着各种音乐走在街上。队伍过后，戒日王执行祭佛仪式。戒日王把镶有珍珠的成千上万件丝绸衣服献给佛陀塑像，其他宝贵的礼品这时也被献给了佛像，仪式完毕后举行宴会。然后，会议开始，玄奘解释大乘佛教的教义。然后大家又一起集会，玄奘被尊为贵宾，戒日王对他非常尊重。活动持续了一月有余。一个月后，有人放火焚庙，当戒日王组织灭火时，有人乘机向他袭击，但其阴谋未能得逞，被戒日王的警卫当场抓捕，后被监禁。经审问得知，一些婆罗门教教徒因为戒日王对佛教教徒表示宠爱而嫉妒和不满，便雇了一个刺客，制造了这次谋杀事件。有500名婆罗门涉及此案，最后主犯受到惩罚，其余的人则被赦免。

曲女城的集会结束后，戒日王去了恒河与朱木拿河汇合处钵罗耶伽（阿拉哈巴德）。这里每5年举行一次庄严的无遮大会，所有封建国王和高级官员都参加这个重大的节日聚会，戒日王邀请了玄奘一起参加。在那次大会上，戒日王进行了大量布施。大会共进行了75天，与会者中有从印度各地来的许多王公。第一天，人们把佛像设在一个临时的庙宇里，奉上昂贵的祭品，表示虔诚。第二天和第三天，人们礼拜太阳神和湿婆神。第四天，布施一万名佛教僧侣。之后的20天中，布施婆罗门教教徒。再以后的10天，布施耆那教教徒和其他教派的教徒。再以后的10天，救济乞丐。再以后的一个月中，布施穷人、孤儿和无助者。这时，5年来所积存的财富便消耗一空。戒日王又散发他自己的珍宝和财物。他向自己的姐姐罗伽室利讨了件普通旧外衣穿上，向十方佛陀顶礼。这种博爱和仁德的例子，在印度历史上实属罕见。玄奘在印度多次会见过戒日王，在《大唐西域记》中有这样的记载：

见了面,戒日王寒暄了一番,然后问我:"从哪国来?到这里来打算做什么?"我回答说:"从大唐国来,是来求法取经的。"戒日王问:"大唐国在哪里?路途经过哪些地方?离这里多远?"我回答说:"在这里的东北方向,离这里有几万里,也就是印度所说的摩诃至那国。"戒日王又问:"曾听说摩诃至那国有位秦王天子,少年时代就聪明伶俐,成年后勇猛异常。从前,前朝天下大乱,国家分崩离析,战祸纷起,百姓惨遭荼毒。而秦王天子早就胸怀大计。他大慈大悲,拯救人类,平定天下,风流教化传遍远方。美德恩泽遍布四海。各国仰慕其公德,自称为臣;庶民百姓感激他的养育之恩,都在演唱《秦王破阵乐》。我们听到人们对他的赞颂,已经很久了。对他的品德给予这么高的声誉,是确有其事吗?所谓大唐国者,难道就是这里吗?"我回答说:"是的,所谓至那,是过去王朝的称号;大唐,那是我们现在的君主的国号。以前他还没有继承王位时,被先帝封为秦王。现在已经做了国君,所以称为天子了。在这之前的朝代,国运衰败,百姓失去君主,因而战乱纷起,残害黎民。秦王天生抱负远大,他大发慈悲怜悯之心,威风震慑天下,消灭了一切凶恶的敌人。从此,八方安宁,万国都来朝拜进贡。……百姓没有犯法作乱的。"戒日王赞叹说:"应该感激这位贤明而伟大的君主。"

由此看出,当时印度对中国是相当了解的。玄奘回国后,不仅做了大量翻译工作,而且还写出了《大唐西域记》这一不朽著作,它对人们了解当时印度的方方面面起了重要作用。

政治情况:

关于当时的政治情况玄奘写道:"戒日王是个仁慈的统治者,他亲自管理广大领土的民政。"玄奘说他"孜孜不倦,竭日不足",他的行政管理很好,很重视人民的安全和幸福,"税额很轻",因此人民富裕幸福。人们有权自由迁移,从一个地方可迁入另一个地方。不强迫工人从事各种劳役,"耕者只需缴纳收获量的六分之一"。"国王的田地大体上分为四部分:一部分供国家之用,充祭祀的祭品;第二部分用来封赠宰相大臣;第三部分赏给才高的学者;第四部分赠予不同宗教团体,以求福德。所以赋税很轻,力役也少","商人为了营利,来往贩运商品,在津渡和关口缴纳轻微的税,然后通过。国家营建,不白白役使劳力,根据工作完成情况给予报酬"。公路宽阔而漂亮,路两旁绿树成荫,道路有很好的安全设施,为行人提供各种方便,无不法之人干扰。刑法比笈多时期为严,通常的惩罚是无期徒刑、充军和截肢。轻微的犯罪可以用钱赎罪。有时用火、水等考验,决定被告是否有罪。尽管法律很严,犯罪的事情却比笈多时期要多。但玄奘对印度人民的性格有很深的印象,玄奘说他们:"于财无苟得,于义有余让。"

社会情况:

从玄奘的记载中得知,印度人简朴诚实,生活朴素,饮食简单,牛奶、黄油、烙饼为主要食物,肉、葱、蒜等很少食用,"吃饭的器皿不相传递,瓦和木头器皿一次性使用,用后就丢弃",但种姓限制非常严格,彼此接触受到限制,实行种姓内部通婚,"这四个种姓,清浊不同,都在本种姓内婚娶,阔人与穷人彼此不互相婚配。父系亲属和母系亲属,不互相婚娶。妇人一嫁,终生不能改嫁"。童婚非常流行,寡妇殉夫陋俗流行,不准寡妇再婚。人们喜好知识和艺术,梵文是学者的语言,僧侣在社会上受到尊重。

经济情况:

戒日王时期人民幸福富裕,大多数人从事农业,并以此为主要生活手段。吠舍主要从事商业,通过水路和陆路进行贸易。建筑漂亮,玄奘见了为之惊奇,穷人的房子是用砖或木头建造的,建筑物上有各种工艺品,非常漂亮。据玄奘记载,"房舍、平台、楼观,用木头制作屋顶,泥上石灰,盖上砖坯。有的很高,形式同中国相同。房屋用茅草盖顶,或用砖盖,或用板盖。墙上涂上石灰以为装饰,地面涂上牛粪认为洁净,应时的鲜花布撒其上,这是与中国不同的地方","平民的房子,内部侈奢,外表简朴。内室和中堂,高广不同。层台重阁,形制不拘一格。门向东开,君王座位也面向东方","君王的室、座,更为高广,上面镶嵌着珍珠,名之曰狮子床,上面铺上细毛布,一个众宝装饰的脚凳摆在上面。一般官员,随自己的爱好,雕饰自己的座床,上面也装饰着珍宝"。这些说明,当时的印度国家富强,人民幸福。

宗教情况:

婆罗门教处于上升时期。婆罗门在社会上很受尊重。当时吠陀仪式盛行,祭祀活动很多,多数人信湿婆神。婆罗门教流行的同时,佛教也流行。不过,哪里婆罗门教流行,哪里佛教就相对衰落。佛教的大乘、小乘都有,但大乘的信众比小乘的人数要多。虽然印度西部佛教日益削弱,但在印度东部较为发达,佛教教徒人数呈下降趋势,但佛教寺院、庙、塔等仍大量存在。佛教徒教依旧进行偶像崇拜,这些人把佛陀看成神的下凡,建造塑像进行崇拜。

文化情况:

教师很关心学生,还教学生劳动,对学生实行免费教育,除个人服务外,不再向学生收取任何费用。位于巴特那地区的那烂陀大学是当时最有名的大学。该校的教师才能很高,学术风气很浓,"请益谈玄,竭日不足;夙夜警诫,少长相成"。玄奘在该校从事研究两年。这所大学有数千名学生和僧徒。那烂陀大学主要是佛教教育中心,也从事宗教教育,师生可自由讨论。戒行清白,教规纯粹,师生必须遵守。学校共有教师一千多人,学生上万人。戒日王对这个世界著名的佛教研究中心给予了大量捐赠。

4. 佛教的衰微与复兴

5世纪以后,印度基本上结束了统一的局面,外族不断入侵,地方封建势力加强,小王国林立,彼此征战,注重武力,非暴力思想变淡。7世纪后,佛教出现了明显衰落的趋势,佛教的非暴力主张已不适应当时社会形势发展的需要和当时封建统治者的需求,非但得不到支持,反而受到限制。因此,7—8世纪时,佛教进入了所谓"密教时期"。密教由大乘佛教一些派别同婆罗门教以及印度民间信仰混合而成,密宗的出现,是佛教衰落的表现。佛教在印度的这种衰落趋势,到10世纪加剧,到13世纪佛教在印度完全溃灭。

佛教在印度之所以溃灭,主要原因有:首先,佛教的非暴力学说,已不适应当时印度社会彼此征战的状况,这是佛教在印度衰落的重要原因。其次,印度教的复兴削弱了佛教的影响。佛教在兴起和流行的过程中,只反对婆罗门种姓的特权,并未从根本上否定印度教的种姓制度,相反,印度教更加符合一些人的需求,从而使佛教的影响大大削弱。9世纪,印度教进行了革新,而这时佛教寺院的高僧却日益腐化,影响很坏,削弱了佛教的影响。10世纪,印度教终于在全国获得了优势地位。再者,伊斯兰教的传入,加速了佛教的溃灭。8世纪,伊斯兰教传入印度,10世纪,突厥人大举入侵,强迫很多印度人改信伊斯兰教。13世纪以后,在伊斯兰诸王的入侵中,大量佛教教徒被杀,佛寺被毁,佛教受到致命的打击。

直到19世纪后半期,佛教在印度人民争取民族独立的斗争中,发挥了一定的积极作用,受到当时国大党政府的支持,佛教教徒的数量随之日益增多,尤其不少所谓"贱民"改信了佛教,使佛教的势力增加,影响逐渐扩大,佛教才又在印度得到了一定复兴和发展。

三、印度教的发展

早在孔雀王朝时期,由于阿育王大力推广佛教,佛教得到很大发展。相比之下,婆罗门教有所削弱。直到3世纪,婆罗门教一直处于衰落状态。但到4世纪贵霜王朝溃灭后,笈多王朝的十几个皇帝都信仰婆罗门教,给婆罗门教以大力扶植,并把它定为国教。这样,婆罗门教得以复兴和发展。到了6世纪,随着笈多王朝的灭亡,婆罗门教的黄金时代宣告结束,反对婆罗门教及其种姓歧视的浪潮此起彼伏。712年,阿拉伯人侵入印度河下游信德地区,伊斯兰教随之传入,但印度教仍不断发展,婆罗门教为了同佛教和伊斯兰教进行抗衡,以求得生存和发展,进行了必要的改革,8世纪,商羯罗吸收了佛教和耆那教的某些教义,经过改革形成了新的印度教。8世纪初,穆斯林进入印度后,对其他宗教采取武力行动,强行推广伊斯兰教,特别是13世纪伊斯兰教的苏丹国建立后,采取的政策更加蛮横,佛教寺院几乎被毁,不少僧侣被杀,致使佛教几乎"销声匿迹"。印度教此时却有所发展。因为印度教经过了改革,适应了当时由奴隶社会向封建社会过渡的需要,婆罗门祭司也并非集中于一庙一寺,未被伊斯兰教教徒杀害,虽然寺庙被毁,但婆罗门的祭祀活动在家里照样举行。因此,在伊斯兰教统治时期,印度教依然得到了发展。早在9世纪前,泰米尔的民间团体所开展的改良性质宗教活动,起到积极作用,其崇拜印度教主神及各种化身,反对烦琐的祭祀仪式和不合理的种姓制度。

几个世纪后,这种活动由印度南方发展到印度北方,从11世纪开始,形成了人数众多的虔诚运动,掀起了改革的高潮,反对偶像崇拜,反对歧视妇女和种姓制度以及烦琐的礼仪等,对印度教的发展起了推动作用。运动的代表人物有罗摩奴阇、迦比尔、杜尔西·达斯等。这些宗教领袖为了宣传虔诚派理论写了很多诗篇和故事,杜尔西·达斯用印地语根据《罗摩衍那》和《神灵罗摩衍那》两个蓝本编写了《罗摩功行之湖》,此书被称为"印度的圣书",在社会上产生了很大影响。总之,印度教通过商羯罗和虔诚派的宗教改革运动,有了生气,因此得以发展壮大,并在一定程度上冲击了种姓制度和社会上的陈风陋俗,例如寡妇为亡夫殉葬等不良习俗,印度教内的种姓歧视也受到一定的冲击。

印度教综合了多种信仰,非常复杂,正如马克思曾经指出的那样:"这个宗教既是纵欲享乐的宗教,又是自我折磨的禁欲主义的宗教;既是林加崇拜的宗教,又是札格纳特的宗教;既是和尚的宗教,又是舞女的宗教。"

印度教虽然没有单一的信条,但是有一条几乎是虔诚的印度教信徒所信奉的,即多神教的主神论。多数印度教信徒是多神论者,他们相信众多神灵,但他们只向一个天神进行礼拜。

印度教不仅是一种宗教,而且是一种哲学和生活方式。该教认为,人类灵魂永存,并主张通过三个主要途径,即智慧、信仰和行动来实现个体灵魂和无所不在的精神的最终统一。

印度教宣传因果报应和人生轮回,即所谓灵魂的转世。它认为生命不是以生为始,以死告终,而是无穷无尽一系列生命之中的一个环节,每一段生命都是由前世造作的行为(业力)所限制和决定。动物、人类和神的存在,都是这个链条中的环节。一个人的善良行为能使他升天,邪恶行为则能令其堕为畜类。一切生命,即使在天上,死后必有终了之期,所以不能在天上或人间求得快乐。虔诚的印度教信徒一般愿望是获得解脱,即脱离生死轮回,在一种永恒的状态之中获得安息,这种状态叫作与梵合而为一。

印度教还主张非暴力,不杀生,认为任何形式的暴力都是罪恶,即使踩死一只蚂蚁也被视为不仁。

印度教有丰富的经典。主要经典有《吠陀》《梵书》《森林书》《奥义书》《往世书》《摩奴法典》以及两大史诗《摩诃婆罗多》《罗摩衍那》等。

印度教的节日很多。印度由于历史悠久,宗教复杂,所以自古以来形成了很多格调各异、绚丽多彩的宗教节日。这些节日是民族文化财富的一个重要组成部分,是印度古代文化史上不可缺少的篇章,也是民族特点的主要内容与表现形式。

每个宗教节日的出现不是偶然的,都是该宗教在一定历史时期内的产物,有它产生的历史根源和社会条件。早在人类社会的原始时期它就产生了,以后随着宗教的发展而发展。

宗教节日作为民族风俗习惯的组成部分,属于文化范畴,它在一定程度上反映着各族人民的经济、政治、宗教、思想和生活状况,影响着人们的思想和生活,因此宗教节日的作用不可低估。但是,随着时代的变迁和社会的发展,宗教节日不免显出它们的局限性,甚至落后性。所以有些节日也会被淘汰,或节日的内容与庆祝方式有所增减、改变,同时也有些新的节日不断出现。

印度的宗教节日很多,各种宗教都有自己的节日,其中以印度教的节日居多,大的节日就有140多个,再加上小的节日,共有多少,难以确说。若再加上其他宗教节日就更多了,无怪有人戏言,在印度,感到天天有节日庆祝。

宗教节日庆祝，时间长短不一，少则一天、几天、十几天，多则一个月以上。庆祝的规模有大有小，小的一家一户举行，大的有几十万人、上百万人参加。下面略举几个节日：

霍利节

霍利节是印度教的四大节日之一，从平民百姓，到政府官员，举国上下都热烈庆祝。庆祝的方式城乡有别，各地也不完全一样。但人们对节日很重视且尽情地欢乐，这一点是共同的。人们大多在节日之前很长一段时间就着手准备，节日过后数日内，仍有节日气氛。

霍利节又名洒红节，如同中国的春节一样热闹，人们相互祝贺，彼此洒水、洒红取乐。这天的上午，你会看到人们的手里大都有个袋子。袋子里面装有五颜六色的粉末，他们走街串巷，有说有笑。人们见了面先是贺喜，然后拥抱，接着相互往对方脸上、头上、身上洒各种颜色的粉末。因此，男女老少每个人的脸上都红红绿绿的，比中国京剧脸谱还花得多，花得简直有点吓人。男女老幼一起跳舞。跳舞时，人们好像忘记了疲倦，人人脸上都挂着一张欢乐的笑脸。

大街小巷，欢呼声、谈笑声混成一片。一群群花脸的男女老幼来来往往，络绎不绝。过此节时，不仅无种姓之分、无男女之别，就连平日有些敌意、彼此不和的人，今天也要互相祝贺、拥抱一番。至于以后，他们彼此还是否仇视，那是以后的事情。来往的人群中，有些人手握酒瓶，他们大多为青壮年男子，年轻的20岁上下，年纪稍大点的40岁左右。这时，有些朋友在马路上会拦住你，请你喝酒。你盛情难却，只好喝上几口。他们中间有的喝得过量，脚下有些不稳，嘴也不听使唤。

对霍利节的庆贺，在农村更加热闹。节日之前，人们很早就开始准备，粉刷房屋，清理垃圾，制作洒红用的颜料，等等。而且在乡下庆祝时间较长，有的长达一个月。在有些乡村，人们会选一些木棍，将其涂色，然后手持木棍集体跳舞。古吉拉特邦的棍棒舞很有名，北方邦、比哈尔邦、中央邦等地的一些农村，过节时，除跳舞外，人们还要唱歌，歌词内容大多同庆贺霍利节有关。

在上述这些地区除了跳舞、唱歌外，也有洒红之类的做法。不过不是洒水，也不洒各种粉末，而是人们彼此摔泥巴、掷牛粪，相互在对方的脸上、头上、身上又投又抹，好不热闹！有些人还故意往对方嘴上抹点牛粪。他们之所以不用各种颜色的粉末，而用泥巴和牛粪，这自然同乡下的条件有关。泥巴、牛粪到处都有，用起来比较方便，这也算作"就地取材"吧。

关于这个节日的来历，有几种不同的说法，普遍传说的故事是这样的：

从前有位国王，名叫赫尔那耶伽西布，他暴虐无道，骄傲自满，连天神也不放在眼里。一天，他公开宣布，不准人们再提天神的名字，叫全国的人们只崇拜他，否则将严加惩处。

赫尔那耶伽西布有个儿子，名叫普拉赫拉德，是天神的忠实信徒，他不同意父亲的意见和做法，依然虔诚信仰天神。因此父亲对儿子怀恨在心，并对他进行种种残酷折磨。他先是叫人把儿子从万丈悬崖上推下去，但儿子并未摔死。后来他又叫人用大象去踩儿子，结果儿子仍安然无恙。最后，赫尔那耶伽西布恼羞成怒，便把自己的妹妹霍利（拥有在火中不受伤害的能力）叫来，对她说道："你把普拉赫拉德抱在怀里，坐在火中，你不会被烧死，而这个坏蛋儿子定会化为灰烬，然后你再从火里出来。"妹妹霍利听了哥哥的话，便抱着普拉赫拉德跳入火中，火越烧越旺。出乎国王意料，儿子毫发未损，而抱他的霍利却被烧成灰烬。由于她心存不良，到头来自食其果。为纪念此事，每年人们堆柴草堆，象征霍利，点火焚烧，以示正义战胜邪恶，善良战胜凶残。在这期间，人们可以说些脏话，甚至骂人，认为对坏人理应如此。这样，骂人、说些下流话也就成了霍利节的一个特点。

杜尔迦节

杜尔迦节是拜杜尔迦女神的节日，它是印度的主要节日之一，也是印度西孟加拉邦人最大的节日。在印度，当酷暑过去，阴雨连绵的雨季结束，就有一个风和日丽、不冷不热的季节来临，那就是秋季。10月，百花争艳，芬芳扑鼻，杜尔迦节就是在这个时候进行。每年从10月2日开始，人们连续欢庆5天。节日期间，学校停课，机关放假。

根据《往世书》记载，从前有个可怕的凶神阿修罗，他变成水牛，折磨众神。百年之后，阿修罗把众神从天堂赶出，登上了因陀罗的宝座。这时众神向梵天祈祷，找湿婆和毗湿奴求援。湿婆和毗湿奴得知阿修罗暴虐无道，怒发冲冠，于是喷出一种特别的火焰，先照射到大地和整个宇宙，然后变成一位漂亮的女神，这就是杜尔迦女神。

杜尔迦女神向四周伸开十臂，向阿修罗挑战，有各种武器的阿修罗立即率领军队前来应战，这样一场激烈的战争就开始了。转瞬间，地动山摇，海水翻滚，杜尔迦女神投出名叫"巴希"的武器，把阿修罗套住，使他处于困境。顿时，整个宇宙摇晃起来。接着，阿修罗又变成各种形状，千方百计想砍断巴希。他虽再三努力，但由于他罪大恶极，所有努力都无济于事，终未能挣脱。最后杜尔迦女神抽出宝剑，将他杀死。这时众神和百姓高兴万分，欢声雷动，向杜尔迦女神祝贺致敬。善良而正义的杜尔迦女神开口向众神问道:"你们有何要求,尽管说来。"于是众神和百姓向她请求:"杜尔迦母亲,我们若遇灾遭难,请解救我们。"杜尔迦女神斩钉截铁地回答:"完全可以。"印度教教徒为了感谢杜尔迦女神驱邪扶正的功绩,送她回家与亲人团聚,所以才过杜尔迦节,这便是杜尔迦节的由来。

节日期间,热闹非凡,神像林立,人海如潮。你若进城,到处可见神棚。神棚用红绿色厚帆布搭成,讲究的神棚分里外两层。神棚的另一边有座高台,演员们在那里表演各种节目。有动人的话剧、优美的舞蹈、悦耳的歌曲和音乐等。有些是传统节目,每年上演,尽管如此,演员屡演不烦,观众也百看不厌。有些新节目,要对演员严格挑选,节目要经过长时间认真排练。台上的演员认真地表演,台下的观众聚精会神地观看。台下的座位,不分主次上下,一律平等,随便入座。

凡参加活动者,都穿最新最好的衣服。妇女穿上五颜六色的纱丽,鲜艳夺目。不少男子穿白色围裤,浑身上下全是白色。整个节日期间,就连神棚的场地和周围的树木,也都披上节日的盛装,被各种颜色的灯泡点缀起来,在晚上尤其耀眼辉煌。路上的行人,成群结队,熙熙攘攘,谈笑风生。

杜尔迦节的活动在印度各地并不完全一样,受重视的程度也不相同,在西孟加拉邦,每村至少有一个祈祷神棚,城市里则更多,在加尔各答每年有三万个以上。著名地方的神棚,参拜者会有数十万人。因此,连维持治安的有关组织者,都不得不做出特别的安排。

胜利节(德喜合拉节)

随着连绵的雨季结束,阳光明媚的秋季到来,德喜合拉节的庆祝活动就开始了。德喜合拉节从 9 月底开始,到 10 月初结束,时间一般为 10

天，但个别地方时间更长，能持续 1 个月之久。

据史诗《罗摩衍那》记载，故事是这样的。锡兰的国王十首王罗婆那抢走了罗摩的妻子悉达，罗摩和他的弟弟罗奇曼前去追赶解救，神猴哈奴曼也带上自己的猴军和狗熊军前去支援。战争激烈地进行了 10 天，最后十首王罗婆那和他的儿子迈可纳特以及十首王的弟弟恭婆迦罗那全部被杀，罗摩获胜，悉达得救，罗摩和悉达团圆。德喜合拉节是印度教信徒庆祝罗摩大战 10 天最后获胜的节日，所以又叫胜利节。整个节日期间，演员们在舞台上表演罗摩的生平故事，故事以十首王罗婆那全军覆灭而结束。人们把每年表演的罗摩衍那的故事称作《罗摩里拉》。

一般的印度教教徒对这一节日比较重视，从乡村到城市都是如此，尤其是北印度和中印度一带，对这一节日的庆祝更是热烈而隆重。

在乡村，节日来到之前，"五老会"为筹备表演《罗摩里拉》的经费而走街串巷，进行募捐活动，让演员排练，还要准备各种服装以及舞台上所用的物资和道具，诸如猴子军、狗熊军、十首王的队伍，还有弓箭，等等，都得准备。人们在村庄的一个大广场搭起了舞台，每天傍晚时分，演员们在舞台上表演罗摩的主要故事。到最后一天，人们焚烧三个巨型纸人，这三个纸人代表十首王、迈可纳特和恭婆迦罗那，以象征罗摩的胜利。

在城市，庆祝活动另有一番景象。事先，同样募捐款项，挑选演员，有条件的还叫职业演员充当罗摩、十首王和哈奴曼等角色，但是有一禁忌，任何女子不能参加这一表演，剧中女子的角色均由男子充当。另外一些人，在广场周围拉起红绿帆布，并搭起一个舞台，用作《罗摩里拉》的表演；还有一些人忙着制作假人，假人大小不一，大的五六十米高，小的也有三十米以上……真是一片繁忙景象。

节日的第一天，《罗摩里拉》的表演便开始了，每天傍晚，不少人赶来观看罗摩的故事,直到深夜,不怕疲倦。渴了,卖汽水的人把汽水送到你面前,他们不时地巡回叫卖;饿了,场地周围有卖各种食品的小贩。但是,进场的观众必须买票,有警察看门把守。

节日的最后一天,人们焚烧三个纸人,如前所述,这三个纸人被竖在广场上,一般傍晚七点左右焚烧。这时尤其热闹,从小孩到大人都愿赶去观看。广场周围的最外一层,是卖各种东西的商贩,密密麻麻,成群成堆。在他们看来,这也是个发财的机会,有吃的,有用的,尤其不少是孩子们的玩具,如表示罗摩用过的弓、箭等。里边一层是拥挤的观众,这时还播放着音乐,音乐声、喧哗声和各种东西的叫卖声汇成一片,震耳欲聋。在首都新德里的庆祝,带有浓厚的政治色彩,总统、总理都要出席,联系当前形势做个讲话,然后才焚烧假人。"马上要烧假人了!"有些人叫嚷,这时不少行人、车辆自动在马路上停下来,兴致勃勃地观看一番。当火光一闪,鞭炮齐鸣,炮声、欢呼声混成一片,气氛格外热烈,几十米高的纸人顿时化为灰烬。焚烧纸人是节日的庆祝高潮,也是最后一个节目。

四、中世纪印度的科技成就

印度古代丰富的科学著述,为印度后来科学事业的发展打下了坚实的基础。从8世纪阿拉伯人征服信德时起,穆斯林圣徒和科学家们对印度的数学、医学和天文学抱有浓厚的兴趣,并认真学习,为莫卧儿王朝科技发展的重要源泉之一。与此同时,在穆斯林统治时期,波斯、阿拉伯人的天文学也影响了印度,这样,在印度古代科学文化的基础上,印度的天文学有了新的发展,获得了新的成就,出现了一些新著作,例如,加摩拉伽罗于1658年完成的天文学著作《诸谛分别指南》等,就是例证。到这个时期,在建造天文台和使用仪器方面,印度有了明显的进步,一反过去对天体的观测主要靠直观而不重视仪器的旧传统,从而又有新的发明和创造,例如,贾伊·辛格(1686—1743年),这位莫卧儿后期的天文学家利用先进的天文台进行天文观测,获得了许多准确而科学的结论,如,太阴月的时值为29天39分34.07秒,金星和水星本身不发光,只反射太阳的光线,土星并非球形,太阳黑子在移动,等等。总之,印度的科技一直在进步,从而获得了新的生命与发展。

戒日王朝时期,医学也相当发达。据有关文献记载,阇罗迦(Charaka)和妙闻(Susruta,即修罗泰)这两位著名医学家为古代印度医疗科学的发展做出了重要贡献。传说阇罗迦是2世纪贵霜王朝迦腻色伽的御医。其医学著作《阇罗迦本集》(*Charka Samhita*)是印度古老的医学专著,用散文写成,每章末有一首诗。这部医学著作实际上是他和印度广大民间医师的长期集体创作。《阇逻迦本集》中提到人体的健康是人体的三种活力或三种原质配合的结果,这三种活力与自然界的三种基本元素密切地相结合。第一种是脐下气所产生的作用;第二种是由控制脐与心之间的部位的胆汁作用所致;第三种是心部以上的黏液所产生的作用。这三种活力是人体七种基本素质的来源。七种基本素质是:乳糜、血液、肌肉、脂肪、骨骼、骨髓、精液。这七种素质数量调和则人体健康,否则就有病患。(参见〔英〕斯蒂芬·F.梅森著:《自然科学史》,中译本,上海人民出版社,1977年版)

《阇罗迦本集》中提到食物营养、睡眠、节食是人身体健康的三大要素。《阇罗迦本集》论述人体的心、胸、腹、生殖器及下肢的疾病,并有专章论及药物、膳食及解毒,提到910种植物药材,而且主张产妇床单应消毒,使用金银制针,断脐带应使用金银手术刀。阇罗迦认为医业高于一切,行医的目的是谋人类之幸福。9世纪时,《阇罗迦本集》被译为波斯文和阿拉伯文。总之，阇罗迦在印度的内科医学发展中起了很大作用。

2世纪的妙闻是著名的外科专家。《妙闻集》是古代印度最著名的外科医学著作，书中论述了病理学、解剖学、胚胎学，记录了大量的医疗处方、药物配制方法、精神病治疗方法和外科处置方法。《妙闻集》论述了156种动物药、1040种植物药，并试图测定植物的根、皮、木髓、渗出物、茎、汁、芽、果实、花朵对人体各个组成部分的不同影响。《妙闻集》研究了156种动物的乳汁、胆汁、脂肪、骨髓、血液、肉、爪甲、角、蹄对人体的影响。《妙闻集》提到疟疾与疟蚊的关系，糖尿病患者的小便是甜的，金、银、铜、铁、锡以及有别于柔性碱的苛性碱，某种铁屑可以治疗贫血，将牛奶掺入含药的油中可治疗烧伤。（参见〔英〕斯蒂芬·F.梅森著：《自然科学史》，中译本，上海人民出版社，1977年版）妙闻重视人体的解剖，认为外科医师必须通过人体解剖来认识人体各部之器官，所以他对人体骨骼非常了解。他说，人体骨凡360，其中包括牙齿、爪甲和软骨。他主张外科医师于手术前必须置备手术器械、盐、绷带、油、蜜、水等物品；凡进行腹部、肛门和口腔手术，术前不准患者进食；患者疼痛时应用浸黄油之软布热敷；可用催眠术麻醉患者以便进行开腹手术、开腹助产术、碎胎术；用烧红之针穿刺治疗常见的脾肿病；强调行医要有高尚的医德。

8世纪小婆拜（Vagbata）著的《八科精华集》和9世纪摩陀婆伽罗（Madhavakara）著的《疾病研究》，都是印度病理学的权威著作，对最重要的病例有详尽的论述，在医学界产生了重大影响。

考古发掘证明，印度的外科医学历史悠久，技术比较先进。考古发掘出来的几套外科医疗器械可以证实，古代印度人很早就使用了外科手术器械。外科医师能做截肢手术、剖腹术、眼科手术和整形术——耳、鼻、唇缺损的修补手术。医师对妇产科医术也有研究，知道胎儿倒转分娩术、剖宫分娩术。《长阿含经》中提到沙门和婆罗门医师用"针灸"药石治疗各种疾病。解剖尸体在古代印度并不受到惩罚，凡是要做解剖研究的尸体，先被浸泡在水中七天七夜，然后用刷子或树皮将浸软部分刷落，或是只观察其自然腐解过程。（参见〔印〕德·恰托巴底亚耶著：《印度古代的科学》，《南亚研究》1983年第3期。）

随着佛教的传入，佛经的翻译以及通晓医术的僧侣的陆续东来，印度的一些医学理论、医疗处方也不断传入中国，而且对中国产生了积极影响。东汉末年，安世高翻译的佛经就有《人身四百病经》（《出三藏记集》卷十三；《开元释教录》卷一）。以后不断有印度医学理论、药方被译为汉语在国内流传。隋代，有许多所谓汉译胡方在中国流传。《隋书·经籍志》中记载，有《龙树菩萨药方》4卷，《西域诸仙所说药方》23卷，《西录波罗仙人方》3卷，《耆婆所述仙人命论方》1卷，《龙树菩萨和香法》2卷，《西域名医所集要方》4卷，《婆罗门药方》5卷，等等。佛经中有不少地方涉及印度医学诸科，如儿科、产科、肛瘘科、眼科等。据文献记载，印度的眼科医学很早就传入中国。传入中国最早的眼科著作是东晋竺昙无兰所译的《佛说咒目经》1卷。随着佛教传入中国，印度的眼科医术也不断地传入中国。

与此同时，印度医学也受到中国医学的影响，例如，12世纪，印度医生在中国医生的影响下，在为患者诊病时开始注意查看其尿液与脉搏。总之，印度古代医学源远流长，有其特点，在世界上有重大影响并占有重要地位。

五、中世纪印度的艺术

印度艺术的发展受到宗教很大的影响，印度的古代艺术作品清楚地反映了宗教的方方面面。为了介绍和说明宗教内容而运用了多彩的艺术手法,如建筑艺术、石刻艺术、绘画艺术和音乐艺术,等等。

1. 建筑艺术

从艺术角度考虑,中世纪是印度很重要的历史时期,尤其是建筑艺术方面。这一时期的建筑艺术发达,主要表现在庙宇的建筑上,其原因有二:丰富的神话在寺庙建筑上得到体现,教派团体头人和群众认为,建立宏大的寺庙可以实现功德,同时,几百年来宗教在印度的空前繁荣也使其积累了大量财富,这时教派团体头人和群众也想把这些财富用在石窟的开凿或寺庙的建筑上。

中世纪的建筑艺术可分两部分:雅利安型和达罗毗荼型。北印度这个时期的庙宇建筑形式是雅利安型的,在这些庙宇中,为了建造神像而修建了巨大的广场,神像前留有广阔的空地,寺庙周围有环绕寺庙的通道,被称作"敬神道",以便祈祷敬神者行走(印度教从右方开始围绕神像而行)。这些寺庙的建筑高大,寺庙呈下大上小形状,最高处为圆形,顶上建有尖塔和旗杆。达罗毗荼型的庙宇建筑则是正方形(四角形),并有多层,从下至上,逐渐变小,这些寺庙的顶端类似金字塔。雅利安型和达罗毗荼型的主要区别表现在庙宇顶部的结构上,南印度的庙宇大多为达罗毗荼风格的。

新德里有一座高塔,名叫古都布,有"摩天塔"之称,建于12世纪末叶。据说从前全塔共有七层,现仅有五层,每层有飞檐相隔,塔呈圆形,下面三层用红石砌成,上面的两层用大理石和红沙石混合砌成,全塔高72米,里面有很好的通风和采光设备,它是新德里的最高建筑,其建筑风格是典型的伊斯兰式,塔下几层的外表还刻有《古兰经》。登上塔顶,鸟瞰全城,景物尽收眼底,令人甚是赏心悦目。

中世纪北印度的很多庙宇被突厥和阿富汗的入侵者破坏,突厥人和阿富汗人信仰伊斯兰教,反对崇拜神像,因此他们对印度教寺庙不感兴趣,不过,印度中世纪的寺庙至今还保留一些。这些寺庙主要在奥里萨、泰米尔纳杜邦、拉贾斯坦、中央邦等地。

2. 雕刻和绘画艺术

中世纪印度的很多雕像和绘画,在中央邦、拉贾斯坦等邦的石窟或寺庙里都有。中世纪的雕像与绘画大多同男女神有关,但是有些则同宗教或崇拜无关,例如,在柯纠拉豪的庙里,有女子写信的绘画,也有表现爱护小孩的图像,这些都是11世纪的作品。

但不得不承认,中世纪的造型艺术没有进步,反而有所黯然失色,有学者认为,很可能是因为这个时期艺术家们在制作雕像或绘画时,不重视自己的雕刻和想象,而重视经典。其结果是,这个时期的雕像与绘画,就得不到像笈多时期那样所具有的艺术魅力。

奥里萨邦的科纳拉格庙是一座太阳神庙,在南印度很著名,它是由国王纳尔辛哈代沃一世于1245年至1256年间修建的。

科纳拉格庙的外形是仿照太阳神的车子建造的,庙前有7匹天马拉着这座车型庙宇奔驰,形象十分生动,想象极为丰富。庙长557英尺,宽540英尺,高14英尺,整个庙墙用5.4英尺的厚石板砌成。正殿的神座布满了各种雕饰,形象生动。正殿的北侧、西侧和南侧分别雕塑着三尊太阳神像,一尊是冉冉东升的太阳神像,一尊是炎热正午的太阳神像,还有一尊是奄奄西沉的太阳神像,尤其是坐在疲惫不堪的7匹天马所拉的车上那尊西沉太阳神的懒洋洋的神态,特别逼真,独具一格。除正殿外,其他殿的墙壁上雕有舞女、歌妓等美女像。

在科纳拉格庙的庭院中,有一根吸引人的巨大石柱,上面刻有九星神像,惟妙惟肖,惹得有人曾几次想把它运往国外,只是因为它太大太沉,无法搬运,所以才侥幸地被保留下来。不过,现在它已经被劈成了两半。

奥里萨邦的穆克德西瓦拉神庙也很有名,它于950年修建,经常被人们称为"奥里萨邦建筑艺术的微型珍宝"。这座神庙的重要性,在于它被认为是神庙建筑艺术羯陵伽学派早期和晚期之间过渡阶段的作品。在这座神庙的外墙上,有许多精美的雕刻,这些雕刻表现出神的各种变化及其神态。众多的神龛有佛教的、耆那教的以及印度教湿婆派的形象,这些充分显示出奥里萨邦宗教的包容性。穆克德西瓦拉神庙有个巨大的拱形门道,很引人注意。它的雕刻非常精美,人物雕刻之形象令人惊叹不已,甚至连一些猴子和孔雀等飞禽走兽的形象也很逼真。

泰米尔纳杜邦的摩哈波里布拉摩,远近闻名。摩哈波里布拉摩的雕刻、绘画具有独特的风格。这些雕刻、绘画多见于石窟庙、石车庙和沿海的庙宇之中,一般都是七八世纪的作品。石窟庙可以说是珍藏艺术品的宝库。石车庙是用巨石雕成车型的庙宇,这种车型的石庙是摩哈波里布拉摩所特有的,这样的庙宇在摩哈波里布拉摩共有6座,其中5座为般度庙,1座是杜洛巴蒂庙。在庙内的克里希纳殿前,阿周那正在修行的雕刻具有很高的艺术水平。其他如躺卧在蛇上的毗湿奴神像和骑在狮子背上的杜尔迦(难近母)女神像,都塑造得十分生动。沿海的庙宇,据说原来有7座,现在大多已被海水淹没。

奇丹巴拉摩也是泰米尔纳杜邦著名的古圣地之一。那里有座与众不同的湿婆庙,庙里没有湿婆林伽,只有一尊翩翩起舞的湿婆神铜像。据说这座庙是巴勒沃王朝的国王辛格瓦尔曼在6世纪时修建的,后来焦尔(朱

罗）、邦迪耶和维查耶纳伽尔的国王又加以扩建。该庙位于两河之间，占地1295.54平方米，庙塔上雕刻着婆罗多舞的108种舞姿，形象十分生动。

埃劳拉石窟有"艺术圣地"之称，它同阿旃陀石窟一样，闻名于世。尽管它的历史没有阿旃陀石窟悠久，但这一石窟的绘画、雕像比阿旃陀石窟的更加形象、生动和逼真。

埃劳拉石窟于3世纪开始建造，于1300年完成。阿旃陀石窟主要弘扬佛教，但埃劳拉石窟则是三教同堂，即印度教、佛教和耆那教三种宗教的寺庙共同建在一起，达34座。由于三种宗教的庙宇建在一起，所以埃劳拉石窟一直是一个香火不断的宗教圣地。

在34座寺庙中，有16座印度教寺庙，13座佛教寺院，5座耆那教庙宇。第16窟是印度教神庙，名叫盖拉斯，该神庙规模之宏大、建筑之精美，为世上罕见。它是由拉施特拉古德王朝的国王克里希纳于8世纪建造，是座独一无二、宏伟壮观的神庙，用了100多年的时间才建成。庙长44米、宽19米、高31米，巍峨耸立，可谓壮观，其门、窗、柱等建筑技艺也无比精湛。

第10窟为大乘佛殿建筑艺术的典范。窟内有座硕大佛像，体态匀称，慈眉善目，表情自然，栩栩如生。

第33窟更引人入胜，里面有耆那教鼻祖大雄像和另外两个大教长的裸体像。个个雕像技艺精湛，令人惊叹。还有一些因陀罗（印度教大神）的神像和毗湿奴神像，雕刻精美形象，以造型夸张、动态感强、变化丰富为特征。

埃劳拉石窟属于综合性石窟，其雕刻品是独一无二的，巨大的深浮雕人物雕像呈弹跳、飞跃和扭动状，这些人物活灵活现于建筑物的结构上。

从中可以看出11—12世纪印度的雕刻和绘画的艺术水平。因此，埃劳拉石窟一直吸引着各国艺术家的关注。

马杜赖城有座米纳柯希庙，以富丽堂皇而闻名。米纳柯希原是邦迪耶族一个国王的女儿，相传她出自虔诚，爱上了湿婆神，因而成了女神。米纳柯希庙建在马杜赖城的中心。这座庙共分为两部分，一半属于米纳柯希庙，一半属于湿婆庙。庙塔高大，耸入云霄。米纳柯希庙是南印度绘画、雕像、建筑等艺术的集中代表。

马杜赖城还有一座人人皆知的拉迈希瓦尔庙，位于东南海边。这座庙的四周有高大的围墙，四角有四个高塔，远远就能看到。这座庙早在罗摩时期就已经闻名，现在每年都有大批的香客从印度各地来到这里朝拜。

总之，印度中世纪的艺术光辉灿烂。研究印度艺术的进步与发展，对了解古代人的文化高度和高尚精神是必不可少的。艺术是人的智慧和心灵的表现，而民族艺术则是民族性的反映，世界上各伟大民族在他们的艺术作品中都留下了说明他们伟大的明证，艺术的才干、水平和特点，是我们能够据以了解一个民族的特点及其伟大的手段，用艺术的标准来衡量，我们认为，印度艺术在古代文化史上占有很高的地位。印度中世纪的艺术，不仅体现了印度的文明程度，而且在世界文化发展史上发挥了重要作用，产生了重大影响，这是有目共睹的。

第七章　群雄割据与伊斯兰教传入印度

一、伊斯兰教的传入与传播

戒日王死后（647年），大臣篡位，国家大乱。在此后的数百年间，形成了小国纷立、互相争霸的局面。改信伊斯兰教的突厥人自中亚连年入侵印度，例如阿富汗伽色尼王朝国王马茂德在26年的时间内（1000—1026年）入侵北印度达15次，古尔王朝国王穆罕默德从1175—1206年先后6次出征印度。最后，穆罕默德的部将古杜布·邬丁征服德里，建立了奴隶王朝。1206—1526年间，德里的伊斯兰教王朝前后更换多次，同时，中印度和南印度也有许多伊斯兰教王朝相继兴起。其中一个叫比拉尔的南印度伊斯兰教王国同印度教王国维查纳伽尔打了150年仗。

13世纪初，印度出现了几乎统治整个北印度的伊斯兰教王朝——德里苏丹国。该王国前后共经历了五个朝代，即奴隶王朝（1206—1290年）、卡尔奇王朝（1290—1321年）、图格拉克王朝（1321—1414年）、塞义德王朝（1414—1451年）和洛提王朝（1451—1526年）。

伊斯兰教发源于阿拉伯，后来传入印度，成为印度的主要宗教之一。在8世纪初，阿拉伯人的势力发展到了顶点。穆罕默德于712年征服了信德（第巴尔），然后向北推进，于713年征服巴鲁（海德拉巴以南，现在的查拉克附近），之后，他又挥师北上，信德的婆罗门国王达赫尔在拉瓦集结了一支强大军队，双方激战的结果是达赫尔战死，他那支军队虽经过一番英勇战斗，但最后战败。在这过程中，伊斯兰教随之传入。1190年，阿富汗穆斯林廓尔王朝入侵德里,统治北印度。到1290年,突厥人的卡尔基王朝征服了南印度。到14世纪初,除少数地区外,穆斯林统治者几乎统治了整个印度。15—18世纪时,其又为莫卧儿帝国所统治,伊斯兰教在印度得到迅速发展,成为国教,作为封建统治阶级的精神支柱,统治印度长达几个世纪。

印度穆斯林既有逊尼派和什叶派,也有资产阶级改良派和封建主义复古派,等等。当然其中以传统的逊尼派穆斯林人数最多,占穆斯林人口的80%左右。

印度教种姓歧视严重,引起一些人特别是低级种姓的人的不满,所以首陀罗和吠舍这些低级种姓的人改信伊斯兰教的也不少。这些人一旦皈依伊斯兰教,教友之间一般平等,对"生死轮回"不太重视,当然并非全部如此。

伊斯兰教传入印度后,不少人改变了信仰,这对印度的宗教、社会、风俗和文化艺术等都产生了巨大影响。与此同时,阿拉伯人由于和印度文明接触,在很大程度上也受到了它的影响。例如印度的文学、音乐、绘画、医学和哲学等,使阿拉伯人受益匪浅。同时,伊斯兰教自身也有所变化,染上了印度的特色。种姓制度对其的影响就是明显的例证,不少教徒组成种姓集团,遵守种姓的种种规定,甚至还举行印度教的祭祀,这就带上了"印度色彩"。

二、伊斯兰教对印度社会和文化的影响

从中世纪开始,伊斯兰教便成为印度的主要宗教之一。伊斯兰教传入印度后,对印度的文化和人民的生活产生了重大影响。这种影响是印度教和伊斯兰教相互矛盾和融合的结果。因为印度教和伊斯兰教两者的

教义不同，所追求的不同，所以两个宗教之间的关系一度紧张。当穆斯林统治者利用其优势地位强迫印度教教徒改信伊斯兰教时，印度教教徒把这种做法看成是对本教的侵犯和压迫，因此开展了斗争。这样，在印度教社会中，"守旧性"和"狭隘性"也就严重起来。婆罗门对本种姓的规定更加严格了，为保持所谓的血统纯洁和神圣，对婚姻等规定更加严格，限制女子的活动和"不接触"的思想更加严重，妇女们的社会地位进一步下降。种姓的发展和狭隘性的加重，使低级种姓的人越来越多地改信伊斯兰教。但是，这种狭隘性产生了另一个作用：促使格比尔、纳那格等人对宗教和社会进行了改革，以缓和印度教和伊斯兰教之间的紧张气氛。后来印度教和伊斯兰教之间的气氛有所缓和，在宗教、家庭和其他领域呈现出"和睦""合作""宽容"的精神。伊斯兰教传入印度后，对印度社会与文化产生了影响，其主要表现在以下几个方面：

1. 对宗教生活的影响

在穆斯林进入印度之前，印度教强调种姓区别，注重崇拜成千上万的神。而伊斯兰教与此不同，它既没有种姓区别，也没有多神论思想。伊斯兰教传入印度，自然使印度教受到伊斯兰教的影响。印度教的一些改革者强调宗教平等和神的统一性，谴责种姓歧视和种种不合理的社会现象。

在伊斯兰教一神论、宗教平等和积极进取等思想的冲击下，大批下层印度教教徒改信了伊斯兰教。这推动了印度教改革运动——虔诚派的兴起和发展，出现了罗摩奴阇、罗摩难陀、格比尔、纳那格等一些著名的宗教改革家。"虔诚运动"的目的在于保护印度教和克服社会弊病。这个运动起源于南方，后逐渐普及全印度，并对中世纪时代的精神和社会生活起了有力的影响。罗摩奴阇对此起了重大作用，他死于1137年。罗摩难陀为罗摩奴阇学派的信徒,大约生活在14世纪的最后25年和15世纪的上半期。他把"虔诚运动"从南方传到北方,"宗教仪式的简化以及传统的种姓条规的自由主义化是罗摩难陀解决当代宗教问题所做的最重要的贡献"。有人认为,这些新奇的东西至少在某些程度上应归功于伊斯兰教的影响。格比尔是中世纪著名的改革家,他生活在15世纪。有人说:"格比尔写下了一切教派都能接受的著作,而且,如果阅读时不怀偏见,它是有利于全人类解放的。"他认为"种姓规则以及印度教与伊斯兰教的清规戒律都毫无价值"。在宗教领域内,他为印度教教徒和穆斯林的团结做了不懈努力。纳那格是锡克教的创始人,也是位改革家,有人说他并不企图摧毁旧秩序,而只是想改革它,使它适合当时的需要。

印度"虔诚运动"的出现绝非偶然,在穆斯林统治时期,那些统治者不只是想统治这个国家,而且还想宣传自己所信仰的宗教,同时还反对偶像崇拜,这些当然也影响了"虔诚运动"。

2. 对种姓制度的影响

印度教教徒为了防止受到伊斯兰教的影响,对本教和有关种姓制度做了更严格的规定。这样一来,种姓组织更加严格起来,婆罗门为了提高自己的地位更是不遗余力,但其努力并未完全成功,因为这在当时受到强烈的反对。而有些种姓,尤其是迦耶斯特、柯帝利以及刹帝利种姓受到穆斯林统治者的保护。因此,这些种姓的社会地位比以前有了很大提高,地位仅次于婆罗门。有些刹帝利种姓的人还在穆斯林统治机构中做事、当官,甚至与穆斯林通婚。这样,有些拉其普特人与穆斯林王朝建立了联系,结果,其社会威望仅次于统治阶级。这些重大变化使婆罗门的地位和威望受到很大冲击,他们不得不采取一些保护措施。因此,种姓规定更加

严格化。婆罗门对伊斯兰教力量的壮大感到担忧,为了保持种姓制度和各种仪式的完整性,他们努力限制同穆斯林发生联系。不过,这些做法,除对婆罗门和吠舍种姓的人起作用外,对其他种姓作用不大。婆罗门的严格规定使低级种姓的人深受其害。结果,他们为了摆脱困境而改信伊斯兰教。因此,低级种姓的数量有所减少,使印度教种姓结构发生了重大变化。

3. 对婚姻的影响

印度教教徒为了保护自己的宗教,有关种姓的规定比以前更加严格和烦琐起来,在婚姻方面尤其如此。当时的穆斯林统治者们想霸占信印度教的姑娘为妻,甚至想同信印度教的寡妇结婚,这当然遭到印度教教徒的强烈反对。于是印度教教徒为了保护自己,想出四种办法:(1)实行童婚。降低女孩的结婚年龄,婚龄下降到8—9岁。不仅如此,"指腹为婚"也应运而生,甚至流行起来。(2)在高级和中级种姓中女性戴面纱的习俗流行起来,以便不让人们看到自己的面孔,避免同穆斯林发生联系,这样,就杜绝了与穆斯林结婚的可能性。这种习俗流行的结果是,除富人家庭外,印度教女子的教育受到了影响。(3)对寡妇再婚做了严格规定。为使规定更加有效,在规定中还附加了一些宗教和道德色彩。结果,限制寡妇再婚的规定对高级种姓的人起到一些作用,但对低级种姓的人效果不大,这些人不理那些规定。(4)大力宣传寡妇为夫殉葬,并把这种做法视为最大的贞节和最高的美德,这种做法一度蔓延开来。

4. 对建筑艺术的影响

当伊斯兰教的影响从公元初传入印度这块国土时,那里已存在着婆罗门教、佛教和耆那教的艺术风格,随着伊斯兰教在印度的不断传播,印度艺术和伊斯兰教艺术的相互影响不断加深。在一些庞大的建筑工程中,地方色彩的建筑形式和方法经过创造性的改良,同伊斯兰教的建筑格调结合起来。穹隆室、圆屋顶、拱门、几何图案和题铭都为印度建筑广泛采用,于是出现了许多新的建筑形式,如带有高塔的清真寺,有着圆形屋顶的陵墓等。这些新颖建筑与印度原有的华丽雕塑建筑完全不同,它的优点在于外形有精确的几何图形,内部开阔明亮,完美的对称形式和各种颜色巧妙配合。

我们知道,一般所称的伊斯兰教艺术,并不是指单一的艺术风格,伊斯兰教的信奉者,如阿拉伯人、波斯人或突厥人等,吸收了西亚、中亚、北非和西南欧各地的艺术。这些艺术根据宗教的需要和个人的喜好,同古印度艺术的不同地区的风格结合在一起,形成了一些新的"印度式"的建筑风格,这些风格在各邦,如绍纳福儿、孟加拉、比贾普尔、古吉拉特等地又迥然不同。在德里,因为穆斯林人数较多,所以伊斯兰艺术的影响也大;在绍纳福儿和德干却是当地的风格占优势;在孟加拉,征服者接受了用砖砌造建筑物的方法,而且在建筑物上饰以凿状和线条状的装饰,这些显然是受到印度教艺术的影响。在印度西北部也有类似的情况,他们的建筑物既有圆顶、高塔、拱形门等特点,也有几乎原封不动地照搬优美的古吉拉特风格的地方,才建成了一些印度中世纪历史上最出色的建筑。

这种外国和本地建筑风格的结合,绝非偶然,其主要原因是:(1)穆斯林进行建筑时雇用了印度工匠和雕刻匠,这些人在工作中自然受到本国传统艺术的影响。(2)在穆斯林到来的初期,清真寺是用印度教和耆那教寺庙的材料建成的,有时仅仅将这些寺庙做某些修改,以适应征服者的需要。(3)虽然印度教和伊斯兰教风格在某些方面具有明显的区别,但两者之间也有相似之处,使它们容易融为一体。许多印度教寺庙和伊斯兰教清真寺有个共同特点,即有由房间或者柱廊围成的露天庭院,所以按这种平面设计建造的寺庙自然便于改造成清真寺,征服者也确实是这样做的。(4)无论伊斯兰教艺术,还是印度教艺术,装饰对二者都同样重要,这是两种风格之间共同的基本特点,两者本身的存在都依赖于这点。

在突厥—阿富汗统治时期,印度教和伊斯兰教相互影响,在社会、文化和艺术等领域内逐渐相互了解、和谐一致。这种"和谐一致"在莫卧儿阿克巴统治时期发展到了前所未有的程度,甚至到他的继承者和后期莫卧儿统治者的时候也未完全消失。

在建筑方面,莫卧儿时期不完全是一个创新和复兴的时代。在突厥—阿富汗统治后期,印度建筑艺术继续向前发展,并达到登峰造极的时代。这"是印度封建制度末期的艺术最后高潮",事实上,1526年以后一个时期的建筑和前一个时期一样,是伊斯兰教和印度教的艺术传统和成分的巧妙结合。

5. 对音乐的影响

从传统上看,伊斯兰教不注重音乐,但到后来,当穆斯林同波斯的苏菲派发生联系,一些穆斯林音乐爱好者与印度教教徒建立联系以后,一些穆斯林的思想发生了变化。印度教教徒在庆祝宗教节日时,往往举行音乐会,音乐吸引了一些人,在德里苏丹王朝时出现了一些音乐家,其中以诗人阿米尔·库斯洛最为著名。据说他创造了一些拉格,如斯尔巴尔达、吉勒夫、康根利等。除此之外,他还将波斯的马卡姆与印度的兴都尔拉格加以结合,形成了新的拉格,即耶曼拉格,流传至今。所谓"拉格",用中国专门研究印度音乐的陈自明的话说:"拉格是一种旋律的框架,它有很多种,每种拉格都有自己特有的音阶、音程以及特定的旋律片段,并且表达某一种特定的情绪。拉格好像是一种表达特定情感的固定旋律内结构,或者可以说与我国戏曲音乐中的曲牌相似,但也有不同。"在拉格的发展方面,库斯洛做出了杰出贡献。另外,在乐器方面,库斯洛发明了七弦琴和手鼓等,还创造了名为贾尔达勒、苏勒发格和阿腊的节拍。阿拉乌丁统治者本人就是一位音乐爱好者,他征服南印度之后,将一些音乐家亲自带来。由于穆斯林统治者的努力,古代印度的音乐和伊朗的音乐得以相结合,从而产生了一种新的形式。诗人劳金的《拉格·德冷吉尼》即是这一时期的代表作品。

第八章 莫卧儿王朝时期

一、莫卧儿帝国的建立与衰落

12世纪末,歇哈布丁·阿富汗军队入侵印度。后来又有金改基·康和戴姆尔·凌也侵略过印度。不过,他们未曾企图统治印度。可是,到16世纪初期,戴姆尔的后代巴卑尔入侵了印度,并在这里建立起长期统治,而且获得成功。

1530年巴卑尔去世,去世时,他所建立的帝国,西至阿姆河,东至孟加拉海湾,北至喜马拉雅,南至瓜廖尔,印度历史上莫卧儿王朝始自巴卑尔。莫卧儿帝王中,阿克巴是最著名的,实际上,莫卧儿帝国的创始者是阿克巴。

1556年阿克巴继承王位时,莫卧儿的统治范围只限于印度西北部、旁遮普、德里和阿格拉地区。阿克巴为了扩大自己的统治范围,在印度进行了多次战争。

他不得不同阿富汗和印度的拉其普特人交战,当时在印度地区有他们的不同王国。不战胜他们,阿克巴站不住脚,更不能扩大自己的统治范围。可是,对阿克巴来说,这很不容易,即同时要对付双方的敌人,因此,必须采取相应策略。阿富汗和莫卧儿同信一教,可是宗教的一致并未使他们成为朋友。在这种形势下,阿克巴把注意力转向拉其普特人。拉其普特人很勇敢,这在世界上也是有名的,阿克巴在印度建立莫卧儿统治时,努力得到拉其普特人的支援与合作,所以同拉其普特人建立了亲缘关系,成了朋友,最东部的斋普尔国王帕尔莫勒将自己的女儿嫁给了阿克巴。之后,又有多位拉其普特国王同阿克巴建立了婚姻关系。在莫卧儿帝国内,阿克巴对拉其普特人给予高职待遇,于是得到拉其普特人的支持,控制了印度广大地区。无疑,阿克巴的开明政策,有利于他在印度的长期统治。

阿克巴对印度教推行了宽宏政策。在他之前,朝廷对游览印度教圣地的游客要征收"游览税",阿克巴执政后予以取消。1564年,阿克巴停止了向印度教教徒征收"人头税"(即伊斯兰教统治者对非伊斯兰教教徒所课的税)。虽然这种税收使国家可获千百万卢比的收入,但阿克巴为让印度教教徒满意而不顾及这个收入。免收人头税使莫卧儿帝国的印度教教徒和穆斯林团结和睦,关系融洽,这在印度历史上也是重要的,他打下了一个所有民族和宗教共同参政的基础,在他执政时期,不同宗教的人均可参政任职。如拉贾·道德尔莫勒被任命为宫廷财政大臣,拉贾·婆格瓦恩达斯和马恩辛哈被任命为最高军事统帅,连一些省督官职也可由印度教教徒担任。

阿克巴之后,先后由查罕杰、沙·贾汗继任皇帝。他们为扩大莫卧儿的统治,在印度南方不断进行征战,并得到拉其普特人的支援,他们在位执政期间几乎采用了阿克巴所创始的国家政策。但是,沙·贾汗的继承人奥朗则布则不然,他放弃了阿克巴的政策,努力把印度改变成一个伊斯兰式的国家,这给莫卧儿王朝带来了巨大灾难,最后招致灭亡。

莫卧儿王朝后期战乱频繁,民不聊生,奥朗则布的反印度教政策促使了莫卧儿王朝的灭亡。印度政治统一结束,出现了很多互相征战的王国,各地诸侯纷纷自立。拉其普特人、查特人、锡克人先后起义。马拉塔人的势力迅速扩大,大有取代莫卧儿人之势。

1739年初，波斯统治者那迪尔沙在印度当地穆斯林的配合下入侵了印度。那迪尔沙出生于一个卑贱的家庭，原先他是个强盗首领，经过艰难困苦的磨炼，他变得相当英勇，能力非凡，有永无止息的干劲，他的英勇作战使腐败的莫卧儿军队节节败退。3月，那迪尔沙进入德里，不久德里人民拿起武器，开始驱逐侵略者，结果遭到屠城的报复，3万人被杀。5月，那迪尔沙离开印度，大肆掠夺，他还掠走了皇帝后宫的大批美女以及数百名石匠、木匠和建筑工人。那迪尔沙所掠夺的战利品数量巨大，竟使他可以宣布在波斯全国免税三年。印度河以西的全部土地也被他割去。那迪尔沙的入侵给莫卧儿帝国以致命的打击，莫卧儿帝国从此一蹶不振。

二、锡克教的出现及发展

锡克教于15世纪末由纳那格创立。它原属印度教的一支，由于印度教"虔诚运动"的开展，后来发展成为一个独立的宗教。锡克教教徒非常尊重本教的首领和祖师，尊称他们为"古鲁"。从第一师尊纳那格（1469—1539年）算起，到戈宾德·辛哈（1666—1708年）为止，先后共有10位师尊。此后，虽然还有其他人继任领导，但都不再被称为师尊。按照规定，凡承认锡克教教义、10位师尊和锡克教的著名经典《戈兰特·萨哈布》者，皆可成为锡克教教徒。

锡克教提倡平等、友爱，强调实干，既反对印度教森严的种姓制度，也不赞成伊斯兰教排斥异教的种种做法，还反对宗教的偶像崇拜和歧视妇女。该教的创始者纳那格曾公开宣称："我的宗教既不是印度教，也不是伊斯兰教。"它是一种试图把印度教和伊斯兰教融为一体的新宗教。锡克教的出现不是偶然的，有它的时代背景和历史根源。

印度教严格的种姓制度和烦琐的教规，引起了贱民和一般教徒的不满,公元8世纪初,伊斯兰教传入印度,强迫人们改信伊斯兰教,使矛盾进一步加剧和复杂化。面对这些尖锐而复杂的种姓问题和宗教矛盾,一些人提出了宗教改革主张,遂出现改革热潮,开展了"虔诚运动"。斗争的声势浩大,影响很广。

师尊纳那格所处的时代,正值洛提王朝统治时期(1451—1526年),当时印度教种姓歧视非常严重,引起低级种姓的强烈不满,洛提王国出现了混乱局面。这时,道莱特汗·洛提的儿子提拉华尔·汗怀有篡夺王位的野心,竟然给巴卑尔写信,鼓励他进攻印度。巴卑尔本来就对印度虎视眈眈,垂涎三尺,得信之后,喜出望外,遂率兵向印度进发,在帕尼帕特地区(现属哈里亚纳邦)同当时的国王易卜拉欣·洛提激烈交战,结果易卜拉欣·洛提战败身亡。

师尊纳那格对提拉华尔·汗的行径非常气愤,大为不满。他认为,这会使国家更为遭殃,人们更加受难。因此,他把巴卑尔的军队看成是入室豺狼,比喻为"罪恶的迎亲队"。当时,虽有许多人大声疾呼,反对社会黑暗和人民中间的伪善现象,但谁也没有把这种现象归咎于当时的统治阶层,只有师尊纳那格首先公开谴责和咒骂腐朽的统治者以及封建领主,把他们说成是刽子手、恶狗和吸血鬼。他还把耳闻目睹的血淋淋的事实写成一本书,有力地揭露了当时由于巴卑尔入侵所造成的桩桩惨案。

他公开反对朝圣和宗教的伪善。一次,师尊纳那格云游到哈里杜瓦尔,他看见人们站在恒河里,面向东方,朝着太阳浇水。师尊纳那格便也站在恒河里,面向西方浇水。因为他不面朝东,而是面向西浇水,人们误认他是疯子,有人还前来和他辩论,问他:"你面朝西给谁浇水?""在迦尔达尔普尔有我的地,都干了,我在给地浇水。"纳那格说。一个学者听了他的话哈哈大笑起来,然后轻蔑地问道:"可是你浇的水连河岸都到不了,都洒在河里了,怎么能到达迦尔达尔普尔呢?"纳那格立刻反驳道:"如果我浇的水到不了迦尔达尔普尔,那么,你浇的水怎么能到太阳那里呢?"他们被纳那格驳得哑口无言。

纳那格反对男尊女卑。当时,社会上妇女备受歧视,在一些信仰印度教的种姓中,流行着一种杀害女婴的陋俗,女孩一生下来,就被杀死。师尊纳那格坚决反对这种野蛮行为,并指出了妇女应有的地位。他认为,在生活中,男子离不开女子,否则没法过日子。他还说,妇女既然能生出帝王、仙人和英雄,她们在男人面前为什么就一钱不值呢?怎么说她们低贱、微不足道呢?

师尊纳那格讲究实际,不相信出家为僧和云游山林就可以见到梵天的说法。他认为,家居是最理想的。他说,人们只有尽好家庭义务,才能沿着正确道路到达梵天那里。他发现,几乎所有教派都只强调外表形式,因而相互争吵,有许多天真的人就是在这种争吵的烟雾中受骗上当。因此,他鼓励和开导这些人挣脱骗人的罗网。

师尊纳那格出生于平民之家,生活在平民之中,他一生从事耕种,直到生命的最后一息。他时常教导教徒:"生活在虚幻之中,而不为虚幻所迷恋,才能得到真正的瑜伽(即精神和梵天融为一体)。靠外表的伪装,什么也不可能得到。"他认为,只是吹牛说大话和谈经论道的人,不会成为瑜伽者,只有平等待人的人才是真正的瑜伽者。他一生以普通人的身份传播着他的教义,影响很大。纳那格死后,他所创建的锡克教迅速地传播到整个旁遮普和印度河流域。

师尊纳那格之后,恩戈代瓦当了锡克教的第二代师尊,纳那格在世时,亲自把师尊的宝座交给了他。恩戈代瓦死后,阿尔马·达斯继位,他为宣传锡克教主张、扩大锡克教影响而做了大量工作。后来他任命女婿拉姆·达斯·索迪为师尊。从此师尊一职由索迪家族世袭。拉姆·达斯·索迪在锡克教圣地阿姆利修建了一座锡克教庙。庙身镀金,故以金庙得名,这座庙成为锡克教最神圣的朝拜中心。但这项工作到第五代师尊阿周那时代才竣工。阿周那是拉姆·达斯·索迪的小儿子,阿周那任师尊期间也做了大量工作,编辑了古代的典籍,还竭力向锡克教教徒灌输了英雄精神;后来由于被莫卧儿皇帝怀疑,而惨遭杀害。至此,锡克教和平发展的道路结束了。阿周那临死前任命儿子阿尔·哥宾德接任为第六代师尊。由他开始,锡克教发展成了半武装的宗教组织,开始注重武装组织和训练,经常与政府军和异教教徒发生冲突。第七代师尊由阿尔·哥宾德的孙子哈尔·拉伊继位。哈尔·拉伊被莫卧儿皇帝囚禁于德里后,任命次子哈尔·克里香为继承人,哈尔·克里香13岁不幸夭折,死于天花。他的继承人是第六代师尊阿尔·哥宾德的次子德格·巴哈都尔,当时正值奥朗则布统治印度,印度教教徒处境险恶,最后师尊德格·巴哈都尔被迫自杀,他死在德里的姜德尼·焦格。德格·巴哈都尔死后,由戈宾德·辛哈继位,这就是历史上有名的第十位师尊。戈宾德·辛哈在任期间,对锡克教进行了重大改革,并废除了师尊制度。

"锡克"的真正含义是"进了学的人"或"受过教育的人",锡克教教徒们受的教育不是一般的教育,而是有关英雄精神和维护尊严而献身的教育。这种教育早在第一位师尊纳那格时就已开始,到第十位师尊戈宾德·辛哈又得到了发展。戈宾德·辛哈完成了锡克教军事化的任务,组成了一支强大的锡克军,这支军队同莫卧儿军队展开了长期斗争。戈宾德·辛哈给教徒举行献身仪式,要求教徒蓄长发、戴发梳、戴钢镯、穿短裤、佩短剑,以示区别于其他教团。有种说法认为,这五件东西随时提醒教徒对本教坚信不疑。

到 1699 年，师尊戈宾德·辛哈在旁遮普的阿南德普尔·萨哈布召开了 8000 人大会，会上宣布成立卡尔萨党，以便用武力对付各种灾难，保卫锡克教。同时他还给男性锡克教教徒取了一个共同称号叫"辛格"（雄狮）。锡克人给人们以勇敢无畏的印象，这同他们的教育有关。

戈宾德·辛哈为了拯救那些受苦受难和被压迫的人民，参加了一次又一次的战斗，最后他不幸被刺身亡，享年 42 岁。

戈宾德·辛哈死后，称锡克教领袖为"师尊"的传统便宣告结束，而以锡克教经典《戈兰特·萨哈布》代表师尊。但锡克军先后在锡克教领袖班达·威拉克和兰季德·辛格的领导下，仍然进行着不懈的战斗。在锡克人的整个历史上，班达·威拉克也是一位很有朝气的领袖人物之一。他原是一位默默无闻的和尚，师尊戈宾德·辛哈临死前不久才结识了他。他对戈宾德·辛哈曾发誓过："我一定要结束莫卧儿人的暴行。"

班达履行了自己的誓言，在他的领导下，聚集起锡克军，在斯尔京德地区把莫卧儿军打得落花流水，吓得莫卧儿人不得不从德里调兵遣将。班达又浴血奋战，有数月之久。最后，班达和他的妻子、儿女以及剩下的士兵，全被活捉，押送至德里，在那里受到了百般折磨，最后惨遭杀害。

随着时间的流逝，锡克教分成了 12 个支派，这些支派叫米斯尔。其中一个支派里出了一位青年领袖，名叫兰季德·辛格，是他再一次把分散的锡克人聚集在一起。

1839 年 6 月 27 日，兰季德·辛格逝世之后，由他 6 岁的幼子达立普·辛格继位。从此以后，旁遮普动荡了 10 年，内部四分五裂，钩心斗角，被英国人利用。结果锡克军被英军打得一败涂地，达立普·辛格被俘，并被押送至英国。从此英国人开始了对旁遮普地区的统治。

1919 年 4 月 13 日，在阿姆利则 400 余锡克人遭到英国当局杀害，致使许多锡克教教徒纷纷脱离英国人的控制,参加圣雄甘地领导的自由运动,各种形式的斗争,此起彼伏。在独立斗争中,锡克人也起过重要作用,为印度独立做出了贡献。

三、对社会与文化产生重大影响的几位皇帝

1. 文武双全的巴卑尔

巴卑尔全名为扎希尔丁·穆罕默德·巴卑尔,是察合台突厥人,其父亲是帖木儿的后裔,而其母亲又与蒙古的成吉思汗有联系,所以,由他开创的帝国便称为"莫卧儿"王朝,他是亚洲历史上最富有传奇性的、最令人感兴趣的人物之一。他是一个军人和政治家,他具有大无畏的精神和卓越的军事才能,但他不是无故杀戮、肆意破坏的残暴征服者。1494年,他11岁时继承了父亲的费尔干纳(古大宛)小王国,并成功地挫败了来自四方的吞并阴谋。1504年,趁阿富汗境内混乱,他带领一批蒙古兵越过艰险的兴都库什山,袭击了喀布尔,不久又占领了伽色尼。到后来,巴卑尔于1526年在帕尼帕特战役中打垮了洛提王朝,进入德里,同年,在德里大清真寺的礼拜仪式上被称为"印度斯坦皇帝"。最初他只是想在印度掠夺财宝,但到达印度后他很喜欢这里,于是决定定居印度。他成功地说服了自己的部队留在印度,并克服了种种困难。洛提王朝的遗老遗少见巴卑尔不像帖木儿是一个来去匆忙的劫掠者,而有长期打算,便不抵抗反对,表示归顺。巴卑尔巧施妙计,恢复了社会秩序。在1527年的卡努亚战役中,巴卑尔战胜了北印度最强大的拉其普特领袖拉纳·桑伽,消除了拉其普特人重新复兴的可能性。1529年5月哥格拉一战,他又打败了以马茂德·洛提为首的10万联军,摧毁了阿富汗人在比哈尔的一个最后

据点。经过三次大战,巴卑尔的统治领域已相当广大。他虽然不是帝国的缔造者,但是他的胜利为后来莫卧儿帝国的建立奠定了良好的基础。由于他饮烈酒、吸鸦片、长期奔劳以及印度炎热的气候损坏了他的身体,1530年12月26日,他死于阿格拉,年仅47岁。

尽管巴卑尔的一生是在流亡和征战中度过的,但他对学问和艺术有浓厚的兴趣并学有所成,还在百忙中,抽出时间从事写作。他有很好的文学造诣,是一位有造诣的波斯语诗人,也是一位用突厥语写出散文和韵文的大师。他用突厥语撰写的自传《回忆录》是一部很有价值的史学和文学著作。《回忆录》在人类文学史上有崇高的地位,后来先后被译成波斯语、英语、法语等。书中不仅记载了他亲历的大小事情,还对各地的自然景物和风土人情进行了生动的描写。他还提倡建筑艺术,尤其是造园艺术,在他的倡导下,伊朗很流行的四分花园形式被移植到了印度。巴卑尔是一位文武双全的战士。

2. 转败为胜的胡马雍

胡马雍虽是印度莫卧儿王朝第二代皇帝巴卑尔之子,但由于巴卑尔早逝,他的政权无法得以巩固,皇族内部也不团结,几个兄弟争夺王位,帝国问题成堆。他的三个异母兄弟,虎视眈眈,都企图谋取王位。胡马雍即位后,分别封其三个弟弟于旁遮普、阿尔瓦尔和桑巴尔。这样,帝国的完整受到破坏,军内成分复杂,并不团结。胡马雍又面临着强大的敌人,舍尔沙的出现,对胡马雍构成了严重威胁,真可谓内外交困。1531年,胡马雍与阿富汗人之间爆发了战争。起初,胡马雍节节胜利,但到后来,已经强大起来的舍尔沙将他打得落荒而逃,妻室丢散,狼狈不堪。1539年12月,舍尔沙自立为王。1540年5月,在卡瑙季一战,胡马雍再次惨败于舍尔沙之手。由于军队丧失殆尽，他无法立足于印度，在舍尔沙的追击下，胡马雍不得不放弃了亚格拉和德里，开始了15年的流亡生活。这样，莫卧儿帝国暂时在胡马雍手里丢失。舍尔沙于1540年进占德里，领地日益扩大，逐步把势力扩展到旁遮普、信德、拉贾斯坦等地。正当他的霸业顺利进展时，1545年，他因火药爆炸而不幸身亡。胡马雍闻讯后便乘机攻取白沙瓦，一路顺利，直取拉合尔。他乘胜前进，1554年，他攻占坎大哈和喀布尔，并先后平定了三个兄弟的势力。1554年11月，他进攻印度斯坦。1555年2月，胡马雍攻克拉哈尔，7月，又重回德里，进而夺取亚格拉、桑巴尔等地，恢复莫卧儿王朝在北印度的权力。1556年1月24日，他不慎失足，从楼上跌下身亡。胡马雍挽回了败局，为后来莫卧儿王朝的建立打下了基础。

胡马雍知书达礼，喜欢文化，像其他帖木儿人一样，也爱好艺术，即使在流亡波斯期间，他还把时间花在研究中国和波斯的音乐、诗歌和绘画上面，并与波斯的主要艺术家进行交流。由于长期忙于征战，他在文化领域没有突出贡献。

3. 开明智慧的阿克巴

1556年2月14日，阿克巴被正式宣布为胡马雍的继承人，时年13岁，由培拉姆汗摄政，当时新帝国面临的困难还很多，莫卧儿人在德里的政权并不稳固。胡马雍死时，他所掌握的实际上只有德里、亚格拉、桑巴尔及其附近地区。北印度的大部分还在阿富汗首领和苏尔王朝留下来的几个贵族手里，这些贵族（阿迪尔沙、塞干达尔和易卜拉欣沙）还想重掌王权，拉其普特人也在坚持斗争，西北边境的坎大哈时常受到波斯人的威胁，因为胡马雍毁约并未把它割让给他们。此外，政府经济窘迫，帑藏虚竭,捐税靠武力收缴,而德里和亚格拉一带又正因大旱和兵燹而陷于严重的饥荒。

培拉姆汗的摄政期延续了近4年,他对阿克巴早期的成功和莫卧儿人在德里统治的稳固起了关键作用,为莫卧儿王朝做出有价值的贡献。1560年,培拉姆汗失势,阿克巴决定亲政。培拉姆汗失势的主要原因是他对阿克巴的约束太严,激起了阿克巴的不满,而培拉姆汗的骄傲和专断也触怒了很多宫廷大臣。此外还有宗教原因,即他是一个什叶派信徒,而皇族和多数大臣都是正统的逊尼派信徒。阿克巴的母后哈米达和乳母玛哈姆·安娜伽及其亲属是培拉姆汗倒台的主要策划者。此后4年,阿克巴的母后和乳母对他影响较大,其实他自己逐渐掌握了实权,很多重要决定是他独立做出的,例如废除把战俘当作奴隶的规定,取消印度教信徒的香客税和所有非穆斯林的人头税,以及制定通过联姻等手段笼络拉其普特人的政策,等等。

阿克巴的野心是做一个巨大帝国的统治者。他公开承认自己是扩张主义政策的追随者,他说:"既为帝王,就应时刻不忘征略,否则他的敌人就会起兵打他。"因此,阿克巴一生未停止过扩大领土的战争。事实上,阿克巴通过连续四十多年的频繁兼并,实现了几乎整个北印度和中印度的政治统一。

阿克巴有政治家的远见和才能,他把莫卧儿帝国的政治结构和行政制度建立在所有臣民的合作和友好的基础之上,他认为,虐待占人口绝大多数的印度教教徒或使他们长期处于不平等和屈辱的地位是不合理的。为了巩固统治和争取占人口绝大多数的非伊斯兰教教徒,阿克巴实行了相当彻底的宗教宽容政策,他废除了非穆斯林的香客税和人头税,建立了平等的税收制度,不因宗教不同而有所歧视;还采取了一些其他措施,诸如,允许不同宗教教徒建立寺院,信仰自由,自由传教,允许举行各种宗教活动,在宫廷里,同样举办重要的伊斯兰教和印度教的节日庆祝,政府的职位不问信仰,向一切人开放,阿克巴本人也停食牛肉,以示对印度教的尊重,如此等等。阿克巴在团结印度教教徒的同时,也与印度教内部的各种陈风陋俗做了斗争,如禁止杀婴、反对重婚和寡妇殉夫、允许寡妇改嫁等,所有这些,有利于社会的改革和社会的进步。

据有关记载,阿克巴虽然未受过教育,也许不知道如何阅读和写作,但他很有文化修养,有出色的文学鉴赏力和浓厚的求知欲以及惊人的记忆力,他对各门学科,如哲学、神学、历史和政治学等都很有兴趣。他有一座藏书楼,里面装满各门学科的书籍。他喜欢跟学者、诗人、哲学家们交往,他们向他大声朗读书籍,因此,阿克巴通晓苏菲派、基督教、印度教和耆那教等教的作品,凡听过他对争论的问题发表精辟议论的人,都会相信他有渊博的知识,而绝不会想到他是文盲。他还赞助艺术和文学,鼓励书法和音乐。在他统治时期,建筑艺术得到了显著发展,绘画也被阿克巴作为一种建筑装饰而广泛使用。他统治的时期是印度历史上最辉煌的时期之一。

阿克巴规定波斯语为宫廷语言,他指示成立了专门翻译的部门,把梵语、阿拉伯语、突厥语和希腊语的名著译成波斯语,印度著名的两大史诗《摩诃婆罗多》和《罗摩衍那》就是在他执政时期翻译成波斯语的。在绘画和建筑方面,阿克巴大力提倡不同民族风格的融合,为艺术的发展指明了道路,对波斯—印度风格的形成,起了重大作用。

阿克巴竭力促进伊斯兰教和印度教两种文化的融合,在文学、艺术、建筑等方面,他鼓励不同宗教和不同流派要彼此学习,取长补短。不同文化的互相渗透、吸收和融合,对莫卧儿王朝政治上的统一和文化的繁荣发

展起了积极作用。

阿克巴逝世于1605年,他被认为是孔雀王朝阿育王以后最杰出、最有作为的开明君主,他所制定的各项政策,大多能适应时代的要求,给北印度带来了社会的稳定和文化的繁荣。

4. 仁慈多艺的查罕杰

王子萨利姆(Salim)是阿克巴仅剩的儿子,他的两个哥哥在阿克巴活着时就已去世,萨利姆小时娇生惯养,长大后几次图谋篡夺他父亲的王位。父子和解后,他于1605年继承了王位,当时年已37岁,称查罕杰。

查罕杰能力强,有魄力,他遵随阿克巴的路线,颁布了不少开明政策。查罕杰以公正而闻名,他宣扬每个人不论高低贫贱,都应受到公正待遇。他在阿格拉的皇宫门口挂了一口大钟,用金链子连到朱木拿河畔,任何人在蒙受不白之冤时都可以拉钟请求他的公断。不论白天或黑夜,凡遇到困难的人,随时可以拉动金链子,这样,他可以及时直接听到臣民的意见。查罕杰也继承了乃父的扩张政策,然而他的成功却很有限。

1611年,查罕杰和努尔·贾汗(Nur Jahan)结婚,不久就开始了努尔·贾汗专权的时期。努尔·贾汗出生在一个德黑兰的贵族家庭,父亲投效了阿克巴,官至喀布尔的地方和皇家总管。努尔·贾汗在前夫死时年34岁,但风韵犹存,深深吸引了查罕杰。她生性聪慧,美丽多才,受过良好的教育,有胆识,善社交,既长于女工,又善于诗画,对波斯文学、诗歌和艺术有高超的鉴赏能力,尤其乐于参政,左右其丈夫。后来查罕杰健康欠佳,年颜俱颓,逐渐倦于政务,希求安逸,这正为精力充沛的努尔·贾汗提供了实现野心的机会。自1613年至查罕杰死去的1627年,实际上由她行使帝王的职权,成了真正的统治者,她同她的父母和太子胡拉姆组成了掌握着全国最高权力的小集团。胡拉姆是查罕杰诸子中最有能力者，已经获得沙·贾汗的称号。1621年，努尔·贾汗与前夫所生的女儿嫁给了王子沙勒亚尔，此时查罕杰的健康每况愈下，导致了具有野心的沙·贾汗的叛变，内战3年，最后沙·贾汗被迫投降，查罕杰还是饶恕了他。

查罕杰虽曾习武，但不堪军旅的严酷生活，故从不亲自带兵出征，由于希求安逸，也懒于政务活动。但他爱好文学和艺术，懂多种语言，曾写过各地的见闻和自传。他尤其爱好绘画，尊重画家。因此，莫卧儿绘画在查罕杰时代发展到了一个高峰。在宗教方面，查罕杰继续执行开明政策，对不同宗教信仰的人一视同仁，他常常亲自参加印度教信徒的重要集会，对拉其普特人也很友好，他甚至为他的孙子请了一个基督教传教士做老师。

查罕杰对人都慷慨大方，痛恨压迫，热爱正义。他在当王子和皇帝时，曾有过几次因暴怒而表现出个别的残忍行为，但并非无缘无故。一般说来，他以"仁慈、和蔼和坦率"而著称。他废除了一些令人恼火的过境税和租税，他有强烈的正义感，他的臣民中最卑贱的人都可以向他申诉冤情。他施加刑罚时不考虑被告者的职位高低，因此，在宣布对权势显赫的谋杀犯判处死刑时，他说道："真主不允许我在这种事情上照顾王子。"

查罕杰对宗教的态度不如他父亲那样理智，但他不是一个折中主义者，他虔信真主，他喜欢与印度教信徒和伊斯兰教教徒以及基督教传教士交谈。他擅长绘画，珍视宗教图画，特别是基督教教徒的绘画。查罕杰是位有相当才能的作家，他鼓励编写了极有价值的辞典——《查罕杰辞典》。在查罕杰时代出现了一些著名作家和优秀的艺术作品，诸如《西沙记》《精华录》等，都与他有关系。他有"艺术涉猎者"之称，他的朝代完成的驰名的莫卧儿花园，其设计之精美，令人赞叹。但他不接受印度教、基督教和袄教的礼仪和习俗。他对苏非派的神秘主义诗歌与吠檀多哲学思想表示欣赏与理解,他赞助文学艺术,促进了文化与艺术的发展。他有"熟练的鉴赏家和慷慨赞助人"之称。

5. 沙·贾汗与闻名的泰姬陵

体弱多病的查罕杰于1627年死去,他的儿子胡拉姆从德干赶回亚格拉,在他岳父阿萨夫汗和其他重臣的帮助下登上了莫卧儿帝国的王位,他被称为沙·贾汗。

对沙·贾汗的评价,历史学家们褒贬不一。历史学家辛哈认为:"沙·贾汗既不是一个伟人,也不是一个伟大的统治者,但总的来说,他的一生是成功的,可是由于1657—1660年的内战,给他带来了可耻的下场。"(参见〔印度〕辛哈著:《印度通史》,商务印书馆,1964年版,第412页)历史学家史密斯认为:"他是一个冷酷无情或者过分追求享乐的统治者,他夺取王位所用的手段确实留下了令人不快的回忆。"(参见〔印度〕马宗达著:《高级印度史》,商务印书馆,1986年版,第523页)莫卧儿王朝经过阿克巴和查罕杰两代的经营,农业、手工业和商业到了沙·贾汗时期有了更大发展,是莫卧儿王朝最繁荣的时期。但在查罕杰和沙·贾汗统治时期,开始大兴土木,尤其在沙·贾汗统治时期更是如此。他建筑了豪华的宫殿、宏伟的陵墓、高大的城堡和别致的花园,连王公贵族也在较小范围内攀比模仿,讲究豪华排场,结果奢侈靡费泛滥。沙·贾汗挥金如土,在他统治时期,建筑了大量的宫殿、寺庙和陵墓,据有关记载,他的一个孔雀御座居然做了7年,耗资了一千万卢比,精美无比的宝座上,雕有两只镶满了各色珍贵宝石的孔雀,是一个金碧辉煌的宝座。国库多年积累的财富被挥霍亏空。为了弥补财政的亏空,他对劳动人民加重了剥削,农业税增加到土地收获量的二分之一;对手工业者和商人加征各种名目的新捐税;各地统治者则在各自境内非法设立关卡,向过往商人征税。沙·贾汗和他的朝臣们生活骄奢淫逸,铺张浪费,他的帝国的广大农民和手工业者却过着越来越贫苦的生活。这样,加重剥削与压迫的结果,不可避免地导致有些地区爆发了起义或表示人民反抗的运动。

泰姬陵建于公元 1648 年,距今已有 300 多年之久。它是由沙·贾汗为其爱妻所建。据传,其妻泰姬不仅容貌出众,而且聪明能干,曾协助国王料理朝政。因此,沙·贾汗对她宠爱备至。1630 年沙·贾汗带兵征战,泰姬随军伴行,不幸因生第八个孩子死于途中,时年 36 岁。临终前,沙·贾汗问妻子有何愿望与要求,泰姬答道:"请陛下为我造一大墓,以纪念我们的爱情。"沙·贾汗听后欣然同意。后来,他从国内外请来最好的工匠,从外地选来最好的大理石,动用两万名技艺精湛的工匠和艺术家,历经 16 年修建,耗资 500 多万卢比,这座举世无双的陵墓终于竣工。因为此墓是沙·贾汗为其王后泰姬所建,故以泰姬陵得名。

墓建成之后,沙·贾汗常披白衣去陵前献花。睹墓思人,泪流涔涔。不久,其子为篡夺王位,起兵反叛,将他囚于一个古堡中。从此,他失去了自由,愁眉不展。他每天坐在红堡的一个走廊上,背对着泰姬陵,凝神潜思,忍忧含悲,目不转睛地注视着镶嵌在一根柱子上的一块镜子。泰姬陵的姿影正反射在那面镜子上。就这样,他终日闷闷不乐,年复一年,在孤寂和怀念中度过了残生,最后郁郁而死。

沙·贾汗不像他祖先那样过分鼓励文学或绘画,他的全部注意力集中在建筑上,他的建筑物以优雅美丽而著称。无论是沙·贾汗的孔雀宝座,还是泰姬陵的建筑,以及珍珠清真寺、勤政殿、大清真寺等,都是精美的建筑。

历史学家认为:"在宗教方面,沙·贾汗朝代标志着反动的开始,这在奥朗则布的统治下达到了顶点,沙·贾汗恢复了香客税,停止了寺院的建设。"(参见〔印度〕辛哈著:《印度通史》,商务印书馆,1964年版,第413页)

另外,沙·贾汗寡情薄义、心狠、手辣。他仇恨兄弟,放逐母亲,故意放出老虎,活活咬死和吃掉一个个"囚犯",他坐在一旁,目睹惨状,欣赏取乐。这样一个暴虐无道的统治者,后来成为自己儿子的阶下囚,也是罪有应得,人民对他当然不会有多少同情,也是可以理解的。虽然沙·贾汗挥金如土,但建筑的艺术风格在沙·贾汗执政时期发展到了顶峰,泰姬陵的建筑则是最为辉煌的范例,是莫卧儿建筑艺术的登峰造极之作。

6. 勤政善战的奥朗则布

奥朗则布(Aurangzeb)是莫卧儿王朝的最后一位皇帝,他于1658年夺取王位,当时40岁,1659年正式加冕即位。在此之前,他曾两度在德干、一度在古吉拉特做总督,也曾率兵在中亚和坎大哈打过仗,积累了一定的行政和作战经验。尽管奥朗则布极其勤勉,忠于职守,但他的长期统治却以悲剧告终。

奥朗则布勤政善战,是一个狂热的伊斯兰教逊尼派信徒,他在50年的帝王生涯中,企图通过迫害印度教信徒和其他教徒,把整个印度变成伊斯兰教国家。他执政以后,恢复了印度教信徒的朝圣捐和人头税,在免除穆斯林商业税的同时,向非穆斯林征收百分之五的商业税。据史书记载,"他把印度教信徒从高级职位和税收部门赶出去,限制或取消他们的宗教节日,封闭他们的学校,拆毁他们的寺院。与此同时,他又用金钱、土地和官位引诱他们改信伊斯兰教。"他的上述政策激起了非穆斯林的强烈不满。1670年和1686年,查特人有两次奋起反抗。1671年和1672年,班德勒坎德的班德勒人和梅瓦特的萨特纳米人也先后起义,以示反抗。

在印度北部的锡克教教徒也对莫卧儿王朝的统治不满,奥朗则布几次试图强迫锡克教第九代师尊德格·巴哈都尔归顺莫卧儿王朝,但当德格·巴哈都尔拒绝这一要求时,奥朗则布折磨并最终杀死了他。奥朗则布的所作所为激怒了锡克教教徒,德格·巴哈都尔的儿子锡克教第十代师尊戈宾德·辛哈决心替父亲报仇,当时他年仅12岁。后来他与莫卧儿王朝进行了一场旷日持久的战争。

拉其普特人同莫卧儿王朝的关系在17世纪后半叶也发生了变化。奥朗则布认为拉其普特人是他迫害印度教信徒的严重障碍,所以他一反前代君主的笼络政策,决定消灭拉其普特人的势力,吞并他们的王国。1678年,他出兵占领弥瓦尔,并大肆毁坏当地的印度教寺庙。他的暴行引起了马尔瓦尔人的强烈反对。1681年,奥朗则布不得不同马尔瓦尔缔订和约,他吞并拉其普特王朝的计划终未实现。

奥朗则布一直遵循阿克巴的扩张政策,继续进行领土的扩张,并取得了一定的成功。1661至1663年,莫卧儿人征服了阿萨姆和阿拉干地区。1682年,奥朗则布深入南印度的艾哈迈德纳加尔地区,并发动了对这里的几个主要国家的战争。以后他停留在南印度,未回北方。1686和1687年,比贾普尔和高康达先后失败,被并入莫卧儿帝国。后来,奥朗则布完成了他对南印度的征服。

莫卧儿帝国在奥朗则布晚年扩张到了最大限度,其版图大为扩张,但帝国的内部却危机四伏,对南印度的占领也并不稳固。北印度的行政工作由于松弛和腐败,骚乱时有发生,奥朗则布的儿子这时也在酝酿一场夺权大战,莫卧儿帝国正迅速滑入分崩离析的状况。最后,年老孤独的奥朗

则布于1707年死于艾哈迈德纳伽尔,时年90岁。

尽管奥朗则布好战,习惯于扩张,但他也有一些优点,诸如勤于政务,长于谋略,作战勇敢,生活简朴,律己严格。据说他抄写书籍和缝制帽子,把这些钱用于他的葬礼,因为他认为,不可以将国家的财产用于自己的葬礼。印度历史学家马宗达认为:"他是个勇敢的战士,但不是一个有远见的士兵领袖;他是个精明的外交家,却不是个明智的政治家。"(参见〔印度〕马宗达著:《高级印度史》,商务印书馆,1986年版,第549页)总之,他不是莫卧儿王朝阿克巴那样的人物。"阿克巴能首创一种政策,并制定种种法律去塑造他同时代的人和子孙后代的生活和思想。"(同上)奥朗则布皇帝主要由于缺乏政治远见,莫卧儿帝国分崩离析的征兆在他离开人世前就已出现。作为一代帝王,他的一系列错误政策直接导致了莫卧儿帝国的瓦解。他彻底背弃了先祖阿克巴的文化宽容方针,大肆迫害印度教信徒,摧毁印度教寺庙与学校,实行宗教歧视政策,伊斯兰教建筑艺术也随之走向没落。

奥朗则布统治时期,由于朝廷不再赞助,绘画艺术明显衰落。奥朗则布不鼓励音乐,并且对它还加以禁止,甚至印地语文学的发展也遭到了挫折。这一时期北印度乌尔都诗歌也写得不多。所以在奥朗则布时代,莫卧儿文化和艺术的发展受到了影响。

四、莫卧儿王朝的艺术成就

1. 文学成就

莫卧儿王朝(1526—1857年)被称为印度历史上辉煌胜利的时代,该王朝先后出了几个著名皇帝,例如文武双全的巴卑尔、转败为胜的胡马雍、智慧开明的阿克巴、仁慈多艺的查罕杰、勤政善战的奥朗则布等,他们都有学问,其中有的还堪称文学家,出过不朽的作品。他们大多重视文学的发展,鼓励诗人和作家从事写作。因此,这一时期文学事业也得到不同的发展。

巴卑尔虽然没有突出的行政才干,但他有很好的文学天赋,是位诗人,他懂突厥语和波斯语,能用这两种语言写出色的诗歌和文章,他出过几本诗集并创立了新的诗风。他的《回忆录》是他用突厥语写的,由他的儿子胡马雍誊写,后来又被译成波斯文。该书生动有趣,它表现了巴卑尔的同胞和同时代人的面貌、风度、志向、行动以及不同地区的风土人情,是一部不朽的著作。他为文学的发展做出了杰出贡献。胡马雍是位出色的作家和诗人;作家焦合尔的《德姿吉拉德》和古勒巴顿写的《胡马雍传》是当时最好的作品。阿克巴本人虽未受过教育,但他有很好的文化修养,知识面广,有多种才能,而且对于把一些名著诸如《摩诃婆罗多》《罗摩衍那》《阿闼婆吠陀经》《五卷书》《故事海》《薄加梵歌》《古兰经》《圣经》等译成波斯语极感兴趣。在他执政时期,出版了不少波斯文名著,其中最重要的是《阿克巴传》和《阿伊奈·阿格伯利》。另外,还有马塔瓦贾尔亚诗人的《对难近母的献辞》,阿布尔·法齐尔的《阿克巴则例》《阿克巴纪》等都是阿克巴执政时期波斯语的不朽著作。阿克巴也对印地语诗歌有浓厚兴趣,并予以大力支持,从而促进了印地语文学的发展。由于阿克巴的鼓励和赞助,以及当时良好的社会环境,当时的文学得到蓬勃发展,成为"印度斯坦文学的全盛时期"。查罕杰有较好的文学造诣和审美能力,他赞助艺术,注重文学的发展,做过一些关于发展教育和文化事业的规定,如建立书院,还鼓励学者编写了《查罕杰辞典》等,具有重要的历史和学术价值。沙·贾汗本人虽然称不上什么伟大的统治者,但他懂波斯语和印地语,有相当的写作才能,他鼓励学术的发展,如建立学院、给学者奖金等,因此,推动了当时文学事业的发展。在他当政时期,有比哈利拉尔的诗集《萨特萨耶》问世,它被认为是印度最美的艺术作品之一。

这一时期大部分诗歌文学是宗教性的,即主要是对神的赞颂,例如著名印地语弹唱诗人苏尔·达斯的《窣罗沙伽罗》,6万行诗中歌颂了克里希那的生平和事迹。在崇拜罗摩的诗人中最突出的要属杜尔西·达斯,他的名字家喻户晓,至今为广大印度人民所崇爱。他写了十几本书,其中最著名的是《罗摩功行录》,他的诗篇具有惊人的流畅性和很强的感染力。

在莫卧儿时期波斯语文学有了很大发展。与此同时,乌尔都语文学也有很大发展,出现了不少乌尔都语诗人,例如奴里·阿杰姆布里、哈吉勒德、格马鲁丁、谢克·萨迪、金德尔马等。一些地方语文学也有很大发展,因为当时虔诚运动在轰轰烈烈地进行,各邦的地方文学在不同程度上也得到发展,一些改革家们采用地方语作为传教工具,广大百姓也容易接受。结果,诸如印地语、马拉提语、古吉拉特语、孟加拉语等也得到了推广与普及,各邦的统治者们也对地方语的发展大力提倡和推广,促进了文学的发展。例如在孟加拉邦,毗湿奴派教教徒用被人轻视的方言创作了大量的抒情文学作品,在马哈拉施特拉邦,宗教改革家所写的韵文奠定了马拉提文学的基础,等等。在莫卧儿时期,由于印地语有了较大发展,所以出了不少著名诗人,除了苏尔·达斯、杜尔西·达斯外,还有普舍朗、塞那博迪、莫迪拉默等,他们的作品深受欢迎,在社会上产生了重大影响。这些地方语中都使用了波斯语、阿拉伯语和突厥语等词汇,从而大大丰富了文学的语言,为本时期文学的发展增添了光彩。

2. 建筑艺术

在中世纪,穆斯林进入印度对印度既造成一定的破坏和损失,也给印度文化带来了多种影响,其中包括出现新的艺术品种,致使印度的建筑和绘画再度呈现繁荣与辉煌的局面,伊斯兰教在印度创造了一种崭新的建筑艺术。

在建筑方面,莫卧儿时期不完全是一个创新和复兴的时代,而是在突厥—阿富汗后期已经开始的过程继续发展并达到登峰造极的时代。

莫卧儿王朝的统治者,除了奥朗则布以外,都是伟大的建筑师。尽管巴卑尔在印度统治的时期很短,但他在《回忆录》中评论了印度的建筑艺术,表达了想建造大型建筑物的思想,对一些建筑物的建造情况做了记载。在这一时期的建筑,如桑巴尔的大清真寺、亚格拉的洛迪古堡内的清真寺等,建筑特点鲜明,在北印度的建筑物中享有崇高的地位。

在阿克巴统治时期,建造了大规模的建筑,建筑艺术得到显著的发展。建筑物用白色大理石建成,整个建筑美丽壮观,非常诱人。实际上,阿克巴的活动不仅限于建筑上的伟大杰作,而且他也建筑了一些堡垒、别墅、高塔等等。锡坎达拉的阿克巴陵墓,规模庞大,是阿克巴在世时设计的。

穆斯林统治者在印度建造了大量建筑物,从12世纪起,伊斯兰建筑在北印度的许多城市大量出现,诸如城堡、宫殿、陵墓和清真寺等。其建筑材料主要用红沙石和大理石,其建筑与绘画构成了印度建筑史上辉煌的一章。

红堡是一座著名的古老建筑,建于16世纪莫卧儿王朝,其围墙高大,用红沙石建成,因此得名。但里面的楼、台、殿、阁却是另一种颜色,这些建筑基本上都是用大理石建造。大理石柱和墙壁上，刻有许多花卉人物的浮雕，还镶嵌着许多红、绿、黄、紫的宝石，衬着灰白色的大理石，相映成趣，璀璨夺目。

德里的胡马雍陵墓，也很引人注目。胡马雍为16世纪莫卧儿王朝的第二任皇帝，其陵墓是在他去世8年之后由其遗孀贝伽·贝格姆监造而成。它在建筑史上首开宝石镶嵌工艺的先河，因此，早被列入《世界遗产名录》。

阿旃陀石窟被誉为世界艺术精粹之一，其中也有一些莫卧儿王朝时期的作品。例如第33号则是其中一例。窟里面有耆那教鼻祖大雄像和另外两个大教长的裸体像。雕像的雕刻技艺精湛，令人惊叹。还有一些因陀罗（印度教大神）的神像和毗湿奴神像，雕刻精美形象，以造型夸张、动态强烈、变化丰富为特征，由此可以看出11—12世纪的高超绘画艺术水平。因此，这里一直吸引着各国艺术家的关注。

阿格拉是北方邦的一座历史性建筑物林立的城市，是座莫卧儿皇城，不但有神话般的泰姬陵，还有许多其他纪念建筑物，反映出莫卧儿王朝建筑艺术达到的高度水平。在16—17世纪之间的莫卧儿时代，阿格拉曾经是印度封建王朝的首都。正是在这里，王朝的奠基者巴卑尔在朱穆那河畔修建了第一座正式的波斯花园。后来，他的孙子阿克巴大帝修建了著名的红堡防御高墙。在高墙里面，贾汗吉尔建筑了玫瑰色的宫殿、庭院和花园。沙·贾汗大帝为了美化它又修建了若干大理石的清真寺、宫殿和亭阁，它们都用白色大理石建造，并用宝石镶嵌。这座城市里的建筑中，泰姬陵则首屈一指，蜚声世界，参观者无不为其美丽所陶醉，考察者无不为其技艺精湛而赞叹，这座伊斯兰教建筑被誉为世界奇迹之一。

泰姬陵坐落在朱穆那河的岸边,距今已有300多年,四周是用红沙石砌成的高大围墙,雄伟壮观,陵基建在一个很高的四方平台上,用白色的大理石砌成,光滑洁白,庄严美观。陵墓的上部是个硕大的白色圆顶,平台的四角各有一座白色高塔,尖尖地刺入天空,四个尖尖的高塔,衬托着中间泰姬陵的圆顶,两相映衬,显得匀称而富有韵律,给人一种奇特的美感。陵墓的内墙和门窗边缘均用五色宝石镶嵌各种花纹图案。陵前有一条狭长的水池,环绕以绿树和鲜花;玉带般的水池两侧是宽阔的通道。池水清澈,碧波荡漾,水中有陵墓、树木、鲜花等倒影。泰姬陵虽长年累月受到烈日炙烤,饱经风雨剥蚀,但至今它仍完好无损。的确,它是建筑艺术史上一大创造,不愧为世界七大奇迹之一。

沙·贾汗执政时期,莫卧儿建筑艺术发展到鼎盛时期,但在奥朗则布统治时期,建筑风格已开始走下坡路。印度专家们认为,他在位时期修建的几座建筑物,只是对较古的样板不高明的模仿,公元1674年建成的拉合尔清真寺则是其中之一,从此以后,印度艺术家的创造天才再也未得到充分发挥。

3. 绘画、音乐艺术

莫卧儿时期的绘画也像建筑艺术一样,正如历史学家所说:"是印度以外的因素以及印度因素的巧妙结合。13世纪,中国艺术的一种乡土形式——它是印度佛教、伊朗、大夏和蒙古的影响的一种混合物——被蒙古征服者传到了波斯,并为其帖木儿的继承者保持了下来,后者又把它传入了印度。阿克巴时期,这种印度—中国—波斯艺术的特点在印度当时的各个画派的作品中被吸收、混合和结合起来;作为早期印度教、佛教、耆那教的风格的一种复兴,这些画派在印度的不同地区,例如古吉拉特邦、艾哈迈德纳加尔地区和其他一些地方涌现出来,并导致了一种绘画风格的发展,在这种风格中,蒙古的因素逐渐衰退,而印度的因素则占支配地位。这种改变在《帖木儿王朝》和《帕德沙本纪》复制本的图画中可以清楚地看出来,这两本复制本都保存在巴特那的库达巴克什图书馆里。"(参见〔印度〕马宗达等著:《高级印度史》,商务印书馆,1986年版,第637页)

巴卑尔大力赞助绘画艺术,在他的《回忆录》中的图画,也许代表了在他的时代发展起来的风格。胡马雍也爱好艺术,他把流亡波斯的时间花在研究中国和波斯的音乐、诗歌和绘画上面,并且与波斯的主要艺术家来往。后来一些艺术家的作品问世,印度教风格与中国、波斯风格的融合显露了出来。在阿克巴的宫廷里,阿卜杜斯·萨马德等著名画家的图画就是例证。

阿克巴鼓励绘画,他说:"在我看来,似乎画家有认识真主的十分特殊的手段。"因此,绘画被阿克巴作为一种建筑装饰而广泛运用着。"莫卧儿时期的绘画一般都是壁画。在他的鼓励下,出色的印度绘画的艺术复兴了。"(参见〔印度〕辛哈著:《印度通史》,商务印书馆,1964年版,第446页)在他统治下成长起来的艺术流派在贾汗吉尔统治时期,继续繁荣兴旺。

但到了奥朗则布统治时期,绘画艺术明显衰落,因为皇帝认为赞助艺术是违反圣法戒律的。据记载,他毁掉不少画像。随着奥朗则布的去世和莫卧儿帝国的解体,画家们所得到的支持远逊于莫卧儿王朝以前的状况。到了18世纪,一种以色彩鲜明而著称的绘画风格兴盛起来,尤其在印度的斋普尔地区。还有其他画派,诸如坎格拉派绘画、特里加瓦尔派等。

另外,16世纪莫卧儿王朝时代,印度的古典音乐从宫廷流向民间,莫卧儿王朝开国皇帝巴卑尔自己就深通音律,第三皇帝阿克巴也热心赞助音乐。几乎所有的莫卧儿王朝皇帝都热爱音乐并赞助音乐,这对音乐的发展起了推动作用。

五、莫卧儿王朝对印度社会与文化的贡献

莫卧儿王朝时期对文化到底有多大贡献,很值得研究。下面我们从几个方面来谈:

1. 莫卧儿王朝的统治对印度政治统一起了很大作用。从宗教和文化上看,印度是个统一的国家,可是在政治上只有孔雀王朝、阿育王和笈多王朝的统治统一了全国的大部分土地,笈多王朝灭亡后,印度又出现了分裂局面,600—1200年印度分裂为大小许多王国。莫卧儿统治印度以后,才实现了政治上的统一和民族的团结。

2. 在莫卧儿统治时期,政治上统一的同时,也促进了印度文化的统一发展,莫卧儿统治所有事业都是用波斯语,与官方保持联系的印度教信徒和穆斯林都是研究波斯语的,帝国各省的管理采用统一的方式,所有地方都执行国王统一的命令。帝国内由于和平与安定,印度的国内贸易得到不断发展,国家职员也不断从一个省到另一个省流动,军事人员也从北方到南方、从南方到北方不停地调动。这样一来,印度各个不同省市的人们得到了彼此联系与交往,这也促进了全国各民族的团结。

3. 莫卧儿皇帝推行的波斯语是印度同其他伊斯兰国家建立密切联系的工具。很多外国学者和艺术家在莫卧儿时期不断来到印度,他们的知识和艺术使印度受益匪浅。一些伊斯兰国家与印度建立联系后,了解了印度的文学、天文、数学、医学等知识,并且逐步把印度的这些知识介绍到西亚甚至整个欧洲。通过外贸,印度与其他国家建立了密切的联系。

4. 印度的语言、服饰、生活也受到莫卧儿时期的很大影响。印地语、孟加拉语、马拉提语等印度语言中混杂的许多波斯词、阿拉伯词也是在莫卧儿时期吸收进来的，并且逐步成为印度语言的组成部分。波斯语书法的使用，在印度流行为一种新的书法，它逐步在北印度成为一种主要书写法，印地语也开始用这种书写法，由于它发展成了印地语的另一种形式，它被称为乌尔都语。印度人民的生活也受到莫卧儿时期的很大影响，印度教信徒结婚时举行神圣的仪式，新娘、新郎也在头上戴花冠、唱歌，这是受穆斯林的影响。印度的服装里也有了贾马（印度装长裤）、歇尔瓦尼（印度男士长袍上衣），印度教信徒也喜欢穿这些。莫卧儿皇帝所有的宫廷服装也同一样式，都是穆斯林式的打扮。消遣娱乐方式在这个时期也发生了很大变化，像放鹰捉鸟、玩鹌鹑、耍纸牌以及其他类似活动都是在莫卧儿时期通过莫卧儿人传入印度的。哲学和希腊医疗方法也是通过穆斯林传入印度的，希腊医学与古印度医学不少地方是有区别的，很多印度教教徒积极学习，使得希腊医学在莫卧儿时期得到广泛传播。目前的多种甜食就是在这个时期传入印度的，"巴鲁夏黑""格拉耿特""古拉巴加姆""巴尔菲"等许多甜食的名称都是外国的，而且很可能在穆斯林时代之前印度人对这些并不了解。

由于伊斯兰教和印度教的联系，莫卧儿时期的文化既不是纯印度教文化，也不是纯伊斯兰教文化。印度的这种新文化是印度教和伊斯兰教文化融合的结果，在建筑、宗教、语言、医学、音乐、服饰和饮食等各方面都能看出印度教和伊斯兰教融合的痕迹。

第九章　近代社会与宗教改革运动

一、社会与宗教改革运动的开展

印度的社会改革运动是从穆斯林统治时期开始的。一方面是因为印度教和种姓制度的压迫,另一方面是因为穆斯林统治者们的压迫,婆罗门出于对自己的保护,对宗教和种姓制度更加讲究,使得宗教性更强,迷信加重,童婚、寡妇殉葬比以前更加流行,限制寡妇再嫁比以前更加严酷,不可接触思想更加严重。因此,这就增加了开展改革运动的必要性和迫切性。格比尔、纳那格、拉马安德、杰德纳耶等发起了虔诚运动,其目的就是,实现改革宗教的同时,也改造印度社会。

不久,英国统治时期到来。当时,印度社会受到殉葬、童婚、限制寡妇改嫁、不可接触思想等不良习俗的严重影响,因此,有必要继续开展改革运动。当时,一些社会情况和经济形势也有利于改革运动的开展,即现代交通出现了,宣传手段进步了,印刷术进步了,西方文化的影响也进来了,等等。这些有利的形势,促进了社会改革运动的发展。运动于19世纪初由拉姆莫汉·罗易发起,他特别提出了反对殉葬、反对童婚、反对禁止寡妇再嫁等口号。不仅如此,他还开展了反对偶像崇拜和其他迷信的斗争。1815年,他用孟加拉语出版了《吠檀多经》,后来,他又把《奥义书》翻译成孟加拉语和英语出版,他强调一神论。与拉姆·莫汉·罗易同时,在孟加拉还有伊雪尔金德尔·威德雅萨格尔也发动了与寡妇再嫁有关的运动,取得了一定的成效,有些寡妇再嫁了。由于伊雪尔金德尔·威德雅萨格尔的努力，1856年《寡妇再婚条例》通过了。由于拉姆·莫汉·罗易和伊雪尔金德尔·威德雅萨格尔的积极努力，1860年第一个《限制童婚法》通过了，据此，女孩结婚年龄至少应该年满10岁。1887年，谢希伯德·尔基先生在加尔各答附近一个城市里开办了一个寡妇院。1896年，卡尔维先生开办了印度教寡妇院。

最值得一提的是，拉姆·莫汉·罗易于1828年建立了梵社。梵社这个团体的建立，把《奥义书》作为理想从事活动。他死后，戴温德尔·纳特·泰戈尔在管理梵社的同时也开展了社会改革运动，公开宣传吠陀和吠檀多派，为改造印度社会，他反对一夫多妻婚，支持寡妇再婚和妇女享有受教育的权利，他以梵社开办者的名义，开展了改革运动。在从事开展改革运动的人士中，盖希沃金德尔·森的名字是值得一提的。他于1863年首先为妇女出版了《妇女觉悟》杂志，并公开反对种姓歧视，他主张不同种姓通婚。在他的领导下，梵社的消息传遍了孟加拉邦各个城市和乡村。

在此以后，1875年斯瓦米·德亚纳德·斯尔索迪成立了雅利安社。根据斯瓦米·德亚纳德·斯尔索迪的指示精神，印度不少地区，在开展反对种姓歧视、主张不同种姓通婚和寡妇再嫁等方面，开展了大量工作，取得了一些有益效果。

1870年，斯瓦米·罗摩克里希纳和斯瓦米·维韦卡南德几乎在孟加拉全邦开展起了改革运动。为了更具体和更有效地开展改革运动，斯瓦米·维韦卡南德先生于1897年建立了罗摩克里希纳教会，其目的是为了公开宣传斯瓦米·维韦卡南德的教育思想，建立不同宗教信仰者的友谊，消除种姓歧视思想，为所有被压迫者服务。

孟加拉的社会改革者们所采取的方法，在印度其他地方，特别是马哈拉施特拉邦的人们都仿效了。博尔姆亨斯会于1849年在孟买成立,其主要目的是消除种姓歧视。该组织于1860年解散后,在此基础上又建立了一个新的社会组织,名为祈望社,其目的是按照梵社的宗旨,反对偶像崇拜和种姓歧视,主张寡妇再婚,宣传妇女受教育的权利等。纳亚蒂希·拉纳戴是一位大社会改革家,他于1861年成立了一个寡妇婚姻协会,后来,为了社会改革,他于1887年又建立了一个新的组织,名为印度社会代表大会,其任务是限制童婚,结束嫁妆制度,改善婚姻状况,宣传妇女有受教育的权利,鼓励不同种姓通婚,改善不可接触阶层的状况,增强印度教教徒与穆斯林之间的团结,等等。印度社会代表大会在纳亚蒂希·拉纳戴的主持下,工作一直开展得卓有成效。

斯铁德·阿哈默德·康也努力为社会改革做了大量工作,他于1875年成立了一个教育机构,后来以阿里格特大学而闻名。1882年,拉马巴依先生在浦那为改造印度教妇女社会而成立了雅利安妇女社会组织。

到了20世纪,社会改革运动出现了新的形势。拉纳戴去世后,由金德拉沃格尔接任,继续操办此事。为了扩大社会改革事业,他组织成立了中央社会改革联盟。1904年,印度的宗教或社会团体,诸如锡克教教徒、佛教教徒、穆斯林、雅利安社成员、梵社成员等一起聚会,联合成立了一个全国性的改革联盟。以此名义,成员经常召开各种会议,共同商议有关改革的事宜。1909年,印度受压迫阶层社团在孟买成立了,主席由金德拉沃格尔担任。类似的组织在马德拉斯也成立了。当时,慈善社、婚姻改革联盟等在全国各地也相继建立。1911年,在金德拉沃格尔的主持下,社会服务联盟宣告成立,这个联盟为孟买市的社会改革开展了大量工作。

1906—1912年,全印度各地建立了很多印度教寡妇院,其中有迈苏尔的寡妇院(1907年)、加尔各答的手艺院、班加罗尔的寡妇院、马德拉斯

的婆罗门寡妇院,等等。

1909年筹办的印度受苦阶层会议,于1910年在全国开展了工作。1917年,社会服务会议召开了第一次会议;同年,妇女印度联盟在马德拉斯建立了,活动不断开展。1927年筹办了全印妇女会议,实行了与童婚、寡妇再婚、一夫多妻婚、嫁妆制度以及妇女受教育等有关的改革措施。

在政治领域,圣雄甘地成为政治领袖后,于1920年宣布哈里真(系甘地对"贱民"阶层的褒称)改革运动是国民运动的一个不可分割的组成部分,后来,先后成立了哈里真服务联盟、新教育联盟等组织,这些都是圣雄甘地积极领导的结果。通过《哈里真》杂志,甘地努力推广健康的舆论,以便消除不可接触、种姓歧视、限制寡妇再婚等不良社会习俗。圣雄甘地直到生命的最后一天,一直坚持不懈,努力从事社会改革,尤其是为改善哈里真的社会地位,不懈努力,他不愧为一个伟大的改革者。

二、宗教改革运动的作用

19世纪的社会与宗教改革运动,硕果累累,取得了多方面的效果,其主要表现在以下几个方面:

1. 通过各种活动的开展,宣传了新的生活,使人们提高了觉悟,振奋了精神,增加了勇气,从失望中看到希望的光芒,更热情、更勇敢地投入新的改革高潮。

2. 出现了一些哲学家,他们消除了社会上一些迷信思想,对旧习俗、旧观念进行了批判,提高了人们的认识,使人们不再像以前那样迷信了。

3. 不良习俗受到了冲击。种姓歧视的思想减轻了,不可接触的思想淡薄了,寡妇殉葬的现象减少了,出现了寡妇再婚的现象,童婚受到了限制,社会风气比以前有所好转。

4. 宗教的净化。印度教的一些不良恶习受到冲击,迷信思想减少了,一神论传播开来,偶像崇拜遭到反对,从而偶像崇拜现象减少。

5. 民族精神得到了发扬。虽然改革运动的目标是社会与宗教的改革,但它对民族生活也有很大影响。这个时期出现了不少改革者,他们都是爱国志士,充满了爱国和民族精神。因此,他们的语言、行动和教导等,对年轻人影响很大,他们的民族精神和爱国热情,鼓舞和教育了青年人。

6. 这个运动也做了一些政治改革。由于政治家们的努力,进行了社会改革,一些改革者呼出了国家要独立的口号,影响了广大民众,提高了他们的政治觉悟。与此同时,改革运动的开展使印度民众对社会、政治和宗教改革也产生了新的兴趣。因此,圣雄甘地认为,社会改革运动和独立运动是密不可分的。尤其斯瓦米·维韦卡南德等人的教育思想,对印度的国民及其政治生活产生了重大影响。

7. 传播了印度文明和文化。通过社会与宗教改革运动的开展,西方的一些学者对印度的文明和文化产生了浓厚的兴趣,开始对印度进行深入的研究,例如马克思·穆勒就是其中之一。他们对印度文化做了大量研究和报道,将印度文化的重要性及其影响,通过不同形式告诉了世界人民。

三、主要社会改革者

1. 拉姆·莫汉·罗易

拉姆·莫汉·罗易(1772—1833年)是印度近代第一位伟大的改革家,他被称为印度社会改革运动的主要领导者。15岁时,他就写了一本书反对偶像崇拜。轰轰烈烈的改革运动开始以后,他离家出走,从事改革活动,东奔西走,不辞辛苦。

青年时期,他学习过梵文、波斯文、阿拉伯文、英文、法文、希腊文、拉丁文等。从东印度公司离任后,他来到加尔各答,把全部时间用于社会服务事业,从事社会和宗教改革,直到生命的最后一刻。他从事商业很成功,42岁时他从商界引退后,在后来几十年的生涯中,致力于伊斯兰教和印度教的研究,并努力了解西方的文化。当时,印度很流行斯迪制度(印度教陋习之一,它所宣传的忠诚观念使大批寡妇丧生亡夫的火堆),他认为这极不合理。因此,他发动了运动,力图结束此不良习俗。通过他及其他改革者的努力,在英国统治时期,印度于1829年通过了《限制斯迪法》。他反对偶像崇拜和宗教迷信。他还把《吠檀多经》和《奥义书》翻译成了孟加拉文版。他主张一神论,宣传神只有一个。他的思想使一些英国人感动,并放弃了基督教而接受了罗易的思想,主张妇女有享受教育的权利,反对种姓歧视。他于1828年成立了梵社,强调拜一神,反对多神论,为此他付出了巨大努力。他为社会改革进行了长期而卓有成效的斗争,对社会的发展与进步做出了重要贡献。

2. 戴温德尔·纳特·泰戈尔

拉姆·莫汉·罗易逝世后,梵社减少了生气,其后即1845年由戴温德尔·纳特·泰戈尔(1817—1905年)承担起了领导梵社的重任。为梵社的组织活动指出了方向,使梵社由一个松散的团体变成了一个有生气的组织,其成员需通过一定的仪式才能正式加入。他还创办了一所神学院,派出了第一批梵社布道人员,并创制了一种新的礼拜仪式——梵天礼仪;他强调虔诚和道德,不主张崇拜偶像;他公开宣传吠陀和吠檀多;他反对一夫多妻制,主张寡妇再嫁,支持妇女受教育,为改造印度教社会和克服迷信思想做了大量工作。

3. 盖希沃金德尔·森

盖希沃金德尔·森(1838—1884年)是改革运动的另一位主要领导者,1861年,他参加了梵社的工作,与年轻人一起成立了友谊会,在印度宣传普及教育。1861年,他出版了《印度之镜》杂志,想通过这个杂志推动印度的政治和社会改革运动。1863年,为改善妇女社会地位,他也出版过杂志,公开宣传不同种姓通婚,消除种姓歧视。与此同时,他把梵社的消息传播到孟加拉邦的各个城市和乡村。1864年,盖希沃金德尔·森漫游马德拉斯等地,宣传梵社的理想和主张。1865—1866年,梵社内部发生了分歧,出现了分裂,以戴温德尔·纳特·泰戈尔为首的一些较老成员在改革中谨言慎行,以印度教为宗教信仰,组成了真梵社,另一个则是以盖希沃金德尔·森为首的一些年轻下属组成了印度梵社,介绍各大宗教经典,"强调宇宙神教"。1871年,他创建了印度改革协会,开办妇女教育、工人教育,从事慈善事业,后来,又组织了新天道教会,在社会上起到一定影响。盖希沃金德尔·森还发表过著作和文章,为改革运动做了大量工作,因此,他被称为改革家之一。

4. 斯瓦米·德亚纳德·斯尔索迪

斯瓦米·德亚纳德·斯尔索迪(1824—1883年)是梵社和印度社会改革运动的主要领导者之一。他1824年出生于古吉拉特邦,24岁离家出走,成为苦行者,漫游印度各大城市,在几位不同导师门下学习经典,努力通过瑜伽和苦行来达到宗教上的功德圆满,并细心从内部观察印度教,然后抨击印度教中有害无益之处,对印度教进行了认真研究。1871—

1873年,他在恒河沿岸漫游并说教。后来他到加尔各答后,与盖希沃金德尔·森等社会改革家一起进行了有关研讨。1874年,他去了马杜赖等城市,用严厉的词语反对偶像崇拜。1875年,他在孟买建立了雅利安社(又译"圣社"),并且出版了他的著作《真理之光》。1877年,他游访旁遮普,并在多处建立了雅利安社。他反对童婚和种姓歧视,鼓励不同种姓彼此通婚,主张寡妇再婚,支持妇女受教育。1880年,他在印度50多个城市里建立了雅利安社,特别是在北方邦和旁遮普地区,为宣传教育做了大量工作,为印度社会改革运动做出了重要贡献。

5. 斯瓦米·维韦卡南德

在斯瓦米·罗摩克里希纳·巴尔姆汉斯的学生中,最有名的而且影响最大的则属斯瓦米·维韦卡南德(1863—1902年),他是一位著名的改革家和哲学家,他的幼名叫那兰德拉·纳特,后来则以维韦卡南德而闻名。

斯瓦米·维韦卡南德出生于加尔各答一个婆罗门家庭。起初,他对神不甚了解,但自从他与斯瓦米·罗摩克里希纳·巴尔姆汉斯结识以后,他开始信教,并对神的力量坚信不疑。他的导师不幸于1886年去世,从此他舍俗离家,周游印度,独居大约6年,对印度教和哲学做了深入研究。通过不懈的努力,他很好地掌握了吠檀多哲学知识。他崇信吠檀多思想,但也不排斥其他经典,他主张一神论,也承认多神论。在社会实践上,他主张无私的普爱。他认为,爱自己的人类同胞,就是爱神,因为神存在于宇宙万物之中,尤其是人之中。他的梵文和英文很好。他在周游印度时,对于改革运动有了直接的了解。因此,他比许多人更清楚印度教的缺陷,也抨击了它的缺陷,例如种姓歧视、不良婚俗及礼仪等。1892年,他开始到南印度宣传老师的学说。1893年,芝加哥召开宗教会议,他应约出席。在会上,他对印度教和吠檀多哲学做了精彩论述,他的精彩发言和才干,使他声名大噪,给与会者留下了很深的印象,产生了良好的影响。他在美国停留3年,为印度教的宣传做了大量工作。后来,他从美国到了英国和欧洲一些国家。这样,他对西方的认识,不仅仅是在理论上,而是有了亲身的经历和感受,他向欧洲人介绍了印度教和吠陀经典,向西方展示了印度教伟大之处。他的演讲词,使他享有盛名,结识了很多朋友。回到印度后,他把一些英国的文学和科学著作译成乌尔都文版,以便让印度的穆斯林了解欧洲人的思想。他于1898年成立了罗摩克里希纳传教会这一组织,为印度的社会改革做了大量有益的工作。正是他,把罗摩克里希纳的遗教传播到印度各地。他的学问、口才和人品,使许多信徒聚集在他周围。斯瓦米·维韦卡南德积极从事社会活动,产生了良好的影响。罗摩克里希纳传教会在当时成为印度宗教改革和社会公益服务的一支重要力量,发挥了巨大作用。

6.圣雄甘地

圣雄甘地(1869—1948年)是印度人民的伟大领袖、政治家、哲学家、杰出的社会改革和宗教改革家,他为印度的民族独立奋斗一生,最后献出了宝贵生命,他深受印度和世界人民的尊重和爱戴,至今仍活在人们的心中。

他自幼受印度教思想的熏陶。1888年,他赴英留学,在留英期间,受基督教等思想影响,反对暴力,主张忍耐与克己。1891年,他获律师资格,于1892年回国。1893—1914年,他在南非从事律师职业,在那里住了21年,其间领导住在南非的10余万印度人进行反种族歧视的斗争,取得了重大胜利,获得了良好声誉,后于1915年回国。1915—1919年,他在印度各地组织"坚持真理"斗争,主张实现印度各阶层、各宗教的大团结,尽可能吸收更多的群众参加和支持坚持真理的斗争。1919年,他积极支持印度穆斯林所开展的运动与合法斗争。1920年,圣雄甘地参加印度民族运动以后,使民族运动扩大,成了一个人民群众运动,与此同时,印度的改革运动也获得新的方向,他宣布,自己是一位对消除不可接触制度更感兴趣者,并且他还强调,只要不可接触制度不彻底结束,印度的独立就是毫无意义的。1920年,他领导了非暴力不合作运动,成为国大党领袖,并于1924年当选为国大党主席。在圣雄甘地的领导下,国大党通过了不可接触者可以进印度教寺庙敬神的政治决议,并表示支持所有种姓和不同宗教的信仰者。在他的领导下,不同种姓的人可以一起谋事就业,肩并肩地工作,这样一来,使种姓歧视的影响有所削弱。圣雄甘地也邀请妇女参加自己所开展的民族运动,这样,妇女遮脸的旧习俗有所改进,与妇女有关的一些陈风陋俗,诸如童婚、一夫多妻婚、嫁妆制度、限制寡妇再婚等都受到了冲击,妇女的觉悟有所提高,妇女也得到男人的同情和支持。

1930—1934年,他发动了"食盐进军"运动。1934年后,他退出国大党领导岗位,专门从事乡村建设纲领工作,提倡社会改革,推广手纺土布,主张妇女享有受教育的权利,开展妇女教育活动,号召印度教教徒与伊斯兰教教徒团结、和睦相处。

圣雄甘地支持正义,力倡平等之说。他反对印度教歧视"贱民"的制度,他为提高"贱民"的地位、解救"贱民"而做了不懈的努力。"贱民"属于印度教社会的最底层,被称为"不可接触者"。按照印度教的法规,"贱民"只许从事所谓下等职业,他们不能进印度教寺庙拜神,不能同其他四个种姓的人接触,无资格与他们同席而食,或同饮一井之水。圣雄甘地对此坚决反对,认为这些法规与印度教的基本教义不符,是印度教的最大污点。他为了提高"贱民"的地位,进行了多种斗争。他特称"贱民"为"哈里真",即上帝之子民,为他们创办刊物,为改善"贱民"的地位而再三发表文章。后来他虽被捕入狱,但在狱中仍坚持斗争。总之,圣雄甘地的所有努力,为提高"贱民"的政治地位起到一定作用。

圣雄甘地为改善妇女的地位,为把她们从传统陋俗的牺牲者的地位中解救出来而努力。1940年以后,他在《哈里真》杂志上多次发表文章,树立健康的群众舆论,主张男女平等,寡妇再嫁,反对童婚和寡妇殉夫等不良习俗。他还建议,每一个男青年应该下定决心,在结婚时不向女方索取嫁妆,并且提倡同寡妇结婚。

圣雄甘地对当时的教育体制也不满意,因为这个体制使受教育者在身体、智力和心灵三方面得不到平衡的发展,因此,他于1937年制订了一个新的教育计划。在教学的过程中,对学生进行自力更生、公民资格、不杀生、无种姓歧视和爱国的独立理想的教育。

从以上可以看出,圣雄甘地把真理、平等、不杀生和为人类服务的理想置于首位,他所开展的宗教和社会改革运动取得了重大成就,当然,后来为消除社会上种种不良社会习俗的运动还在进行。

1942年,圣雄甘地发动英国"退出印度"的运动。1948年,他被暗杀。圣雄甘地为印度独立做出了巨大贡献。

四、社会与宗教改革的主要机构

19世纪下半期,印度出现了宗教和社会改革活动的高潮,这个活动主要是由拉姆·莫汉·罗易开创的。由于当时印度在社会和宗教方面都存在一些弊病,所以出现了改革的高潮。但改革派之间也存有不少分歧,因此,在改革的过程中,也出现分裂活动,这也是自然的。不过,从总体来看,通过一系列改革活动的开展,一些社会陋俗和印度教的不良规定受到冲击,对提倡人人平等和妇女的解放起到推动作用。下面介绍几个主要改革机构:

1. 梵社

梵社是由印度最早的资产阶级启蒙家和活动家拉姆·莫汉·罗易于1828年创立的。它严厉抨击印度教的种种弊端和不合理的社会制度。由于梵社的努力,长期存在于印度教内的陋俗,如寡妇为死去的丈夫殉葬、一夫多妻、童婚、限制寡妇再嫁、种姓歧视等受到冲击。但不幸,拉姆·莫汉·罗易于1833年去世,从此以后,梵社的活动一度失去势头。十年之后,罗宾德罗·纳特·泰戈尔的父亲即戴温德尔·纳特·泰戈尔加入梵社,使其又重新振作起来,影响不断扩大,不但在孟加拉,而且在其他地区也建立了不少梵社的分支,如旁遮普、马德拉斯等地。1857年,盖希沃金德尔·森加入了梵社。起初一些日子,他与泰戈尔合作配合不错。但到后来,两人出现分歧,自1860年开始,盖希沃金德尔·森在教义改革方面倾向于吸收较多的基督教特点,这为戴温德尔·纳特·泰戈尔所不容。于是梵社内部开始分裂,以盖希沃金德尔·森为首,新建一个组织,名为印度梵社,要求印度全面实行改革。不过到后来,这个组织也分成两派,一派以盖希沃金德尔·森为首,另一派是他的反对者们,其主要领导者是希·夏斯特里等人,该组织被称为大众社。这样,拉姆·莫汉·罗易所建立的梵社形成了三个支派。该社尽管分裂,但长期以来,其在宗教和社会改革方面做了大量工作,取得了一些良好的社会效果。

2. 祈祷社

拉姆莫汉·罗易所开展的宗教和社会改革运动,影响到印度各地,祈祷社于1867年成立,就是其中一例。祈祷社是马哈拉施特拉地区的一个宗教、社会改革组织,该机构的基本原则与梵社一样,主张一神论,结束种姓制度,提倡寡妇再婚,鼓励妇女受教育,限制童婚,拒绝偶像崇拜,对吠陀和轮回持否定态度,采取集体礼拜仪式。该组织的主要成员有马哈高温德·拉纳德、R.G.班达卡尔、纳拉杨·金德拉瓦卡等人。

祈祷社主张,"运动逐渐前进,而不是革命。改革不应与印度教决裂,也不应与社会决裂","却又小心翼翼地不用反抗的举动去触犯正统观念和种姓制度",还认为,"社会改革和宗教改革之间虽有联系,却可以各行其渐进之路,没有必要彻底变革社会结构或印度教"。结果,他们一方面集中力量通过教育和写作来传播该组织的思想主张,另一方面也认真致力于社会工作的实际任务。

祈祷社虽然主张一神论,但不空谈教义,主要致力于社会改革,例如主张不同种姓间可以会餐和通婚,寡妇再嫁,改善妇女及贱民阶层的命运,在一些地方还建立了育婴堂、孤儿院、寡妇收容所、女子学校,"贱民"福音堂等机构。祈祷社一度成为西部印度许多社会改革活动的中心。尤其是孟买管区,马哈德夫·戈文达·拉纳德的贡献很大,他把整个生命贡献给了祈祷社,致力于促成祈祷社宗旨的实现,他是寡妇婚嫁协会的创始人之一。马哈德夫·戈文达·拉纳德的改革思想全面,他主张宗教和社会改革的一致性,两者密不可分,"如同爱人类和爱上帝不能分开一样"。他说:"当你们的社会安排不完备的时候,你们就不可能有良好的经济制度。若是你们的宗教思想很卑贱,你们在社会经济和政治方面就不可能得到成功。这种相互依存的关系绝不是偶然的。"祈祷社把社会改革和宗教改革紧密结合起来,做了大量工作,在社会上产生了积极影响,受到民众的赞扬。

3. 雅利安社(又译"圣社")

雅利安社于1875年由斯瓦米·德亚纳德·斯瓦索迪在孟买建立。他出身于古吉拉特邦的一个婆罗门家庭,在青年时期便离家出走。为探求真理,他作为苦行者,在印度各地漫游,为时17年之久,结交了不少出家人,并与他们进行思想交流。他对梵语深有研究,是一位精通梵文的学者,但他未受过英语教育,没有受到基督教的任何影响,也不赞成接受西方思想,他主张复兴古代雅利安人的信仰。他认为,印度教中的迷信和其他弊端均来自吠陀以后的著作,如《往世书》等著作,因此,主张以古代雅利安人的宗教精神改革印度教,把吠陀经典视为最高经典,他认为,"这个宗教实际上就是最早的吠陀教,它包括在四部吠陀经典之中,但在历经许多世纪后渐已蜕变"。他的目的是传播这一宗教的真谛,恢复它的纯洁性。他的宗教信仰,尽管大力谴责当时的印度教,但仍接近于正统观念,如信奉吠陀等,反对多神论和偶像崇拜,于是他提出了"回到吠陀去"的口号。在导师的指导下,他用心学习经典,并一直从内部对现行的印度教细心观察。后来,他在讲坛上对印度教中的种种弊端进行了抨击。在辩论中他引经据典,论证自己的观点。他在与梵社及祈祷社的领导人接触后,才走上了改革者的道路。1863年,他成了一名游方传道士。5年之后,他在从事有关活动之余,还办起了学校。1872年,他在加尔各答会见了梵社社员,还听取了盖希沃金德尔·森的建议,即放弃苦行者式的半裸,穿戴城里人的衣着,使用地方语而不用梵语布道。接受建议后,他决心大干,于是在1874年出版了一部重要著作《真理之光》,表达了自己的思想和主张,在这一著作中,他对不同的宗教进行了比较研究,证明吠陀教是最好的。为了宣传自己的思想,他于1875年在孟买组建了改革团体雅利安社,两年之后,在拉合尔也成立了雅利安社,后来在其他地方也分别组建了雅利安社。雅利安社的主要活动地区是旁遮普和古吉拉特等地。雅利安社在全印度各地也宣传了斯瓦米·德亚纳德·斯瓦索迪的思想和主张。他去世以后,他的追随者们依然宣传他的宗教改革思想。

由于他强调了吠陀信仰,所以受到广大群众的支持,参加者不只是知识阶层,还有不少手工业者和商人,甚至封建主。斯瓦米·德亚纳德·斯瓦索迪同样反对偶像崇拜、童婚、种姓歧视和不可接触制度,主张妇女解放,提高妇女的地位。为了提高民众的文化水平,雅利安社的分会在各地建立了不少学校,产生了深远影响,帮助印度人民树立起民族的自信心和自豪感,为后来的民族解放运动的兴起与发展,奠定了爱国主义的思想基础。印度学者认为,雅利安社所倡导的不只是宗教运动,也是政治、社会和文化运动;由于其反对种姓制度和不可接触思想,从而加强了印度教社会的团结,促使民族觉醒;在教育领域,其创办学校,为提高一些人的文化水平做出了有益的贡献。

雅利安社虽然积极活动,但力量毕竟有限,传统的印度教的势力依然很大。实践证明,只有把改革的新思想和旧传统有机地结合起来,采取群众乐于接受的形式,才能把宗教和社会改革的运动深入而又广泛地开展下去。

4. 罗摩克里希纳传教会

罗摩克里希纳传教会于1898年由罗摩克里希纳的弟子斯瓦米·维

韦卡南德在加尔各答创立,是印度教改革社团之一。其目的是为了宣传斯瓦米·罗摩克里希纳·巴尔姆汉斯的宗教和社会改革思想,主张印度教改革,对其他宗教宽容,彼此友好,实现"人类宗教"的理想,服务于社会。该教会在印度各地办学校、开医院,设立救济中心、孤儿院等,从事各种慈善事业。该教会不只是在印度各地设有分会,而且在世界不少国家,诸如巴基斯坦、缅甸、马来西亚、斯里兰卡、斐济、毛里求斯、南北美洲以及欧洲一些国家都建有常设机构,从事相关活动,因此该教会在印度国内外影响很大。

五、泰戈尔的文化贡献

1. 生平

罗宾德罗·纳特·泰戈尔是印度的伟大作家、著名诗人、艺术家、诺贝尔文学奖获得者,印度近代文学的奠基人之一,他既是一位爱国者、民族运动的支持者和参与者,又是一位伟大的国际主义者和中国人民的亲密朋友。

泰戈尔于1861年5月7日出生在印度西孟加拉邦的加尔各答市,其家庭属于商人兼地主阶级,是婆罗门种姓。祖父德瓦卡·纳特·泰戈尔和父亲戴温德尔·纳特·泰戈尔都是社会活动家,支持社会改革。父亲是哲学家和宗教改革者。泰戈尔自幼受到良好的教育和家庭环境的熏陶。他进过东方学院、师范学院和孟加拉学院。但他厌恶刻板的学校生活,没有完成学校的正规学习,他的知识得自父母和家庭教师以及自己的努力。泰戈尔自小酷爱文学,爱读梵文、孟加拉文和英文著作,十几岁时,就熟读了印度两大史诗《摩诃婆罗多》和《罗摩衍那》、古代长诗《云使》

以及名剧《沙恭达罗》,等等。1878年,他遵照父亲的意愿赴英国留学,最初学习法律,但非其所好,后改学英国文学,并研究西方音乐。1880年,他回到国内,专门从事文学创作。1884年,他离开城市到乡村去管理祖传的田产,有机会接触农民。1901年,他在圣蒂尼克坦即和平村建立了一所学校,来实现自己的教育理想,后来这所学校发展成为著名的国际大学。1905年以后民族运动高潮到来时,泰戈尔投入反帝的爱国运动中去,并且撰写了大量的爱国主义诗篇。泰戈尔义愤填膺,写出了热情洋溢的爱国诗篇,大大地鼓舞了印度人民群众的斗志。

2. 成就

他在文化艺术领域中取得了重大成就,表现了他多方面的才能,他一生勤奋写作,从19世纪80年代到逝世,整整写了60多个春秋,为后世留下了50多本诗集,12部长篇小说,百余篇短篇小说,20多个剧本。他生前无情地揭露了殖民者和封建主的专横残暴,热情地歌颂了印度人民的反抗斗争精神,他的作品表达了印度人民追求美好生活的理想。

泰戈尔的才能是多方面的。他不仅是位诗人、小说家、戏剧家和散文家,还是教育家、画家和音乐家。泰戈尔以诗人著称于世。他不断有诗集和小说出版,有些诗不仅长期流行于印度民间,而且被选入中小学课本,对激发印度人民的爱国热情和弘扬印度文化起到积极作用。

泰戈尔从少年时代就开始写诗,12岁时,他写了一首十四行诗,轰动了学校,校长看后惊诧万分。15岁时,他写了一首长诗《野花》,在杂志上发表后,更是引起轰动。这时少年诗人泰戈尔在加尔各答知识界崭露头角,颇负盛名。从此,他创作的欲望倍增,后来,他参加了《婆罗蒂月刊》的编辑工作,不断在该刊物上发表诗文。

泰戈尔于1880年从英国返回印度,已年满19岁,开始专门从事文学创作。他在20岁以前,已发表了很多作品,写了不少诗歌、小说和论文,计有:7000多行诗;小说《女乞丐》《怜悯》;歌剧《瓦尔米基天才》《死神的狩猎》;散文《旅游札记》以及论文《孟加拉文学的希望与失望》《论歌德》等。其主题都是反封建的,猛烈抨击了封建婚姻制度和种姓制度。以后他不断有诗集和小说出版。值得一提的是,1881年当他年仅20岁时,他就在《印度人民》期刊上发表了一篇政论,题为《在中国的死亡贸易》,文中强烈抗议英国对中国进行的鸦片贸易和侵略战争。

殖民制度和封建制度给人民带来了巨大灾难与痛苦,不堪忍受殖民统治和封建剥削的农民也揭竿而起,发动了轰轰烈烈的起义。知识分子反对殖民统治的情绪更是日益高涨。印度的孟加拉地区则是运动的中心。年轻的泰戈尔也积极投入民族解放中来。他写的文章《论印度的婚姻》,猛烈抨击了印度的婚姻制度,引起了社会的关注。他除了撰写文章讨伐殖民主义和封建主义外,年仅23岁的他,还担任了宗教改革组织梵社的书记。梵社为社会改革发挥了重大作用。

1881—1890年的10年间,他一方面积极参加社会改革活动和编辑《儿童杂志》工作,另一方面还创作了大量作品,例如,诗剧《大自然的报复》,抒情诗《暮歌》《晨歌》,诗集《刚与柔》《心灵》《婴儿音乐》,歌集《太阳阴影》,短篇小说《大路的倾诉》《河边的台阶》《王冠》,历史小说《拉杰尔什》等。他的诗歌抒发"人类之爱"的感情,宗教气息较浓;小说《河边的台阶》《大路的倾诉》等揭露了社会矛盾,批判了社会不良现象;诗集《晨歌》等,引起了很大反响,深受读者欢迎。而且他大胆打破了旧诗歌的传统形式,开辟了自己诗歌的创作新路。

到了1884年,泰戈尔创作的黄金时代来到了,因为他的生活发生了重大变化,他奉父亲之命,走出了加尔各答城市的高楼大厦,来到孟加拉农村的广阔天地,管理田地,接待农民。这样,他有机会接触广大下层群众,了解他们的真实生活。这对他来说非常重要。通过处理农事,接见佃户,与他们接触和交谈,他了解到农民真正的生活与苦处,他感到触目惊心,很同情他们的处境,并与他们建立了感情,请他们唱歌、跳舞,请农民、民间艺人演唱民歌、民谣以及民间叙事诗,并有意记录下来。他对农民的赤贫和痛苦,表示大为震惊和同情,对殖民者和封建主的专横霸道,表示极大愤怒,这在《孟加拉剪影》一书中有充分体现,这个时期是他在文学创作方面最丰富的时期。正如张光璘先生所说:"严峻的现实生活,人民的不幸遭遇,激发了他强烈的创作欲望,为他提供了无尽的创作源泉。他的创作激情像火山一样喷发出来,他奋笔疾书,文思泉涌,汩汩滔滔,一泻万里。"这话很有道理。

他不仅著作丰盛,而且他为教育事业的贡献也不凡。他于1901年来到和平村,创办了学校,从事教育事业。他一贯反对印度传统的封建教育方式,对当时英国在印度推行的殖民教育,更是深恶痛绝,认为这种学校是"兵营",是殖民者培养"忠顺奴仆"的地方。他主张解放儿童的天性,主张发扬民族精神,培养"爱"的品德。为了教育事业,他花了大量心血。1901年,在征得父亲的同意后,他创办了森林学校,他在那里一边带学生学习,一边垦荒种地,后来,这所学校发展为闻名世界的国际大学。

在这里,他除了教学,还写了许多作品,主要作品是一些长篇小说,如《小沙子》《沉船》《戈拉》等。这些作品揭露了当时印度社会上的不良现象,反映了印度人民的觉悟,起了"号召人民团结起来,为民族解放而斗争"的作用。

印度的童婚由来已久,一害个人,二害国家,为世所罕见,摧残了不少妇女和儿童。泰戈尔十分憎恶这种陈风陋俗,因此,他创作了《客人》《小妾》《练习本》等作品,揭露童婚的罪恶。

印度的寡妇殉夫自焚,此恶俗自古就有,历史久远,虽然屡遭群众的反对,但一直流行不止。1892年,泰戈尔写了小说《摩诃摩耶》,对这种封建恶习进行了揭露和批判,小说深受读者欢迎,在社会上产生了积极影响,此小说成为他的代表作之一。

种姓制度是印度教特有的制度,人分等级,彼此接触受到限制和影响。泰戈尔对不合理的种姓制度进行了批判,他虽然出身于最高级种姓,即婆罗门种姓,但接受了民主思想。1892年,他发表了寓言《纸牌国》,对种姓制度进行了讽刺和批判。他虽遭到围攻,受到指责,但他并未退缩,以后又继续发表了《素芭》《偏见》《弃绝》等作品,对不合理的种姓制度进行了揭露。

1894年,他发表了诗作《两亩地》,这是反封建剥削的代表之作。该作品现实性很强,深刻地揭露了封建剥削者贪婪狡诈的本性。

泰戈尔在19世纪最后10年的创作,一是反封建的,二是反英国殖民统治的。这一时期,他的以反封建为主题的作品,表达了广大人民反对封建势力的力量和愿望,鞭挞了封建统治者;印度的沦亡、民族的压迫、殖民地人民的悲惨生活,在他的作品中都有充分的体现。例如《故事诗集》,他借用历史题材,加以再创造,借古喻今,讨伐殖民者,借用古代的民族英雄,唤起人们的爱国热情,激起对殖民者的仇恨。类似的作品还有《最后一课》《履行的诺言》《太阳与乌云》等,都是揭露殖民统治的种种罪恶和反对殖民统治的作品。泰戈尔的反封建、反殖民主义的作品,奠定了他在印度近代文坛上的重要地位。

20世纪初,印度人民反英斗争掀起了新的高潮,英国殖民者千方百计破坏印度民族解放运动,削弱民族斗争的力量,泰戈尔对此大为不满。1905年以后,印度民族解放运动高潮到来时,虽然泰戈尔在从事教育事业,但他毅然投身到民族解放运动中,组织群众,领导反英游行,在集会上发表演说,高唱爱国歌曲,走在游行队伍的最前列。在爱国热情的激励下,他撰写了大量爱国诗篇,例如著名的诗歌《洪水》《让我祖国的地和水甜美起来》等,由他自己谱曲,在群众中传唱,起了很好的作用,使殖民当局惊恐万分,禁止演唱这一歌曲。《人民的意志》这首诗是泰戈尔1911年的作品,由作者谱曲,印度独立后,由制宪会议正式通过,被定为印度的国歌。

然而,随着运动的深入,斗争方式不免有所改变,当斗争的方式由和平斗争转入暴力斗争的时候,泰戈尔的思想同群众运动的领袖们的意见发生分歧,他反对极端派使用暴力,不同意群众烧毁英国货和进行武装斗争,他认为这是破坏,主张多做建设性的工作,诸如消除贫困和愚昧等,由于脱离实际,他的主张也未被群众采纳,于是他退出运动,回到和平村,专门从事教育工作和文学创作。1910年,他出版了《吉檀迦利》这一重要诗集。1912年,他第三次去欧洲旅行时随身带去了自己翻译的《吉檀迦利》英文本,他给作家们朗读后,受到高度赞扬,从此,他一举成名,轰动了整个欧洲文坛,不久,他获得了诺贝尔文学奖。1913—1916年,他先后出版了一些作品,诗集有《新月集》《园丁集》《飞鸟集》等,长篇小说有《家庭与世界》等。

他自1908年退出政治运动到1927年间所写的作品,反映出他是正视现实的伟大作家,用他自己的话说:"真理是严酷的,我喜欢这个严酷,我永不欺骗。"泰戈尔就是一个追求真理、面对现实、努力奋斗的伟大作家。

1919年前后,印度国内民族矛盾、阶级矛盾空前激化,罢工、罢市、绝食、游行示威等抗议活动此起彼伏,不断发生,英国殖民当局深感惊慌和不安。泰戈尔再也不能安坐在书桌前潜心写作了,他于1919年离开圣蒂尼克坦(和平村)学校,到印度各地旅行,了解运动形势和人民的疾苦。他还积极参加印度民族解放运动,发表演讲,痛斥英国的殖民政策。但另一方面,他仍在圣蒂尼克坦坚持不懈地从事教育工作,原来的森林学校,发展成著名的国际大学,不同国籍的人均可入学就读,世界许多著名学者前去讲学。这增进了国际间的交往,发展了印度人民同各国人民的友谊。从1920年直至逝世的二十年中,他一直为印度的独立和世界和平而奋斗,奔走呼号。他多次出国访问,足迹遍及欧、非、亚等三十多个国家。

　　在1920年以后,泰戈尔仍然发表了不少著作。诸如《摩克多塔拉》(1922年)、《红夹竹桃》(1923年)、《舞女的供养》(1926年)、《新气息》(1931年)、《贱民之女》(1933年),等等。

　　1940年,泰戈尔因劳累过度而病倒,后经医治无效,于1941年8月7日逝世,享年80岁。

　　泰戈尔把自己一生的创作实践与印度民族解放斗争紧密地结合了起来,从而开辟了印度近代进步文学的道路。他成功地运用孟加拉语写诗,给印度近代诗歌开拓了一个新天地。他还创立了印度近代短篇小说的体裁。他的业绩辉煌,一生是伟大的。

3. 泰戈尔在中国的影响

　　泰戈尔有强烈的正义感。他在20岁时,就撰写文章《在中国的死亡贸易》,痛斥英国殖民主义者从印度运鸦片到中国毒害中国人民的罪恶行径,他强烈抗议英国对中国进行鸦片贸易和侵略战争,他把这样的英国人称作"强盗"。

泰戈尔为了寻求中印友谊,不顾年迈体弱,于1924年远涉重洋来华访问(当时中国革命的领袖孙中山先生特地写信向他发出邀请)。泰戈尔访华,历时近50天,他兴致勃勃地访问了上海、南京、济南、北京等地,他几乎走遍了半个中国,广泛地接触了各界人士,从中国的末代皇帝溥仪,到各界名流以及学生;谈话的内容也十分广泛,由宗教、艺术、政治,直至人生,等等。他满怀信心地说:"我相信你们有一个伟大的将来,那也就是亚洲的将来。"他还指出:"中国和印度的友好和团结是奋斗的亚洲的基石。"最后,当他要离开中国时,有人问他:"落下什么东西没有?"他摇摇头说:"除了我的一颗心之外,我没有落下什么东西。"他对中国人民的深情厚谊,很感人肺腑。

泰戈尔从中国回到印度后,为促进中印友谊的发展,他特意在国际大学增设了一所中国学院,专门帮助学生学习和研究中国语言的文学。泰戈尔在中国学院成立大会上激动地说:"对我来讲,今天真正是一个伟大的日子,是一个我长久以来盼望着到来的日子。从今天起,我将能够代表我们的人民把我国人民和中国人民之间的文化交流和深厚友谊,紧密联系起来。"

泰戈尔的作品在中国有着广泛的读者。他的作品从1915年开始被介绍到中国,到1949年已有200多种。2000年,在中国出版了《泰戈尔全集》,共24卷,近1000万字。泰戈尔的作品引起了中国翻译界、出版界的高度重视,在中国学术思想界产生了积极的影响。

泰戈尔的思想和作品,在中国流传的过程中,不但受到广大读者的欢迎,而且对许多作家也产生过较大影响。中国现代著名诗人、大文学家郭沫若便是其中之一。郭沫若曾经说过:"最早对泰戈尔接近的,在中国恐怕我是第一个。"在谈到自己作诗的经验时,他说:"自己作诗的经验上,是先受了泰戈尔诸人的影响。"(参见郭沫若著:《我的作诗经过》)他在回忆泰戈尔诗歌给他留下的最初印象时写道:"第一是诗的容易懂;第二是诗的散文式;第三是诗的清新隽永"(参见郭沫若著:《泰戈尔来华的我见》)泰戈尔的泛神论思想对郭沫若早期思想也影响甚大,他说:"我因喜欢庄子,又因接近了泰戈尔,对于泛神论的思想感受着莫大的牵引。"(参见郭沫若著:《我的作诗经过》)

泰戈尔的泛神论思想,促使郭沫若蔑视一切权威,增强了反抗旧制度的信念,产生了冲决一切罗网的力量。1919年"五四"运动前后,郭沫若把爱国精神、个性解放和从泰戈尔那里接受的泛神论思想熔于一炉,作为"自我表现"的动力,汇集成一股反抗现实、打破封建桎梏的豪迈激情,写出了"五四"新文学运动中最伟大的诗集——《女神》,为中国新诗开辟了一个崭新的时代,泰戈尔的诗歌对我国"五四"以后新诗形式的创立,曾提供过有益的借鉴。

冰心是受泰戈尔影响较大的另一位著名作家。冰心早期的著名诗集《繁星》和《春水》,是直接受泰戈尔诗的影响而创作的。她在《我是怎样写〈繁星〉和〈春水〉的》一文中写道:"我自己写《繁星》和《春水》的时候,并不是在写诗,只是受了泰戈尔的《飞鸟集》的影响。"(参见冰心著:《冰心全集自序》)除上述外,我国有些著名作家如徐志摩、郑振铎等,也在不同程度上受过泰戈尔的影响。至今,中国年轻的读者也很喜欢读泰戈尔的作品。

前面提到泰戈尔访问中国。我们认为,他访问的最大收获是加强了中印两国人民的传统友谊,重新打通了中印两国文化交流的道路。在历史上,中印两国人民来往了几千年,交流文化,相互学习,彼此影响,情谊深厚。但是，从宋、元以后，特别是从西方的殖民主义来到东方以后，这种友好来往受到了阻碍，以至于最后陷于中断。19世纪中叶以后，由于两国人民反对殖民主义运动的逐步开展，这种中断了的友谊又有恢复的征兆，但是并没有能真正恢复起来，泰戈尔对此深感遗憾，于是他决心以恢复这种中断了的友谊为己任。他来中国后，在多次演说中强调，他要重新修建中印交通的道路。对此他说到做到。他从印度带来印度人民的友谊，在中国播下了友谊的种子，让中国人民了解到印度一些情况，他又把中国人民的友谊带回印度，可以说，他的访问在中印关系史上成为一个新时期的序幕。从此以后，两国的来往又逐渐频繁起来。他在印度大力提倡中国语言和中国文化研究的同时，还以身作则，身体力行，率先在国际大学创办了中国学院。当时的形势是，当日本军国主义者在处心积虑想要消灭中国文化的时候，泰戈尔却大张旗鼓地提倡中国文化的研究，并且邀请不少中国学者和艺术家到印度参观访问，还为中国留学生设立了奖学金。这些非凡的创举，产生了重大而深远的影响。

1937年，日本帝国主义发动全面侵华战争，泰戈尔坚定地站在中国人民一边，他写了一些如同利剑怒火一般的诗篇，痛斥日本法西斯的侵略行径。同年，他撰写了著名的文章《中国与印度》，此文产生的影响巨大，中印两国人民备受鼓舞。

直到晚年，泰戈尔仍很关心中国人民的抗日斗争，声讨日寇，1941年临终前，他在病床上，仍关注中国的抗日情况，深信中国最后必胜。

泰戈尔逝世虽已七十多年，但中国人民永远怀念这位伟大的作家和尊敬的朋友。他的作品在中国广为流传，影响深远，他对中国的深情厚谊，中国人民永志难忘。1956年，周恩来总理访问印度时，在国际大学的亲笔题词中，对泰戈尔和他在中国的影响给予了高度评价。周总理写道：

"泰戈尔是伟大的诗人、哲学家、爱国者、艺术家,深受中国人民的尊敬。泰戈尔对中国的热爱,对中国人民民族斗争的支持,会永远留在中国人民的记忆中。"

随着时光的流逝,泰戈尔的不朽作品和高尚人格,将会被越来越多的人所认识和体会,从而放射出更加灿烂的光辉,伟大的泰戈尔将世世代代活在中国人民的心中。

第十章　欧洲人的入侵与西方文化的影响

一、英国殖民统治的建立与印度的民族解放运动

15世纪之前,欧洲人对世界了解得并不多,由于没有指南针,他们不能到远海航行。15世纪时,中国发明的指南针传入欧洲,这样促进了欧洲人的远洋航行。

欧洲与亚洲之间自古就有贸易往来,一条道路经过红海,另一条道路经过波斯湾港口,以前这些道路为阿拉伯人所把持,但是15世纪时,土耳其人成了这些地区的主人,因此,亚欧之间的贸易停滞下来。1453年,土耳其威杰达·穆罕默德二世攻占君士坦丁堡,这时欧洲人利用旧道通商则变得非常困难。

欧洲人要同亚洲人进行贸易需要寻找新的途径,葡萄牙人和西班牙人表现积极,也显出了他们的特殊才干。1498年5月17日,葡萄牙人瓦斯·达·伽马和他的水手们到达印度海岸,在加利库特登陆,发现一条直接通往印度的海路,这在当时是件大事。葡萄牙商人为占领东方市场开始建立一些公司,这些公司在印度等亚洲国家的港口建立了自己的贸易客栈、批发店,尽力扩大自己的影响。

16世纪和17世纪的印度由强大的莫卧儿王朝统治。因此,这个时期欧洲人只满足于自己的贸易。葡萄牙人的贸易中心主要在印度西海岸的果阿小城,当时该城处在莫卧儿王朝的统治之外,遥远的南方当时还没有任何一个强大的印度国王统治过,葡萄牙人利用了这一有利形势,不只

满足于贸易活动,开始着手控制果阿及其附近的地区。荷兰、法国、英国的商人也不示弱,紧随葡萄牙商人的步伐,不只满足于在印度从事经商。奥朗则布之后,莫卧儿帝国开始衰落,印度国内许多大小王国纷纷独立。这时这些欧洲商人利用了印度混乱的政治形势,在经商的同时,也开始建立自己的政权。

最早来到印度的欧洲殖民者是葡萄牙人。16世纪初,葡萄牙殖民者占领了果阿、达曼和第乌等据点,独占了印度与西方的海上贸易。17世纪初期,荷兰、英国和法国相继东来,在印度展开了争夺殖民地的斗争。1600年创立的英国东印度公司,1602年创立的荷兰东印度公司,1664年创立的法国东印度公司,都是殖民主义国家侵略印度的重要工具。

到18世纪中期,英、法在印度的争夺更趋激烈,英国大胜,法国在印度的势力一蹶不振。1757年印度开始沦为英国殖民地,1849年全境被英国占领。英国殖民统治印度期间,从印度掠夺了大量财富,源源不断地输入英国。据统计,在占领孟加拉以后的58年间(1757—1815年)英国从印度榨取了10亿英镑的财富。这一大批财富促进了英国的工业革命的开展,使它迅速成为世界上第一个资本主义工业强国。印度却变成了一个相当贫穷的国家,英国殖民者强化统治瓦解了印度的农村公社,破坏了农业和手工业密切结合的封建自然经济,摧毁了传统的手工业,使印度遭受深重的苦难,人民陷入水深火热之中,民族起义连连发生。英国人在印度站稳脚跟之后,便以印度为基地,向周边国家扩展。从19世纪初开始,英国把马尔代夫、尼泊尔、不丹、锡金置于自己的控制之下,锡金成了它的殖民地,马尔代夫、尼泊尔、不丹成了它的保护国。到19世纪后半期,东南亚地区都在英国的独霸之下。

印度是受西方殖民统治、剥削最重的国家。英国的剥削与压榨,引发了 1857 年印度士兵起义。随着印度资产阶级民族意识的不断提高，1885 年全国性的政治组织——国大党成立了。随着国大党成分的变化及其领导觉悟的不断提高，其对英国的斗争日益尖锐。第一次世界大战爆发后，印度被英国帝国主义拖入战争的深渊。英国从印度征调 150 多万人为战争服务，同时从印度运走 370 万吨装备和物资以及 500 万吨粮食，还搜刮 1 亿英镑的战争费用，给印度人民带来深重的灾难。

第一次世界大战结束时，印度仍是个农业国。在英国殖民统治下，大多数农民仍受着封建王公和地主的剥削。1918 年由于普遍的饥荒和流行病，印度约有 1200 万人被夺去生命。所有这些使印度人民与英国帝国主义和封建主义的矛盾日益尖锐，于是印度爆发了第一次非暴力不合作运动，掀起了反英斗争的高潮。

当印度人民的反英斗争迅速兴起时，印度民族解放运动的领导权就开始掌握在资产阶级政党——国大党及其领袖甘地手里。

第一次世界大战结束时，甘地作为印度民族独立运动的领袖登上政治舞台。在群众运动的影响和推动下，国大党根据甘地的提议，决定于 1919 年 4 月 6 日举行总罢工。但各界群众于 3 月底就提前自发行动起来，许多城市都发生了罢工、示威游行和暴动。在斗争中，不同宗教信仰的各族人民空前团结，与英国殖民者进行了坚决斗争。1920 年 12 月，国大党在巴格普尔召开大会，会议通过了甘地拟订的"非暴力不合作计划"，宣布其目的是以和平的和合作的手段取得自治。为了扩大影响，国大党进行了改组，从而使国大党得以发展壮大。在甘地的号召下，国大党成员还深入农村，广泛开展宣传活动。

甘地和国大党领导的不合作运动得到了印度各阶层人民的积极响应，运动蓬勃发展，学生罢课，工人罢工，市民拒购英货，甚至公开烧毁英货,并掀起了手工纺织的热潮。后来,甘地领导的非暴力不合作运动与印度工人运动交织在一起,掀起了轰轰烈烈的民族运动高潮。1921年在联合省、孟加拉省和旁遮普等地,农民的斗争冲破了甘地的非暴力的限制,经常发生武装起义。

面对蓬勃发展的印度民族解放运动,英国殖民者采取了镇压政策,于是宣布国大党非法,对国大党和哈里发委员会的领导人大肆逮捕。为抗议英国殖民者的暴行,国大党在甘地的提议下发动群众坐牢。一时间,成千上万的印度人自愿走进监狱,使监狱很快人满为患,英国殖民当局狼狈不堪。有的地方,群众的示威抗议运动还转化为与军警的流血冲突。1922年2月12日,国大党接受甘地的提议,在巴多利会议上做出了停止非暴力不合作运动的决议,向英国殖民者妥协,印度第一次非暴力不合作运动就此终止。

甘地领导的非暴力不合作运动适应了当时印度的社会情况,用"不合作"的策略广泛动员了人民群众加入反英斗争的行列,对印度民族解放运动的发展起了推动作用。

在1929年开始的世界资本主义经济危机的打击下,印度的经济状况日益恶化,迫使许多农民破产,大批工人失业。在这期间,英国殖民者却加强了对印度的压榨和掠夺,一方面加强对产业工人的剥削,降低工人的工资,加大工人的劳动强度;另一方面英国把过剩产品倾销到印度,促使印度的民族工业破产,而英国从中获得高额利润。这样一来,加剧了双方的矛盾,印度人民同英国殖民者的矛盾日益加深,因此,20世纪30年代,印度出现了反英斗争的高潮。

这一时期,印度民族运动的特点是以工人运动为先导,例如,1929年1—3月,印度举行了声势浩大的群众集会和抗议示威游行;同年3月,孟买的纺织工人举行罢工;1930年,印度举行的各种罢工多达141次,参加罢工的人数多达53万。

在工农运动的推动和影响下,国大党内要求"独立"的呼声越来越高。1929年12月,国大党在拉合尔召开大会,提出争取印度完全独立的任务,大会宣布1月26日为印度独立日。1930年1月26日,印度全国各地人民群众高呼"反帝、独立"的口号,举行了盛大的集会和示威游行。尤其到1930年3月12日,甘地为抵制"食盐专卖法",向食盐进军,从而开始了第二次非暴力不合作运动。这一天,甘地率领78名信徒从艾哈迈达巴德出发,步行24天,于4月5日到达丹地海岸。甘地带头自制食盐,以示反对殖民当局"食盐专卖法"。消息传开后,全国城乡人民纷纷效法,自制食盐,各地形成了大规模的抗英运动。4月9日,甘地发出指示,规定不合作运动的范围限于:自制食盐,监视酒店、鸦片馆和洋布店,自纺自织棉纱棉布,抵制英货,不进英国学校等。但群众的斗争冲破了上述范围,许多地方组织了武装,在白沙瓦和加尔各答等地还爆发了武装起义。对此英国殖民当局大为恼火,进行了残酷镇压,还逮捕了国大党领袖圣雄甘地和尼赫鲁等人。与此同时,英国殖民当局宣布国大党非法,禁止群众举行大会和示威游行。后来斗争又有反复。1933年7月,国大党决定停止群众的非暴力不合作运动,代之以个别的暴力抵抗。1934年4月,甘地宣布完全停止非暴力不合作运动。5月,国大党在巴特那召开会议,批准了甘地关于无条件停止非暴力不合作运动的声明,于是第二次非暴力不合作运动就此终止。

第二次世界大战给印度人民带来了巨大灾难。1939年9月3日,印度被拖入了战争,战争期间有2500万人被征拉上前线。战争结束后,英国又把战争负担转嫁到印度人民头上,印度人民生活更加悲惨。因此,

1945年,印度先后发生罢工800多次,参加者近80万人。1946年,罢工次数达到1600次,参加人数多达196万。后来又发生农民起义,所有这些都给英国殖民当局以沉重打击。

反英斗争风起云涌,此起彼伏,英国殖民当局为了自身利益,改变了统治印度的方法,制定了所谓的《印度独立法案》,即《蒙巴顿方案》,它是一个对印度采取"分而治之"的方案,即按宗教信仰的不同将其分为印度斯坦和巴基斯坦两个国家。1947年7月,英国议会通过了《印度独立法案》,于同年8月1日生效。8月14日,巴基斯坦宣布独立,15日,印度宣布独立,从而结束了英国对印度的统治,这是印度人民长期反英斗争的结果,是被压迫民族争取自由和独立的重大胜利。

二、近现代印度种姓制度的变化

英国人统治时期,由于受到西方教育和西方文明的影响,加之经济的变化、交通运输的发展、城市化的影响以及政治运动、宗教运动的不断开展,印度的种姓制度发生了革命性的变化。起初,英国人不干预种姓制度,但后来还是介入了。1850年,英国殖民政府采取了措施,制定了《废除种姓歧视法》,1872年,又制定了《特殊婚姻法》,允许不同种姓彼此通婚,对印度社会的发展起了积极作用。

当年,圣雄甘地曾经说过,"我想建立一个连穷人也承认自己国家的国家","在这个国家里,人们无高低贵贱之分,所有人都可以自由接触"。为了实现这一理想,他进行了不屈不挠的斗争。

印度独立之后,政府采取了不少措施,也取得了一定收效。

(1)制定有关法律规定。印度独立后,政府为克服种姓歧视做了大量工作。1948年,国会通过废除种姓制度的议案;后来在宪法中又做了保护低级种姓利益的法律规定；1955年,通过了消除种姓歧视的宪法条款,各邦也制定了相应的法案。根据法律规定,低级种姓者有权去公共场所祈祷,有资格去圣河,谁若阻挡或刁难,将依法受到惩处；每个人都有权在村、镇上居住和戴各种首饰,有权去公共医院看病、买药,有权上学读书和在校住宿等；人们有权挑选职业,阻拦者将以鼓励种姓歧视论罪,并受6个月监禁或被罚款500卢比。

（2）发展教育。为了改变低级种姓人的生活状况,政府在教育方面采取了一些措施。例如,为他们的子女入学提供方便,给予照顾,为学生提供必要的费用,如助学金、学杂费等。因此,在过去的几十年中,他们的识字率为14.7%（全印度为33.8%）,他们中的妇女识字率为6.44%（全印度妇女识字率为22.5%）。尽管从总的来说,他们的文化水平仍然偏低,但毕竟有了很大进步。

（3）增加就业。照顾低级种姓人的就业,为他们提供方便。如中央和邦政府各部门的工作人员中为低级种姓保留一定比例的名额,并且还为低级种姓的人设立高等职业考核训练机构等,通过训练,为他们创造就业条件。在保持就业数量的同时,政府还力求提高他们的就业质量,以消除低级种姓的人与其他社会集团间的差距。

（4）实行支援投资。为一些低级种姓人和部落民提供物资援助,帮助其解决土地开发、农业生产和畜牧业、饲养业的发展等问题。

（5）增加福利待遇,改善生活条件。在强调发展经济的同时,政府还注意到增加低级种姓人的福利待遇,改善其卫生保健设施和居住条件,诸如开办医院,解决用水困难,建立婴儿和产妇的福利中心,修路、筑桥等。

（6）开展宣传活动。政府为了解决不合理的种姓现象,利用广播、电台、电视台和刊物进行正面宣传,对存在的不良现象时有公开揭露；有些地方还通过举办"哈里真节""哈里真周"等活动,对人们进行教育,以便尽快消除种姓歧视。

　　印度的种姓制度已经并且正在发生变化。在印度,随着工业的发展和城市的扩大,出现了一些新情况和新职业。一方面,有些新的职业不可能再以种姓来划分,一个人的能力和特长往往显得更加重要。这样,低级种姓人获得了提高地位的机会,对传统的种姓势力就有所冲击。另一方面,随着资本主义的发展,金钱的作用显得越来越重要。在城市里,有些富人,不管他们原来属于哪个种姓,这时候他们在某些程度上要比那些贫穷的高级种姓人更吃得开,受人尊重(在乡村则不然,低级种姓人再有钱,高级种姓人还是歧视他们)。婆罗门的重要性同宗教有关。随着信教的人数日益减少,婆罗门若无文化,收入不多,能力又差,人们也不认为他们天生聪明能干。变化最大的要属"贱民"。因为有关法律规定,对他们不准歧视,他们与其他种姓人享有同等权利。在就业方面,在国家机关及公营企业中为"贱民"保留一定的职位,如此等等,不过,不管哪一家结婚,举办婚礼时,没有看到由"贱民"做祭司的,也几乎没有看到一个婆罗门当用人给人家打扫厕所的,即使现代文明的城市也是如此,广大城镇和农村可想而知。

　　种姓的内婚制受到了冲击。印度教的历来传统是实行内部通婚。这在城市里有所变化。由于教育的发展和科学的进步,在政治生活、经济生活等方面,男女之间可以彼此来往,相互接触,再加上法律的保证,出现了一些自由恋爱或晚婚现象。虽然不多,也是新的可喜现象。这种婚姻有利于消除种姓歧视。例如,有的婆罗门女子和刹帝利的男子自由结婚,尽管女方家里坚决反对,最后男女还是结婚成亲了。有的双方种姓不同,虽已结婚,家长并不承认,一年、两年不予理睬,但久而久之,家长只好认可同意。这种情况虽不多见,但也说明印度的种姓制度随着文化教育的发展正在发生变化。当然,这些现象仅出现在城市,表现在一些有文化的青年身上,在广大农村则是另一回事。

人们对职业的看法有所变化。以前种姓制度把职业分为高低贵贱,主要同宗教有关。现在衡量职业高低不再都是以宗教思想为基础,而是以金钱、权力等作为标准。这个新标准对当代新职业更加适用。这样一来,一些传统职业的地位大大下降,有钱有权的职业被视为最高贵的,因为它实际上决定一个人的社会地位和威望,所以在不少人看来,现在的祭司职务要比在政府部门工作的职业低了。一个婆罗门,他若放弃祭司的职业而去从事商业,赚了许多钱,那么他的社会威望自然就会提高。还有另外一种情况,制鞋匠的职业本来是低下的,可是,他若开了个很大的鞋厂,赚了很多钱,他也会受人尊重。由此可见,工业化带来了新情况和新的社会价值观念。这个标准不是一成不变的,也不是说现在的职业高低的旧观念已经全部解决了,而是说以前人们认为好的职业现在不一定像以前那样认为重要了。

饮食上的限制也有变化。随着工业的发展、教育的提高和交通的发达,各种姓人间的来往、接触的机会增多了。这样,饮食方面的限制也发生了一定程度的变化。城市里,出现了经济、政治、文化等方面的各种团体与组织,其成员有各种种姓的。他们为了共同的目的,彼此来往、接触,去旅馆、饭店总不能再问彼此是什么种姓的,等等。另外,政府也号召平等相待,反对歧视,使一些人思想渐渐解放。

印度的种姓虽然发生了上述变化,但并不意味着种姓问题已得到了彻底解决。在政治、经济和文化等方面,种姓仍起作用。政府虽然为消除种姓歧视做了一些法律规定,可是许多地方的事实证明,这只是纸上谈兵。农村人并不认可一些法律规定，一些法律规定难以贯彻执行，所以收效不大，形成"法律规定是一回事，实际情况是另一回事"的局面。更有甚者，有些人公开地说有些法律规定是错误的，因为它违反了历史传统。甚至在不少农村地区，村民还不知道什么是法律规定。在城市里，也有人明知故犯，拒不执行，例如在一些学校里，教师知道不应该歧视首陀罗子弟，但还是看不起他们，对他们态度不好。还有一些低级种姓，例如首陀罗等，为了上升到高级种姓，向一些高级种姓进行机械模仿以求改变自己的地位，如放弃吃荤，改为吃素等。总之五花八门，种姓歧视情况相当复杂，影响很深，束缚着人们的思想，影响了印度经济、文化的交流与发展，今天仍是影响印度民族团结和社会发展的一个障碍。因此，这个问题迟早非解决不可。但是，何时能彻底解决，恐怕是个长期而又艰巨的任务。

三、英国殖民统治对印度社会与文化的影响

1. 一个新时代的开始

18世纪后期，世界历史进入了新的时期，这个新时期从欧洲开始。首先出现了工业革命，然后是政治革命。18世纪前半期，英国、法国、德国等欧洲国家的农民仍用木犁耕地，用镰刀收割，技术工人用手工纺纱织布，交通工具主要靠木轮车，航海靠帆船，或用桨划行。当时欧洲的经济和商业生活与印度、中国相差无几。

18世纪中期和后期，由于许多新的科技发明出现，欧洲的经济生活开始发生改变，历史上称其为"工业革命"。这场革命的开始并非突然，它经过了缓慢的发展过程，但它使人类生活发生了根本性变化，一个新的文明开始了。工业革命首先在英国开始，之后波及欧洲，然后传播到整个

世界。那些科技发明在欧洲引发了工业革命。它可分为：(1)节省人力的新机器的发明。(2)水、煤、蒸汽和电子机械力量的运用。18世纪的工业革命使人类社会和经济生活发生了重大变化。

1789年，法国发生了大革命，这场革命之前，几乎欧洲大陆所有的国家都是专制统治，其统治形式大体上与印度的莫卧儿王朝相同。

工业革命使欧洲的经济生活发生了革命性的变化。同样法国的革命也使欧洲的政治生活开启了一个新的时代，法国革命产生的那种新潮流具有民主主义和民族主义性质，这在世界史上有它的积极意义。

工业革命和国家革命在欧洲历史上开创了一个新时代，但是思想和科技发明从来就不限制在一个国家或地球的某一地区，古代印度在数学、天文、医学等领域里的那些发明后来逐渐传播到阿拉伯地区和欧洲；中国发明的印刷术、造纸术、指南针和火药等也逐渐为世界各国所采用。同样，18世纪的工业革命和国家革命所开创的新潮流也不只限于欧洲，也逐渐传播到世界各国。

2. 殖民统治使印度历史与文化发生变化

英国对印度的殖民统治使印度历史发生了重大变化，促使印度开始了一个新的历史时期，当然英国统治者并非有意做这一些促进工作。英国的经济政策是想把印度变成丰富的经济来源。东印度公司曾企图破坏孟加拉的棉纺业，以便大量销售英国工厂所生产的布品，直到20世纪初期，英国人还不希望印度发展工厂，企图把印度变成进口廉价原料供应地，然后再把英国的商品大量地高价销售给印度，从中获取高额利润。但这一切，也促使印度人民觉醒。

在英国统治时期，全印度实现了统一。在奥朗则布以后，随着莫卧儿王朝的衰落,印度出现了许多大小独立王国,它们各霸一方。英国人在印度建立统一政府,使印度出现了大约一个世纪的和平而有秩序的局面,好像自孔雀王朝之后还未出现过这样的局面。

在被英国统治时期,印度没有发生被其他国家侵略的事件。在20世纪的两次世界大战中,印度未受外国军队的侵略,这是因为通过英国组织的印度军队和英国的海上力量客观上对国家的安全起到了保卫作用。英国靠军事力量在印度建立了统治,但是在偌大的国土上要维持它的安定和秩序,防止外国入侵,只靠英国的军队是不够的。因此,英国统治建立以后,英国人在自己的军队中吸收了大量印度士兵入伍,逐步训练了一支装备齐全的现代化军队。英国人企图麻痹士兵的思想,让这支军队对爱国主义和民族性丧失兴趣。在一个时期内他们的阴谋虽然得逞,但是在广大印度人民民族觉悟提高的同时,军队中的爱国主义思想也日益提高。到第二次世界大战(1939—1945年)时,英国人已难以依靠印度军队在印度建立牢固的统治。

英国统治的建立,使英语传入印度。由于英国人把英语作为官方语言,在英国政府部门工作的印度人不得不学习英语,以适应工作的需要。随着英国人的入侵,西方的科学思想也传入印度,这样一来不仅促进了印度的科学和工业的发展,而且也使民族意识、民主平等等新的思想在印度得以传播。由于英国的统治和英语的推广,印度同世界上一些科学文化较发达的国家和民主政治较先进的国家建立了联系。

英国的教育传入印度,使印度人认识到,在科学领域里印度落后于西方国家。这种认识出现了两种倾向。有些思想家认为,西方国家通过实验所发现的东西,古代印度人民早已掌握,如太阳是恒星,地球绕着太阳转,等等,这些知识在古代印度文献吠陀经典中就有记载,因此,学习欧洲新知识并非什么新鲜事,相反应该对被遗忘的或忽略的真理重新关注。另外一些思想家则认为,应该把自己的全部力量用来了解西方科学,用一生的全部精力背诵旧经文和对旧经文进行研究毫无意义,无任何好处。两种思想产生了同一个结果,在印度出现了学习新科学的倾向,印度各宗教各教派也出现了改革的热潮,梵社、雅利安社等组织都是这场宗教运动的产物,其目的是对宗教进行改革。由于宗教运动的开展,印度旧的社会传统和风俗习惯受到了冲击,对旧的理论人们开始以适应新时代的要求进行解释。印度是伟大的民族,"它应该有自己的国家,这个国家应该按民主进行管理",这些思想在这个时期得到发展,并成为结束英国的统治和建立自己的国家而斗争的思想基础。在圣雄甘地等人的领导下,印度广大人民群众开展了争取国家独立的运动,使英国人难以继续在印度统治。1947年,印度终于从英国的统治下获得了独立,建立了自己的国家。

在历史长河中印度屡遭异族入侵,尤其是英国的殖民统治,使印度人民遭受了深重灾难,但从另一方面来看,即使在殖民统治时期,印度人民也在从与其相接触的文明中吸取精华,以满足其需要。印度在独立后,选择了继续保留英联邦制度,还采用了英国议会民主制度,保留了英国建立的司法、行政管理、国防、教育机构和研究机构。

附录一 中国对印度文化的研究

巍峨高耸的喜马拉雅山坐落在中印两国之间,它虽然在交通上为两国之间的往来增加了不便,但阻挡不了两国人民的友好交往。中印两国接壤,这种自然地理环境也为中印友谊的不断发展和中印两国人民相互学习提供了方便。

根据中国史书和印度史诗的记载,早在两千多年以前,中国和印度就有了使者往来和文化交流,两汉以后渐趋频繁,在隋唐时期达到了高潮,宋元时期更加深入发展。在西方帝国主义侵入亚洲腹地,印度沦为殖民地以后,中印之间的关系虽然受到了阻碍,但两国人民之间的往来并未中断。到了19世纪中期,亚洲各国掀起了反对殖民主义的斗争,特别是在新中国成立和印度独立以后,这种传统友谊又得到了恢复和发展,中国人民和印度人民在反对帝国主义的斗争中一直相互同情,彼此支持,休戚相关,患难与共,共同书写了中国和印度关系史上最光辉的篇章。

众所周知,中印两国都是世界文明古国之一,黄河、印度河流域孕育和产生了世界上最灿烂的文化,它们都对世界文化做出了重要贡献,而且两者相互影响,交光互影,又促进了各自文化的发展。我们的先辈,在同印度人民长期的交往中,积累了大量有关印度的史料,写出了几百种蔚为大观的有关印度的著作和记录。自古以来,中国人民就有调查研究和文字记载的光荣历史,因此,在我国官方所修的史书或类书中,几乎每个朝代都有印度的各种记录。我国官方所修的历史概称为《二十四史》或《二十五史》(《加清史稿》),在这些史书中都有印度或南亚某个国家的专条记述。《史记》的"大宛列传"记载有张骞出使西域,在大夏所见蜀物来自身毒,汉武帝遣使赴身毒的情况。最早的《前汉书》中就有"地理志""西南夷列传"。在《后汉书》中有"西域传",《三国志》中有"西戎传",《宋书》中有"蛮夷列传",《梁书》中有"海南诸国列传",《魏书》中有"西域传",《北史》中有"西域传",《旧唐书》中有"西戎传",《新唐书》中有"西域传",《宋史》中有"外国传",《元史》中有"外夷传",《明史》中有"外国传",《清史稿》中有"印度"专条。上述史料中记载了公元前2世纪至20世纪初中国与印度及南亚各国的关系,尤其介绍了印度的自然环境、地理气候、民情风俗、宗教信仰、经济物产、社会政治等情况。所有这些史书,不仅是有关印度的重要历史记载,而且是中印友好关系的历史见证。

自公元初期,印度佛教开始传入中国,通过佛教的传播,大量佛经传入中国。我国僧人不仅翻译了大量印度佛教经典,而且对佛教的教义和戒律做出了很多注释和研究。据统计,现有汉译佛经共1692种,5700多卷。自后汉末年至北宋末年,即2世纪至12世纪的一千年间,直接参加翻译的人员中,著名者就有150多人。随着佛经的翻译,印度的哲学、文学、音乐、雕塑等艺术也在我国传播开来,使中印文化交流有了进一步发展,中国人的思想和文化受到很大影响。

随着佛教的传入和中印两国关系的不断发展,两国的海上交通和贸易活动也不断扩大,在这一过程中,很多中国僧侣、学者、商人、使者等前往印度,在进行实地考察和专门研究之后,写了不少有关著作。这类著作自魏晋南北朝到明清时期从未间断。众所周知的东晋僧人法显的《佛国记》、唐玄奘的《西域记》、王玄策的《中天竺行记》、义净的《大唐西域求法高僧传》和《南海寄归内法传》,宋赵汝适的《诸蕃志》,元汪大渊的《岛夷志略》,明费信的《星槎胜览》、马欢的《瀛涯胜览》、巩珍的《西洋蕃国志》,清陈伦炯的《海国见闻录》、魏源的《海国图志》等,都是著名的。

中国古代对印度的研究,经历了由浅入深、逐步深入的过程。我国很多有关史书和研究著作有其特点,即大多是作者或编译者经过长途跋涉、历尽艰险去印度各地的亲身经历或亲眼见到的第一手资料,例如上面提到的玄奘的《西域记》等书就属于这类。书中的记述与现代考古发掘的结果一致,因此,这类图书至今仍有重要的参考价值。我国古代史书对印度的记载,在汉代和魏晋南北朝时期还粗略一些,但到唐宋以后就比较具体和深入了。宋人不仅知道当时从北印度、中印度至南印度的行程,而且对印度半岛南面兴起的注辇国的情况都有非常全面的了解。如说刑法,"民有罪,即命侍郎一员处治之,轻者絷于木格,笞五十至一百,重则即斩,或以象践杀之"。对其国王统治的三十一个部落的具体名称都有记载。古代的中国学者对印度的科学、技术、思想和文化,并非囫囵吞枣地全盘照搬,而是经过咀嚼和消化,去其糟粕、取其精华,使之适应我国的需要,例如唐代和尚一行曾经参考印度的"九执历",创造了"太衍历",经过观察天象的实践证明,这个"太衍历"较之印度历法更精密准确,这是学习印度的历法和中国的科技相结合的结果。佛教艺术在中国的创新,也是在中国艺术传统的基础上,学习、吸收印度的艺术成分而结出的新果实。

到了19世纪末20世纪初,印度和中国都受到了帝国主义的侵略,反帝反殖民主义的共同使命把两国人民的命运紧紧连在一起,当时两国有远见的思想家都痛切地感受到这一点。中国的孙中山、鲁迅先生,印度的圣雄甘地、泰戈尔等人都是杰出的例子。他们都主张中印联合,共同反帝。1919年中国"五四"运动以后,反帝、反封建运动日益高涨,更多的人认识到,只有联合被压迫的民族才能打倒帝国主义。在这种形势下,中印两国人民的传统友谊又在新的基础上得到进一步加深。中国的旧民主主义革命家孙中山先生当时在关心本国革命和解放的同时,还一直关心着印度人民的民族斗争。第一次世界大战以后,在他的演讲和著作中经常提到印度,对印度人民表示无限的关切和同情。他在《民族主义·第一讲》中愤怒地指出,"像英国造成今日的印度,经过的情形,也是同香港一样","像英国这样大的领土,没有一处不是用霸道造成的"。当时中国的思想家、文学家鲁迅一直很关心印度民族民主运动的发展,为印度人民取得的每一个胜利而欢呼。他在评论印度的民族运动时说,"印度则交通自古,贻我大祥,思想、信仰、道德、艺文无不蒙贶,虽兄弟眷属,何以加之","便两国而危者,我当为之抑郁,二国两陨,我当为之号,无祸则上祷于天,俾与我华同其无极"。(参见鲁迅著:《鲁迅全集·补遗续编》)他自己出资刊印了印度的《百喻经》,还为此写了序言,对印度民间文学给予了很高评价,在中国产生了重大积极影响。

印度民族革命领袖圣雄甘地毕生从事印度的独立斗争,也很关心中国人民的命运。当日本侵略者疯狂侵略和掠夺中国的时候,他于1942年8月7日在孟买对中国记者说:"愿中国得知:吾人此次系为解放印度,亦即为保卫中国而奋斗;印度必获解放,始能予中国、苏联,甚至美英以有效协助。"这充分表明甘地对反法西斯斗争必胜的信心,对中国人民的坚决支持。在甘地等人的支持下,印度派出了包括爱德华、柯棣华、巴苏等在内的五位大夫组成的医疗队来中国帮助中国抗日,有的甚至献出了自己的宝贵生命,在中国抗日战争中做出了不可磨灭的贡献。中国人民对此将永志不忘。

泰戈尔这位印度近代最伟大的作家和爱国者一生关心中国人民的命运。他20岁时就撰写文章(《在中国的死之贸易》,1881年)痛斥英国殖民主义者用鸦片对中国人民进行毒害。1924年,在访问中国期间,他多次发表演说,强调中印友谊,赞扬中国文化。1937年、1938年,他多次写文章谴责日本"轰炸和平的中国城市","用鸦片和海洛因毒害中国人民的行为"。同时,他的绝大部分作品已被陆续介绍到中国来,在中国学术思想界产生了积极影响。到了晚年,他仍很关心中国人民的抗日斗争,写诗著文,声讨日寇,直到1941年临终前,泰戈尔在病床上,还在关心中国的抗日情况,深信中国必胜。他是中国人民的伟大朋友,对促进中印友谊不断发展起了积极作用。中国人民将永记他对中国的真诚友谊。

可以说在这一段时期内,我国的舆论界广泛地介绍了印度的政治、经济、历史、文化的发展,并常以印度、中国的东方文化和欧洲的西方文化相抗衡。从1919年"五四"运动开始到1949年新中国成立,我国共出版了有关印度的政治、经济、哲学、文学等专著20多种,译作20多种,论文100多篇。其中比较重要的政治、哲学著作和译著有梁漱溟的《东西文化及其哲学》《印度哲学概论》,汤用彤的《印度哲学史略》,甘地的《印度自治》《自传》,潘朗的《印度解放运动史》等。文学方面有许地山的《印度文学》等。1924年泰戈尔来华访问,在中国引起了很大轰动之后,他的小说和诗集如雨后春笋般被大批介绍到中国。当时中国的《东方杂志》等刊物还为泰戈尔来华出版了专号,开辟了专栏。为了更好地学习和研究印度,一些学校开设了相关的语言、文化等课程,例如,当时的南京东方语文专科学校、北京大学等先后开设了梵文课、巴利文课、印地语课以及印度哲学、佛学等课程,由季羡林、金克木等教授执教。这对后来中国人民更好地学习和研究印度起了重大作用。1930年,陈寅恪发表了《三国志曹冲华佗传与佛教故事》的论文,之后,季羡林又连续发表了《一个流传欧亚的笑话》《一个故事的演变》等文章,使流传在中国的一些民间寓言、神话和故事找到了印度的渊源。

1949年中华人民共和国成立以后，中、印两国很快建立了外交关系，开展了人民之间的交流活动，使中国对印度的学术研究和两国间的文化交流从此进入一个新的时期，并且在50年代至60年代初达到了高潮。我国对印度研究的范围随之不断扩大，内容进一步增多，由新中国成立前只限于对佛学或佛学相关的哲学、语言学等研究，发展到对当代印度的政治、经济、历史、文学等领域的研究。在当代印度的政治、经济问题的研究方面，除了研究印度在英帝国主义统治下的政治、经济情况以外，我国学者尤其注重对印度独立以后发展情况的研究，如印度的民族主义运动、共产主义运动、甘地和甘地主义、印度的土地问题、种姓问题等。为此在中国还翻译出版了一些书，如杜德先生的《今日印度》，尼赫鲁的《印度的发现》《印度国大党史》，南浦特里巴拉的《甘地与甘地主义》，R.杜德的《英属印度经济史》，等等。尤其近几十年来，两国政府和人民互相往来的次数之多、规模之大，超过了历史上任何一个时期。其结果之一就是，我们中国有关的学者做了大量工作，写了不少有关印度历史、哲学、宗教、艺术、社会、政治、经济的书籍和文章，翻译了大量的印度古今文学作品。这当然大大有利于中国人民对印度的进一步了解。

在文学方面，新中国成立后我国学者陆续翻译出版了不少印度古典和现代文学名著，例如，季羡林教授从梵文典籍中翻译了《五卷书》《沙恭达罗》和《罗摩衍那》（共7卷）等；吴晓铃教授翻译了《龙喜》《小泥车》；金克木教授翻译了《云使》《古代印度文艺理论文选》，还出版了《梵语文学史》专著；《泰戈尔作品选》10卷、普列姆昌德的长篇小说《戈丹》《舞台》等以及短篇小说集也先后翻译出版问世；笔者和几位朋友一起编译出版了《印度神话传说》和《印度民间故事》；刘安武教授的专著《印地语文学史》《普列姆昌德评传》先后出版;张光璘教授的《印度大诗人泰戈尔》《泰戈尔诗歌赏析》和《中国名家论泰戈尔》等也相继出版问世。

在历史研究方面,中国学者着重研究了印度古代和近代史中的若干问题,例如,王藻教授的《1857年印度的人民大起义》、朱杰勤教授的《亚洲各国史》、季羡林教授的《中印文化关系史论丛》;与此同时,辛哈的《印度通史》、潘尼迦的《印度简史》、马宗达的《高级印度史》得以在中国翻译出版;季羡林教授的《印度简史》《1857—1859年印度民族大起义》《罗摩衍那初探》《印度历史与文化》和《中印文化交流史》等(见《季羡林文集》第5卷)也先后出版。印度历史悠久,各邦都有自己的历史和特点,为有助于读者更好地了解印度,笔者与刘国楠合作编著了《印度各邦历史文化》一书;随着中印两国改革开放的不断发展,为增进中印两国人民之间相互了解,笔者撰写出版了《印度》,接着,笔者又用印度的文字(印地文)在印度出版了《中印文化关系》。薛克翘教授撰写出版了《中印文化交流史话》一书;林承节教授的《印度民族独立运动的兴起》《印度近现代史》等也都先后出版,均受到读者欢迎。

在印度文化研究方面,中国学者继往开来,对印度文化的形成、特点、优点与长处、缺点与不足,以及它与西方文化的差异、与中国文化的区别,都做了研究,对印度文化在世界文化中的突出地位,也做了科学说明。这方面的代表著作有季羡林教授的《季羡林论印度文化》《中印文化交流论文集》《中印文化关系史论丛》《糖史》等(分别见《季羡林文集》第4、9、10卷)和金克木教授的《中印人民友谊史话》。另外,笔者的拙著《印度文化与民俗》《南亚印度教与文化》以及薛克翘教授的《中国与南亚文化交流志》等也先后出版。与此同时,印度的一些名著也被陆续译成中文在中国出版,如D.D.高善必的《印度古代文化与文明史纲》、A.L.巴沙姆的

《印度文化史》。前几年，由孙培钧先生和华碧云教授共同主编的《印度国情与综合国力》，由孙士海先生主编的《印度的发展及其对外战略》，由刘建、朱明忠、葛维钧三位先生共同撰写的《印度文明》等书，都陆续出版，对读者了解印度有很大帮助。

在宗教研究方面，通过不断对印度的佛教与古典哲学进行研究，北京大学前副校长汤用彤教授出版了《印度哲学史略》，同时也翻译出版了德比普拉萨德·恰托巴底亚耶的《印度哲学》一书，之后，又有黄心川教授的《印度哲学史》《印度近代哲学》等书出版，所有这些，均引起社会上的重视。而在佛教研究方面，影响最大、引起国际学术界高度重视的著作有季羡林教授的《印度古代语言》（见《季羡林文集》第3卷）、《佛教》、《佛教的倒流》（见《季羡林文集》第7卷）和《吐火罗文研究》（见《季羡林文集》第11、12卷）等。薛克翘教授的《佛教与中国文化》受到中印学者的欢迎。由于历史上的原因，中国对印度佛学的研究较深，知道得较多，但对其他宗教，尤其今天广大印度人民的信仰情况知之不多，甚至在同印度朋友的接触中闹出不应有的笑话，针对这种情况，笔者撰写了《宗教与印度社会》一书。当然，社会上还有其他著作发行。所有这些，对中国人民更好地了解和认识印度起到积极作用。

毛泽东曾经说过："中国应该大量吸收外国的进步文化……凡属我们今天用得着的东西，都应吸收。"（参见《新民主主义论》）中华人民共和国成立前，我们向印度人民学习了不少东西，但是并没有从事印度研究的专门机构和专业队伍。为了更好地了解和学习印度，中华人民共和国成立后，我国先后建立了一些研究机构和专业队伍，后来这些机构和队伍不断发展壮大。当前，亚洲各国经济正在迅猛腾飞，经济的迅速发展与文化密切相关，随着经济的高速增长，必然有文化的更大繁荣，进一步推动亚洲各国政治、经济的发展,而中国和印度这两个具有悠久历史的文明古国在其中将充当重要角色,成为推动亚洲各国政治、经济发展的强大动力。这一发展趋势,正越来越成为世人的共识。可喜的是,现在越来越多的中国人渴望更多地了解印度,同样,越来越多的印度朋友也渴望更多地了解中国。

1951年1月26日,毛泽东在印度驻华大使馆举行的国庆招待会上的讲话中指出:"印度民族是伟大的民族,印度人民是很好的人民,中国、印度这两个民族和两国人民之间的友谊,几千年以来是很好的。今天是庆祝印度的国庆节日,我们希望中国和印度两个民族继续团结起来,为和平而努力。"

这些年来,中印两国都发生了很大变化,两国的关系也在广泛的合作中得到发展。尤其近些年来,中印两国,无论是官方互访,还是民间往来,都在日益增多。中印两国为了更好地建设各自的国家,彼此交流,相互学习,就显得更为重要,中印两个亚洲大国的经济文化交流,便愈加具有重要意义。随着中印两国关系的不断改善,彼此间的学习和交流活动,必将更加频繁,超过历史上的任何时代。

最近几年,中印关系已经在广泛的领域得到发展。中印双方的高层互访不断,增进了彼此了解,加强了两国人民的友谊,为诸多领域合作奠定了基础。中印两国的快速发展,已引起全世界的瞩目。我们两国的经济文化交流与合作,拥有互惠的巨大潜力,两国的政治关系更加深入到了经济文化关系,中印关系在不断改善,经济文化交流不断加强,这不仅有利于我们两国,而且有利于亚洲,甚至整个世界的发展。我们两国过去有过共同的不幸遭遇,今天都面临着建设各自国家的艰巨任务,有许多工作需要我们两国人民去做。因此,更需要我们两国人民彼此加强了解,相互

学习、展望前景,我们充满了信心。祝愿:

中印人民的友谊像喜马拉雅山那样巍然挺立,两国的经济文化交流像黄河和恒河那样奔流不息。

附录二　印度—中国主要历史时期对照年表

印度	中国
印度河流域文明（约前 2500—前 1700）	夏（约前 2070—前 1600）
吠陀时代（约前 1500—前 600）	商（前 1600—前 1046）
	周（前 1046—前 256）
列国时期（约前 600—前 324）	春秋战国（前 770—前 221）
孔雀帝国时代（约前 324—前 187）	秦朝（前 221—前 206）
贵霜王朝（约前 187—320）	西汉（前 206—25）
	东汉（25—220）
	三国（220—280）
笈多王朝（约 320—540）	西晋（265—317）
	东晋（317—420）
	隋朝（581—618）
戒日王及群雄割据（约 606—1206）	唐朝（618—907）
	北宋（960—1127）
	南宋（1127—1279）
德里苏丹（约 1206—1526）	元朝（1206—1368）
	明朝（1368—1644）
莫卧儿王朝（约 1526—1857）	
殖民主义统治与印度独立（1757—1947）	清朝（1616—1911）
	中华民国（1912—1949）